SI...

Gordon Pape et Tony Aspler

SI...

fiction politique

Quinze

Maquette de la couverture : Gaétan Forcillo
Photo de François Dumouchel

LES QUINZE, ÉDITEUR
(Division de Sogides Ltée)
955, rue Amherst, Montréal
H2L 3K4
tél. : (514) 523-1182

Distributeur exclusif pour le Canada :
AGENCE DE DISTRIBUTION POPULAIRE INC.
(Filiale de Sogides Ltée)
955, rue Amherst, Montréal
H2L 3K4
tél. : (514) 523-1182

À Shirley — pour toutes
ces années d'encouragement
G.P.

À Blema et Arnold
T.A.

Chapitre premier

Jamais de sa vie Kevin Reilly n'avait tué quelqu'un. Il ne cessait de se le répéter, assis devant une fenêtre entrouverte dans la chambre qu'il avait louée à Québec, serrant entre ses jambes une carabine Armalite AR-15 comme s'il s'agissait d'un violoncelle. Il devait s'endurcir pour commettre ce meurtre... Non, ce n'était pas un meurtre, mais plutôt un acte de courage pour le bien de son peuple. Voilà ce qu'il se répétait.

Un vent aigre de novembre vint souffler l'humidité du dehors dans la chambre qui s'assombrissait avec le soir. Reilly frissonna, bien qu'il eût l'impression d'avoir chaud, et ses genoux se mirent à trembler. Il se pencha pour s'accouder sur le vieux radiateur, en prenant garde que le canon de l'arme ne fût en contact avec le métal chaud.

Le vent lui fit venir des larmes aux yeux. Avec précaution, se servant de la base du pouce, il s'essuya un oeil à la fois pour ne rien perdre de ce qui se passait en bas, dans la rue. Sous sa cagoule, il suivait du regard la circulation qui diminuait comme s'achevait la migration des fonctionnaires vers leurs confortables demeures de Sainte-Foy et de Sillery. Il porta les yeux à sa montre: 17 h 34. Ça ne devrait plus être bien long, pensa-t-il. Un mélange de peur et d'exaltation l'envahissait. Il s'efforça d'arrêter le tremblement de ses genoux en s'imaginant qu'il marchait dans la rue. Il pourrait le faire les yeux fermés : il avait pris presque une semaine pour enregistrer dans son esprit chaque détail de la rue Grande-Allée. Au loin à droite, une partie de la pelouse qui s'étend jusqu'à l'édifice de l'Assemblée nationale du Québec ; d'un vert luxuriant en été, le gazon était en ce moment d'un brun tacheté à la veille de la première neige. Ensuite, une sortie de voitures par où la Cible surgirait si elle venait en automobile. (Dans son esprit, la victime n'était déjà plus une personne, mais une cible.) Au centre de l'excellent champ de vision que lui offrait sa fenêtre se trouvaient les édifices du gouvernement, bâtis en pierres du pays qu'on venait de ravaler et qui fourniraient le meilleur arrière-plan pour descendre la Cible si elle devait se présenter à pied selon son habitude. Les édifices s'étendaient d'une rue à l'autre. Ensuite il y avait une intersection, puis à gauche une pharmacie et un marchand de tabac chez qui la Cible achetait souvent le journal du soir. S'il était dans l'impossibilité de tirer avant, il pourrait toujours déplacer son point de mire vers cette boutique bien éclairée. Une fois de plus, il vérifia le magasin de la carabine et le cran de sûreté, puis frotta ses mains moites contre les revers de son veston. Il appuya la joue sur le canon de l'arme souhaitant que la Cible apparût.

Il songea avec satisfaction qu'il avait choisi le meilleur temps de l'année, par hasard plus que par calcul. En été, le feuillage des arbres de la Grande-Allée aurait fait écran. Maintenant les feuilles, mêlées au crottin des chevaux de calèches, jonchaient les rues. Les arbres, noirs et squelettiques dans l'atmosphère lugubre d'automne, ne lui fermaient pas l'horizon mais le dérobaient aux regards de la rue. Il avait une vue dégagée du trottoir jusqu'à l'Assemblée nationale.

Sa chaise craqua alors qu'il changeait de position. Il y avait quatre heures qu'il était assis là et il commençait à avoir des fourmis dans les membres. Il aurait aimé se lever, s'étirer, aller faire ses besoins, mais n'osait pas quitter son poste car la Cible pouvait apparaître d'un moment à l'autre.

Il se massa la nuque et remua les orteils pour se détendre. Il ne cessait de surveiller les voitures qui avaient maintenant allumé leurs phares. Certaines faisaient marcher leurs essuie-glace pour balayer une pluie fine. Un soir paisible, comme dirait son père. Mais cela signifiait que la Cible pourrait prendre sa voiture au lieu de marcher. Reilly maudit la pluie et les météorologues qui n'en avaient pas fait mention à la radio. À pied, la Cible aurait été facile ; en voiture, les choses se compliquaient. Il regarda encore sa montre : il était 17 h 41.

La salle du conseil des ministres était pleine de fumée et d'acrimonie. Au bout de la table à surface polie, le Premier ministre, tapotant ses dents de son stylo, écoutait le ministre des Affaires sociales, Guy Lacroix. Il songeait que ce dernier était le seul qui se levait quand il prenait la parole aux réunions du cabinet ; on pourrait croire à sa politesse s'il n'était si démagogue, pensa-t-il. Il vit Lacroix serrer le poing et l'abattre sur le dessus patiné de la table,faisant sauter les crayons et les blocs-notes.

— Quoi ! Vous nous dites d'attendre, d'être patients. Nous attendons depuis presque deux ans déjà !

La voix du jeune ministre se répercuta sur les boiseries et le plafond voûté de la salle. Le Premier ministre plaignit intérieurement le pauvre Jean-Claude, qui avait encore été pris à partie auparavant. La colère de Lacroix s'adressait, en effet, à Jean-Claude Belmont, le ministre de l'Éducation, qui tétait une pipe éteinte et griffonnait distraitement sur son bloc-notes.

— Nous avons gagné le référendum, poursuivit Lacroix. Nous avons un mandat pour faire l'indépendance. Que nous faut-il d'autre ? Pensez-vous que les fédéralistes vont nous offrir notre autonomie sur un plateau d'argent ? Nous sommes en position de force maintenant. Je rappellerai à mon honorable collègue que lorsqu'on tient quelqu'un aux couilles, ce n'est pas le moment de lâcher prise.

Les rires fusèrent autour de la table et le Premier ministre lui-même se prit à sourire. Jean-Claude Belmont débourra sa pipe dans le cendrier pour se donner un moment de répit avant de répondre. Le silence régnait comme toujours lorsque le ministre de l'Éducation prenait la parole. Celui-ci était depuis plusieurs années une figure prestigieuse au sein du parti ; avec l'ancien chef René Lévesque, il avait été l'instigateur des tactiques qui avaient assis la crédibilité politique du Parti Québécois dans l'électorat.

Belmont jeta un regard à la ronde avant de parler. Plusieurs de ses collègues, la majorité d'entre eux peut-être, s'impatientaient de plus en plus des tergiversations d'Ottawa. Le radicalisme de Lacroix gagnait des adhérents parmi les ministres et les membres du parti. Mais il avait tort, la politique qu'il proposait ne pouvait qu'être fatale au parti et au Québec. Jadis professeur de droit à l'Université de Montréal, Jean-Claude Belmont abordait les questions politiques en avocat. L'affrontement ne pouvait, selon lui, que nuire aux deux parties ; les gens avisés trouvaient toujours matière à compromis.

— Ce que mon honorable collègue a dit d'une façon si pittoresque, commença-t-il, est fondamentalement juste, sauf pour un détail qui n'est pas sans importance. Il est vrai que nous avons gagné un référendum qui nous autorise à faire l'indépendance. Mais il y a une condition qui y est rattachée et que trop d'entre nous, Messieurs, semblent vouloir oublier aujourd'hui. Notre mandat n'est valide que dans le cadre d'une association économique avec le reste du Canada. C'est l'engagement que nous avons pris devant la population au moment du référendum. Et, avouons-le, c'est l'argument qui a fait pencher le verdict populaire en notre faveur...

Guy Lacroix s'était levé, pointant le doigt vers l'orateur, mais le Premier ministre lui fit signe de se taire.

— Aussi sommes-nous liés par cet engagement, sur le plan juridique et moral. Si l'on décide maintenant de changer les règles du jeu, il faudra consulter le peuple du Québec.

On entendit des murmures dans l'assemblée. Lacroix transmit un billet de l'autre côté de la table.

— Vous avez entendu le ministre des Affaires sociales. Il voudrait nous voir imiter ce pays banni entre tous, la Rhodésie, et proclamer unilatéralement l'indépendance la semaine prochaine. Mais vous savez ce que cela entraînerait : le désastre économique et fort probablement des représailles militaires.

— De la part de qui, des Inuit ?, intervint Lacroix.

Le Premier ministre remarqua le large sourire que plusieurs ministres arboraient.

— L'emblème de notre souveraineté, continua Belmont sans broncher, serait alors la soupe populaire comme durant la Dépression. Notre peuple mérite mieux. C'est pour nous un devoir sacré de veiller à ce que notre peuple et nos enfants aient l'assurance d'un meilleur avenir, un avenir fait à la fois de prospérité et de liberté.

Belmont se détendit en se renfonçant dans son fauteuil à dos élevé. Le Premier ministre l'observait, constatant que son ami avait vieilli depuis cinq ans. À cinquante-sept ans, ses énergies s'épuisaient rapidement, mais il demeurait la voix de la raison en des temps difficiles. Comme il fallait s'y attendre, la plus grande confusion succéda au discours du ministre, tout le monde voulant prendre la parole en même temps. Lacroix s'était encore levé, les yeux brûlant de ferveur messianique. Le Premier ministre dut intervenir :

— Messieurs, Messieurs, un peu de tenue !

Belmont fronça les sourcils. Il voyait que le cabinet était profondément divisé. Et, pour la première fois depuis qu'il avait participé à la fondation du Parti Québécois, il ne pouvait prévoir où la situation aboutirait.

Les célébrations marquant l'anniversaire de la prise du pouvoir allaient avoir lieu dans moins d'une semaine, et le parti avait coutume alors de faire une grande déclaration publique, pour montrer à ses partisans et au monde en général que le nouveau gouvernement n'avait rien perdu de son dynamisme et de son zèle réformiste. Mais cette année il n'y avait rien à annoncer. Les négociations avec Ottawa et les neuf autres provinces n'allaient pas bien ; même Belmont ne pouvait prétendre le contraire. Le Premier ministre du Canada avait depuis le début adopté une attitude ferme envers le Québec. Il n'avait pas refusé de négocier, il était trop astucieux pour cela. Intransigeant, le pouvoir fédéral aurait fourni au Parti Québécois le prétexte voulu pour laisser tomber la fameuse clause de « l'association économique ». Il avait plutôt agi publiquement avec une rectitude pointilleuse, tout en formulant des demandes impossibles à la table des négociations. Il avait exigé notamment la rétrocession de l'Ungava, territoire du nord québécois riche en minerai et qui avait été cédé à la province en deux étapes, en 1898 et en 1912. Il voulait aussi que la Voie maritime du Saint-Laurent fût territoire neutre, placé sous surveillance internationale. Les dirigeants fédéraux étaient-ils assez naïfs pour croire que les Québécois accepteraient pareilles propositions ? En outre, on revendiquait un corridor d'à peu près sept cents kilomètres, coupant les Cantons de l'Est en deux, pour relier les Provinces Maritimes au reste du Canada. Ils devaient rêver, à Ottawa ! Et quoi d'autre ? Le droit à l'autodétermination pour les anglophones du Québec ? Un nouveau mur de Berlin à Westmount ? La chose était absurde, évidemment. Le point de vue de Lacroix pouvait donc se justifier, et Belmont en comprenait le fondement. S'il avait eu vingt ans de moins, il aurait peut-être bien donné du poing sur la table, lui aussi. Mais la solution n'était pas de déclarer unilatéralement l'indépendance. Il s'aperçut que le calme était revenu et que le Premier ministre avait pris la parole.

— ... c'est pourquoi je comprends très bien la position du ministre des Affaires sociales. » Le Premier ministre devait empêcher la scission. « Je partage son mécontentement...

Belmont considéra son chef. De haute taille, il avait une petite figure émaciée et des épaules tombantes où l'ossature affleurait. Il donnait l'impression d'une force épuisée. Ses doigts, déformés de plus en plus par l'arthrite et qui le caractérisaient maintenant avec la légère claudication issue d'une polio d'enfance, traçaient des arabesques d'apaisement au-dessus de la table, à mesure qu'il s'efforçait de rallier les tendances. Sa bouche aux coins affaissés tirait ses traits, leur donnant une expression d'épuisement accentuée par la moustache grisonnante et les sourcils broussailleux. Il aurait dû se retirer depuis des années, mais sans lui le Parti se serait fragmenté ; seule la force de sa personnalité pouvait souder les intelligences et les énergies nécessaires pour forger l'indépendance du Québec.

— ... mais je ne peux approuver la recommandation de monsieur Lacroix. Il y a d'autres moyens à prendre avant d'user de ce dernier recours.

Le Premier ministre haussa le ton pour couvrir une rumeur naissante autour de la table.

— De plus, nous avons pris un engagement fondamental envers notre peuple. Comme chef du parti, j'y suis lié. Si l'on veut changer les choses en outrepassant les règles démocratiques qui nous ont permis d'accéder au pouvoir, alors il faudra le faire sans moi. Si vous le désirez, Messieurs, j'en appelerai au vote. Mais je vous préviens qu'en votant pour la déclaration unilatérale d'indépendance, vous me forcerez à démissionner comme Premier ministre et président du Parti Québécois.

— Traître ! Judas !

Lacroix était debout, les veines du cou gonflées par la colère. Belmont ne l'avait jamais vu perdre la maîtrise de lui-même à ce point.

— À quoi sert de voter ? Par votre chantage, vous réduisez la majorité du parti au silence. Où est-elle votre démocratie ? Vous êtes un vieillard sans énergie, qui tourne le dos à son peuple. Et vous pliez l'échine devant Ottawa. Vous le regretterez, je vous le jure !

Lacroix ramassa prestement ses papiers et les fourra dans sa serviette. Il quitta la salle du conseil en claquant la porte.

Le Premier ministre prit une cigarette pour dissimuler sa colère.

— Notre collègue, dit-il, m'a épargné la nécessité de demander une motion d'ajournement.

Se tournant vers son secrétaire, il ajouta :

— J'aimerais que les propos du ministre ne soient pas consignés dans le procès-verbal, il en va de son intérêt.

Belmont regarda le Premier ministre se lever avec lassitude. Sa victoire sur Lacroix ne lui donnait aucun motif de satisfaction. Il se demandait ce qu'elle allait coûter.

Les phares des voitures projetaient des lueurs dansantes au plafond, au-dessus de la tête de Reilly. Celui-ci remua légèrement sur sa chaise et sa joue se déplaça le long du canon de la carabine. Au tac tac précipité de talons hauts sur le trottoir, il avança la tête pour voir la femme qui passait. Il n'aperçut d'elle que son parapluie. Le bruit des talons hauts l'avait toujours excité. Pour lui, elle portait toujours ses souliers à talons hauts dans l'appartement, même nue. Sous prétexte de préparer du café dans la cuisine, elle avait quitté la table un moment puis était revenue par derrière lui couvrir les yeux avec ses mains. « Ne regarde pas, avait-elle dit, je n'ai rien sur moi. » Elle avait porté les chandelles du dîner dans la chambre, prétendant que seules les classes inférieures faisaient l'amour dans le noir. Les flammes semblaient vouloir lécher son corps pour l'enrober de feu. Le choc des talons sur le plancher de bois faisait rebondir ses seins, alors qu'elle marchait vers la chambre sans se retourner pour voir s'il la suivait...

Reilly sentit une vive douleur à la joue. Il s'était égratigné sur le guidon de l'arme. Il se ressaisit, furieux de s'être laissé aller à rêvasser. Il jeta un coup d'oeil à sa montre : il était 17 h 52. Il souleva le fusil, l'épaula et regarda par le viseur de nuit. Les objets qu'il pouvait difficilement discerner dans l'obscurité devinrent soudain visibles, se découpant en noir sur un fond rouge comme s'ils baignaient dans un crépuscule sanglant.

Le simple fait de mettre en joue relâcha un peu la tension qui lui nouait l'estomac. Il n'avait rien mangé depuis deux jours, incapable de garder quoi que ce fût, comme si ses entrailles mêmes rejetaient son projet. Mais il était convaincu d'avoir raison ; en vingt-deux ans d'existence, il n'avait jamais été aussi sûr de quelque chose.

C'est elle qui lui avait ouvert les yeux en premier. Ils en avaient parlé au lit jusqu'à des heures avancées de la nuit. Ils en avaient discuté en écoutant de la musique, assis en tailleur sur le sol. Ils en avaient parlé encore dans les bars, elle sirotant un cognac toute la soirée, lui avalant de plus en plus de bière à mesure que montait son indignation. Elle lui avait fait voir les choses comme elles étaient. Il comprenait maintenant comment les siens étaient persécutés, chassés de leurs maisons et de leurs terres par un gouvernement raciste. Elle lui avait fait découvrir enfin comment dans son pays, dans sa province, dans sa propre ville, on était en train de saper systématiquement toute une culture. Cela ne s'accomplissait pas avec la brutalité ouverte qui avait caractérisé la persécution nazie contre les Juifs, mais comme une lente saignée, forme plus subtile de génocide.

La colère qu'elle avait attisée en lui réveilla d'anciens griefs hérités de son père irlandais. Cathal Reilly était, en effet, un catholique né à Belfast. En 1952, lui et sa femme Maura avaient vendu leur maison à perte pour fuir le climat de haine et de préjugés de l'Ulster. Ils avaient émigré au Canada avec leurs maigres économies, pour refaire leur vie dans un « pays plein de possibilités », comme disaient les affiches des bureaux d'immigration. Ils s'étaient établis dans le quartier de la Pointe-Saint-Charles, à Montréal, parmi d'autres immigrés irlandais de fraîche date. La vie n'avait pas été facile, et particulièrement à l'époque de la naissance de Kevin ; mais, quelque pauvres qu'ils fussent dans leur pays d'adoption, ils pouvaient y vivre dignement sans être toujours sur leurs gardes.

Kevin Reilly ne s'était jamais intéressé à la politique. Le char de l'État pouvait bien rouler où bon lui semblait, il n'en avait cure, de même que de ceux qui le conduisaient et dont on voyait la photo dans les journaux. Mais en allant à la messe du dimanche, son père lui racontait les épreuves des catholiques d'Ulster, et ces histoires incessantes s'étaient gravées dans son subconscient comme des sermons de jésuite. Son père l'avait exhorté à n'oublier ni ne pardonner jamais.

Elle l'avait fait se ressouvenir aussi sûrement qu'elle l'avait attiré dans son lit. Par une analyse continue de la situation au Québec, elle lui avait laissé entrevoir le rapport entre le Belfast que le père avait fui et le Montréal que le fils découvrait. Elle avait apporté des coupures de journaux pour lui montrer les travailleurs licenciés parce qu'ils ne parlaient pas français, la langue de la majorité au pouvoir. Elle l'avait conduit à travers la ville, lui indiquant toutes les maisons offertes au rabais parce que leurs propriétaires anglophones ne pouvaient plus trouver d'emploi. Elle avait exhibé des rapports qui prévoyaient la disparition inéluctable du secteur scolaire anglophone par suite de tracasseries administratives. Et il lui avait appris à son tour comment son père avait essuyé les vexations des fonctionnaires francophones de l'assurance-chômage parce qu'il ne parlait pas leur langue : ses compatriotes pourtant ! Et comment sa mère s'était fait éconduire dans des magasins et des restaurants pour la même raison. L'ombre de l'Ulster, et ce n'était qu'un début. Mais ici, lui avait-elle dit, il pouvait faire quelque chose. Dans une étreinte, elle lui avait suggéré qu'une balle bien placée pouvait régler l'affaire, anéantir l'oppression qui pesait sur son père et sur lui...

Il consulta encore sa montre : 18 h 04. Bientôt, justice serait faite pour de bon.

Dans le hall de l'Assemblée nationale, Jean-Claude Belmont ralentit le pas pour se laisser rejoindre par le Premier ministre. Il voulait remercier son chef de l'avoir appuyé, sachant cependant que le Premier ministre avait dû recourir au moyen ultime : la menace de démission. Était-ce bluff ou détermination réelle de sa part ? Belmont avait besoin de le savoir.

Le Premier ministre le rejoignant lui prit le bras, geste équivoque d'amitié ou de solidarité politique, lourd de signification pour le ministre de l'Éducation.

— Ah, Jean-Claude ! les Chinois voyaient autrefois une malédiction dans le fait de vivre à des époques cruciales. Je pense que nous sommes tous maudits.

Belmont acquiesça en soupirant et dit :

— Merci pour tout à l'heure. Au moins, le bon sens a prévalu.

— Oui, reprit le Premier ministre, mais pour combien de temps ? À dire vrai, je me sens comme un missionnaire dans une marmite. Le Machiavel d'Ottawa brandit la torche et mon propre parti attend que l'eau bouille.

— Si on allait prendre un Pernod ! Tu te rappelles le bar de l'époque où l'on rêvait du Parti Québécois avec Lévesque ?

— J'aimerais bien, dit le Premier ministre en hochant la tête, comme j'aimerais jouer au golf, taquiner la truite et être plus souvent avec la femme que j'aime. Nous sommes maintenant si près du but que je ne peux me permettre de relâche. Mais je veux bien marcher un peu avec toi pour m'aérer l'esprit. Attends, j'avertis Touraine.

Alors que le Premier ministre informait son garde du corps de sa décision, Belmont laissait au portier le message qu'il n'aurait pas besoin de la voiture malgré la pluie.

Ces deux amis de longue date s'arrêtèrent un moment sur les marches du Parlement pour boutonner leurs imperméables. À trois pas du Premier ministre, le sergent Touraine de la Sûreté du Québec scrutait la Grande-Allée, les mains dans les poches.

— Je suppose, dit le Premier ministre d'un ton las, en descendant les marches, qu'il me faudra punir Lacroix. Je pourrais le déplacer des Affaires sociales aux Loisirs, mais cela ne servirait qu'à rallier la Société Saint-Jean-Baptiste autour de lui.

— Il a la fougue de la jeunesse, renchérit Belmont ne voulant pas paraître influencer son chef.

— Toujours l'avocat qui pointe l'oreille, hein, Jean-Claude !

La pluie, poussée par le vent, leur fouetta la figure alors qu'ils tournaient à droite, rue Grande-Allée. Ils courbèrent un peu la tête

18

pour l'affronter. Derrière eux, le sergent Touraine essayait d'entendre leurs paroles que le vent emportait.

Dans un halo couleur sang, Kevin Reilly épiait les trois silhouettes noires qui venaient vers lui : une grande et une petite par-devant, une large par derrière. Il les laissa s'approcher, comptant mentalement pour maîtriser ses nerfs. Quand les trois hommes furent à deux cents mètres, il centra la poitrine de la Cible dans le réticule du viseur et, doucement, appuya sur la détente, une fois, deux fois. Dans l'atmosphère irréelle du viseur de nuit, il vit le corps tourner sur lui-même, sauter et retomber en arrière dans la rue. La première balle avait atteint l'épaule gauche, la deuxième, la joue droite, défigurant le Premier ministre du Québec.

Reilly, la carabine encore en main, se leva pour regarder par la fenêtre les deux hommes penchés sur le leader écroulé. Le sang battait à ses oreilles. Une bouffée de triomphe monta en lui momentanément. Mais sa colère dissoute laissait la place à une sorte de torpeur amnésique. À la vue de sa victime gisant dans la rue, de son sang répandu, dilué par la pluie, il restait fasciné au point d'oublier les détails de sa fuite. Mais il devait décamper. Il souhaita qu'elle fût là pour lui dire quoi faire.

L'homme qui marchait derrière s'était relevé maintenant. Il avait dégainé un revolver et courait dans la direction d'où les coups étaient venus. Reilly se rencogna dans l'ombre, bien que le policier ne pût l'avoir vu dans l'obscurité de la fenêtre. On frappa soudain à la porte, d'un poing agressif. Pris de panique, Reilly jeta la carabine sur le lit et se rua vers la porte, sa seule issue. Il tira la chaîne et ouvrit brusquement. La concierge était là, le poing en l'air. Sa panique répondait à la sienne. Elle se mit à crier, en agrippant son veston de ses vieilles mains ridées. Il la repoussa. Elle dut s'accrocher à la rampe pour reprendre son souffle, alors qu'il dévalait l'escalier. Ses cris le poursuivirent jusque dans la rue.

Jean-Claude Belmont pleurait en enlevant son manteau pour en couvrir le visage du Premier ministre. « Oh mon Dieu ! Mon Dieu ! », ne cessait-il de répéter. Il s'aperçut soudain que le sergent Touraine était parti en courant, revolver en main, et il pensa à l'assassin. Il devait être encore là, quelque part, peut-être en train de le viser. D'un mouvement instinctif, il s'accroupit près du corps de son ami. Il vit un homme sortir d'un immeuble en courant. Touraine mit un genou à terre et, le Smith & Wesson 38 bien maintenu au bout de ses bras tendus, visa soigneusement.

L'homme s'arrêta, se retourna, hésita un instant puis se mit à courir le long de la Grande-Allée.

— Ne le tuez pas ! cria Belmont. Il nous le faut vivant !

Mais le policier avait déjà tiré. Frappé de plein fouet dans le dos, Reilly s'effondra sur le trottoir ; deux autres balles l'atteignirent aux reins et à l'épaule droite. Il roula dans une rigole, un flot de sang noir lui jaillissant du cou.

Chapitre 2

À 19 h 26, Radio-Canada interrompit ses émissions pour émettre le communiqué suivant :

« *Nous apprenons à l'instant que le Premier ministre du Québec a été victime d'un attentat. On a fait feu sur lui alors qu'il venait de sortir de l'Assemblée nationale. À l'Hôtel-Dieu de Québec où on l'a transporté, on n'a pu que constater le décès. Un homme que la police soupçonne d'être l'assassin a été abattu par le garde du corps du Premier ministre alors qu'il cherchait à s'enfuir. Il avait déjà expiré à son arrivée à l'hôpital. On ne l'a pas encore identifié. Nous vous fournirons d'autres détails au fur et à mesure qu'ils nous parviendront.* »

Le Québec tout entier fut frappé de stupeur. Des milliers de personnes laissèrent là leur repas et descendirent dans la rue. Hommes et femmes pleuraient sans retenue. Les services téléphoniques de Radio-Canada furent en un rien de temps débordés. Les stations de radio et les journaux furent aussi inondés d'appels. Un immense cri de douleur s'était élevé dans toute la province. Presque à l'unanimité, on accusait « les maudits Anglais ».

Dans les neuf autres provinces, on reçut la nouvelle avec un mélange d'indignation, de satisfaction et de crainte des répercussions. « Il n'a rien fait pour l'éviter ! », fit remarquer un tavernier ontarien. À Calgary, une institutrice dit à son mari en fermant la radio : « Peut-être que les *frogs* vont comprendre maintenant. » Mais la plupart des Canadiens furent révoltés par la violence du geste. Aucune personnalité politique n'avait été tuée au Canada depuis le meurtre de Pierre Laporte par les terroristes du F.L.Q. en 1970. Et cela aussi s'était passé au Québec, comme ne manqua pas de le remarquer le Canada anglais.

Le Premier ministre du Canada, assis à son bureau, un sandwich au poulet et un verre de lait devant lui, examinait une carte du Yukon et des Territoires du Nord-Ouest. Avery Walton, le jeune ministre du Nord, se tenait debout derrière lui. De grandes parties de la carte avaient été colorées en rouge, orange et bleu, selon les réclamations territoriales des Inuit, des Dene et des Métis. Il y avait crise au nord et l'on devait régler le problème rapidement pour réaliser le projet de pipe-line canado-américain. Les autochtones n'acceptaient pas que le gazoduc passe sur les terres qu'ils revendiquaient comme étant les leurs. Les négociations devaient reprendre le lendemain avec les trois groupes et Ottawa n'avait pas encore de contre-proposition ferme à opposer aux revendications autochtones. Le gazoduc, dont la construction avait déjà été différée à deux reprises, devait être mis en chantier l'été suivant, et il fallait entreprendre un oléoduc deux ans plus tard. Le gouvernement n'avait donc pas beaucoup de temps à sa disposition pour faire justice à des réclamations centenaires et dont on n'avait pu venir à bout après cinq ans de négociations ardues. Sans règlement satisfaisant, on pouvait s'attendre à du sabotage et à des attaques sur les chantiers. Avery Walton avait passé en revue les revendications autochtones et s'apprêtait à soumettre ses contre-propositions au Premier ministre.

— La solution, dit-il, n'est pas tant d'offrir une compensation monétaire que d'investir dans les entreprises locales pour freiner la migration des jeunes vers le sud.

Le timbre de l'interphone l'avait interrompu.

— Un instant, Avery, intervint le Premier ministre en décrochant le combiné. Qu'y a-t-il, mademoiselle Marston ? J'ai demandé qu'on ne me dérange pas.

Walton put entendre la voix agitée de la réceptionniste dans l'appareil.

— Très bien. Faites-la venir, dit le Premier ministre, et il raccrocha. C'est Doris Faber. Un message urgent. Non, reste là, nous devons régler ça ce soir.

Walton était ennuyé. En toute autre occasion, il eût été enchanté de voir la jolie secrétaire du Premier ministre, mais il comptait sur la réussite de ces négociations pour se mériter une promotion rapide au sein du cabinet. Ce qu'il avait à proposer était très compliqué, et il avait besoin de toute l'attention de son chef. Politicien chevronné, celui-ci avait plutôt la compréhension lente quand il s'agissait de questions techniques.

La porte s'ouvrit, Doris Faber entra ; elle essayait de garder son flegme habituel, mais une rougeur aux joues la trahissait.

— Il est arrivé quelque chose...

Elle s'interrompit en apercevant Walton, mais d'une main impatiente le Premier ministre lui fit signe de continuer. Elle avait de la difficulté à trouver ses mots.

— Le Premier ministre du Québec... vient d'être assassiné.

— Où ? demanda le Premier ministre avec effarement.

— Devant le Parlement. On a abattu un homme qui s'enfuyait.

— L'a-t-on identifié ?

— Il s'agit, semble-t-il, d'un anglophone de Montréal.

Elle consulta ses notes : Kevin Reilly, de Pointe-Saint-Charles.

— L'imbécile ! jeta le Premier ministre, frappant du poing sur son bureau avec une telle force que le verre de lait tomba et se répandit sur la moquette.

Walton se précipita, mouchoir en avant.

— Laisse faire le lait, et débarrasse-moi de cette maudite carte !

— Mais les revendications des autochtones..., voulut protester Walton.

— Nous avons peut-être une guerre civile sur les bras, et tu parles de revendications autochtones !

Le Premier ministre s'enfonça dans son fauteuil de cuir et se couvrit la figure avec ses mains.

Le bureau du secrétaire d'État Lawrence Wilde, à Washington, était tapissé de cartes géographiques. Il racontait aux visiteurs qu'il aurait pu emprunter des peintures de la Bibliothèque du Congrès, mais qu'il préférait des cartes. Il aimait beaucoup indiquer les points stratégiques à la baguette en pivotant sur sa chaise. Alors que les autres adjoints du Président avaient des photos de famille sur leur bureau, Wilde exhibait une eau-forte de Disraëli, un homme d'État dont il admirait la diplomatie. Les faits et gestes de cet ancien professeur d'histoire de Columbia défrayaient aussi bien la chronique des revues d'affaires étrangères que celle des tabloïds quotidiens. Et que le secrétaire d'État fût encore au travail à 19 h 35 était digne de mention dans ces deux types de publications.

C'était le problème britannique qui l'avait retenu au bureau ce soir-là. Le gouvernement de coalition s'était montré aussi impuissant que les autres à freiner le déclin économique. La balance des paiements du dernier mois, dont on allait publier les chiffres, était la pire de l'histoire du Royaume-Uni. La livre avait chuté à $1,09 et menaçait de valoir moins que le dollar après la publication des dernières statistiques. Les chômeurs atteindraient le nombre de deux millions à Noël, et l'inflation avait remonté à vingt pour cent malgré des prêts énormes du Fonds monétaire international et un contrôle sévère des prix. L'industrie britannique était handicapée par des grèves d'inspiration communiste, et certaines avaient dégénéré en violence dans les ports et les mines. Les débardeurs et les mineurs avaient cependant réélu des équipes communistes à la tête de leurs syndicats, et tout indiquait que les cheminots et les camionneurs feraient de même. Sans une intervention américaine massive et immédiate, les syndicats britanniques pourraient se retrouver sous l'emprise communiste en moins de six mois.

Le Président avait demandé un programme global qu'il pourrait soumettre au Congrès à la fin de la semaine. Et cette fois des prêts massifs des États-Unis ou de l'Allemagne de l'Ouest et du Japon ne feraient plus l'affaire. « Plus de replâtrages, avait dit le Président, je veux un autre Plan Marshall. » Aussi Lawrence Wilde avait-il dû renoncer à la réception donnée en l'honneur d'une soprano argentine de passage, pour travailler à un projet politico-économique susceptible de neutraliser l'influence communiste dans les syndicats anglais sans qu'on puisse accuser les États-Unis d'ingérence dans les affaires intérieures d'un autre pays.

Alors que le secrétaire d'État examinait le mode de scrutin du syndicat du Transport, le téléscripteur commença à crépiter dans le bureau. Une petite sonnerie vint souligner l'urgence du message.

Comme le chien de Pavlov, il ne répondit à la machine qu'en entendant la sonnerie. Il lut le message et prévint immédiatement sa secrétaire par l'interphone :

— Mettez-moi en contact avec le Président tout de suite. Joignez-le où qu'il puisse être. Dites-lui que la situation est devenue critique au Québec.

Holbrook Meadows, président d'International Consolidated Enterprises, ou Intcon comme on disait à la Bourse, se faisait réserver chaque soir deux tables à l'Unicorn Club, rue Curzon, dans le quartier londonien de Mayfair. L'une de ces tables était placée dans une mezzanine d'où il pouvait voir les allées et venues ; l'autre, dans un salon particulier où il pouvait causer affaires ou conter fleurette en toute quiétude. Aux deux tables, il avait fait installer des chaises assez larges pour convenir à sa corpulence et assez solides pour supporter son poids. Et chaque jour après déjeuner, son adjoint personnel téléphonait au maître d'hôtel pour l'informer de la table que M. Meadows allait prendre en soirée.

Ce soir-là, c'était le salon puisque Jan Maadan, vice-président de la société South African Gold, une filiale à part entière de l'Intcon, venait d'arriver à Londres par avion pour s'entretenir en privé avec Meadows. Celui-ci l'avait fait venir expressément, mais n'avait pas voulu le rencontrer au bureau, par crainte de rumeurs. En temps normal, le numéro un sud-africain se rendait en Angleterre une fois l'an pour faire rapport de l'activité de sa firme à la réunion annuelle d'Intcon. La présence de Maadan à Londres quatre mois à l'avance pourrait faire courir des bruits dangereux pour le cours des valeurs en Bourse.

À l'Unicorn, Maadan avait étalé ses rapports et ses relevés géologiques sur la table, sûr qu'aucun membre du club ne viendrait les déranger. Entre le pâté de foie gras, le canard à la sauce griotte et la crème brûlée, il expliquait plus en détail à Holbrook Meadows le rapport confidentiel qu'il lui avait adressé quelques semaines auparavant :

— La chose est certaine, monsieur Meadows. J'ai fait vérifier à maintes reprises sur le terrain. Le gisement d'or de Red Veldt est épuisé. Il n'y en a plus que pour trois mois d'extraction à pleine capacité.

— Cette mine est la plus importante de la compagnie, murmura Meadows en contemplant la robe rubis de son Château Margaux 1961. Et si nous l'exploitions à cinquante pour cent ?

— En deux ans, l'exploitation ne serait plus rentable, quel que soit le ralentissement de la production.

Meadows s'attendait à une mauvaise nouvelle. Maadan était un homme avisé ; il n'aurait jamais soumis un tel rapport s'il avait eu le moindre doute. Mais le président d'Intcon, pour plus de sûreté, avait exigé qu'on prît d'autres échantillons. Maintenant il n'y avait plus de doute.

Si la nouvelle s'ébruitait elle pouvait causer un tort irréparable au conglomérat, d'autant plus que la plupart des autres holdings internationaux du groupe n'étaient guère rentables. L'exploitation du cuivre au Chili ne s'était pas encore tout à fait rétablie de deux décennies ou presque de troubles politiques et de conflits ouvriers. D'autre part, la Conférence sur le droit de la mer avait si sévèrement réglementé l'usage des pétroliers géants que l'Intcon avait dû recourir à des bateaux-citernes plus petits qui faisaient à peine leurs frais. Enfin les mines du Canada restaient, pour une grande part, inexploitées à cause de difficultés d'ordre politique et géographique. Il n'y avait que la fabrication d'armes qui rapportât, comme toujours. L'or sud-africain avait cependant été la clef de voûte de la compagnie depuis vingt ans. Et voilà que le filon était épuisé.

Meadows regarda le visage bronzé du Sud-Africain avec un petit air railleur.

— Je n'ai pas besoin, mon ami, de vous recommander la discrétion la plus absolue.

— Oui, je sais. La dégringolade des cours en Bourse, les problèmes de liquidité pour la compagnie mère, les licenciements massifs et peut-être la vente forcée des principaux actifs.

— Exact, conclut l'Anglais dans un murmure.

Maadan était un homme sur qui on pouvait compter. Meadows l'avait lui-même trié sur le volet, le retirant des laboratoires pour le propulser dans les conseils d'administration à trente-sept ans. Le Sud-Africain lui vouait donc une loyauté indéfectible. Un serveur s'approcha et Meadows fit signe à Maadan de se taire.

— Pardon, Monsieur. Un appel urgent pour vous, du Canada. Voulez-vous le prendre ici ?

Le garçon apporta un téléphone et le brancha dans une prise au mur.

— Merci, Jefferson !

Meadows attendit que le garçon se retire avant de décrocher le combiné.

— Excusez-moi, Jan. Allô, Holbrook Meadows à l'appareil...

Maadan vit le visage empâté de son président s'éclairer peu à peu d'un malin sourire.

— Merci d'avoir appelé. Bonne nuit !

L'homme d'affaires raccrocha doucement, comme si le combiné eût été de verre.

— C'était Ross Anson, de notre bureau de Montréal. Je pense que nos problèmes sont réglés. Un fou vient de nous rendre service en tuant le Premier ministre du Québec.

La salle d'armes du chic Club des Sports, de la rue Saint-Honoré, à Paris, retentissait du bruit des sabres entrechoqués. Les deux escrimeurs se mouvaient en crabe sur le tapis, parant les attaques à la tête et au torse. Le plus grand combattait, une main hardiment posée sur la hanche, l'autre gardait la positon plus traditionnelle de l'avant-bras replié dans le creux des reins pour offrir moins de prise.

Il y avait beaucoup de fanfaronnade dans le style de l'attaquant. Il criait à travers son masque en pressant son adversaire et, pour l'intimider davantage, tapait du pied chaque fois qu'il portait une botte. L'autre ne réussissait à parer les coups d'estoc et de taille que grâce à sa rapidité, mais il était clair que la vigueur de l'attaquant finirait par triompher.

Comme pour suspendre cette victoire, une voix dans le haut-parleur au-dessus de leur tête vint se mêler au cliquetis de l'acier :

— Monsieur de Luzt, vous êtes demandé au téléphone. Un appel urgent de Montréal.

Alors que son adversaire avait déjà fait un pas en arrière, baissait sa garde et allait enlever son masque, de Luzt se porta en avant pour donner l'estocade. L'autre arracha son masque avec colère, dévoilant les traits d'une jolie femme de couleur.

— Vous n'êtes pas très courtois, Monsieur !

De Luzt recula, remit son sabre à un assistant et répondit en souriant :

— On gagne comme on peut. C'est la vie, ma chère !

Il s'épongea le front avec le foulard de soie Hermès qu'il avait au cou.

— Vous maniez bien le sabre, Mademoiselle.

— Je faisais partie de la délégation française aux Olympiques de Montréal, expliqua-t-elle en déboutonnant sa tunique. Mais franchement, Monsieur, je n'ai jamais affronté personne qui ait un tel mépris de l'étiquette. Ce n'est qu'un sport, après tout.

Pendant qu'elle parlait, de Luzt examinait ses cheveux de jais que la sueur faisait briller, ses lèvres pleines, ses yeux d'un brun velouté, sa peau luisante couleur chocolat. Il songeait qu'elle devait venir des Antilles ou de l'île Maurice peut-être. Pour qu'elle pût faire de l'escrime, il fallait que sa famille fût fortunée ou qu'elle eût un riche protecteur. De toute façon, elle n'était pas une femme qu'on prend à la légère. Il était plutôt difficile de trouver à minuit adversaire aussi agréable à Paris.

— On vous attend au téléphone. Vous n'y allez pas ?

— Votre dextérité au sabre et votre beauté m'ont presque fait oublier. Veuillez m'excuser. J'espère que vous me ferez le plaisir d'accepter un verre de champagne. Garçon, une bouteille de Dom Pérignon ! Mais je pense que nous ne nous connaissons pas encore. Je me présente : Antoine de Luzt, soldat de fortune pour vous servir.

Il fit une courbette avec un sourire ironique. La colère de la jeune femme fit place à de la curiosité. Elle était intriguée par cet homme de grande taille : ses airs aristocratiques, ses cheveux blancs plantés dru, ses yeux gris fer, son nez mince, anguleux. Dans l'ensemble, il donnait l'impression d'un aigle en quête de proie. Du coin de ses yeux à ses lèvres, accentuée par les joues grêlées, s'inscrivait une sorte de cruauté : elle en ressentait attirance et répulsion à la fois.

— Thérèse Saint-Rémy, se nomma-t-elle en secouant la tête pour libérer ses cheveux. Tout ce que je puis vous dire d'autre, c'est que j'ai assez soif pour accepter votre champagne.

— Magnifique ! Vous m'excuserez si je vais prendre mon appel.

Il recula avec une courtoisie moqueuse et disparut dans le vestiaire. Le garçon apporta le champagne et deux flûtes. Il versa le vin et tendit une coupe à la jeune femme. Mais de Luzt revenait déjà. Il se tapait la cuisse et sifflait comme un gamin en possession d'un heureux secret qu'il ne peut révéler. Il leva son verre.

— Buvons, ma chère, à la santé du vainqueur !

Le Premier ministre du Canada avait convoqué d'urgence ses principaux ministres à son bureau, à 20 h 30 précises. Il était presque 21 heures, et André Lafontaine, le lieutenant québécois du Premier ministre, n'était pas encore arrivé. Il était toujours en retard. D'habitude son chef n'en tenait pas compte, vu la précieuse connaissance que Lafontaine avait des réalités politiques du Québec. Mais ce soir-là, le Premier ministre pianotait impatiemment sur son bureau dans l'attente du retardataire. Il n'était pas question de commencer sans lui. Autour du chef du gouvernement, se trouvait une poignée de conseillers qu'il avait choisis pour représenter les grandes régions du pays et les groupes majeurs au sein du parti.

Avery Walton parlait au nom de l'Ontario et des jeunes membres de professions libérales du parti. John Penny, le ministre de l'Agriculture, la voix de l'Ouest, était un vétéran de la politique qui, avec son pragmatisme et son esprit calculateur, faisait contrepoids à un Bill McVee, un ancien pêcheur des Provinces Maritimes qui s'exprimait dans un langage coloré de marin. Et il y avait le retardataire, André Lafontaine, qui pouvait prendre le pouls de « la belle province » mieux que quiconque. Il avait réussi à garder le contact que tant de ministres québécois semblaient perdre après quelque temps à Ottawa.

— Enfin !, lâcha le Premier ministre alors que Lafontaine entrait à la hâte.

Essoufflé, le ministre alla s'asseoir en marmonnant des excuses.

— Messieurs, la mort tragique du Premier ministre du Québec a créé une situation dont je n'ai pas besoin de vous dire toute la gravité. Avant de solliciter vos avis, je vous ferai part de certaines choses que vous ignorez peut-être. De bonnes raisons m'ont poussé à ne pas les révéler. Voici. J'ai eu avec le Premier ministre du Québec quatre rencontres secrètes au lac Harrington au cours des huit dernières semaines, pour sortir les négociations de l'impasse. Je pense que nous approchions d'un accommodement qui aurait assuré l'avenir de la Confédération et donné en même temps au Québec une certaine souveraineté dans le cadre de la Constitution canadienne. Malheureusement, nous n'avions pas encore amené l'entente au point de pouvoir la présenter à nos cabinets respectifs. Et voilà qu'un imbécile, d'un coup de fusil, vient d'anéantir tout le progrès accompli. Nous avons maintenant une crise sur les bras au Québec. Comment allons-nous réagir, Messieurs ? D'abord, André, qu'en pensez-vous ?

— Eh bien, le P.Q. va vouloir se choisir un nouveau chef le plus tôt possible. Comme il y a une élection provinciale en vue dans les dix-huit mois à venir, on ne peut se permettre d'attendre longtemps. Il n'y a que deux aspirants à la direction du parti : Belmont et Lacroix. Des deux, seul Belmont nous est acceptable. Il serait apte à conclure les ententes du lac Harrington. Lacroix, jamais. C'est un homme dangereux, d'autant plus qu'il est populaire, particulièrement dans les milieux syndicaux. Il parle leur langage, et ils croient à son pseudo-marxisme : conseils d'ouvriers, participation aux bénéfices, cogestion. Ils avalent tout ce jargon. Lacroix n'est pas un militant communiste, mais de peu. Et nous connaissons tous sa position sur la question constitutionnelle : l'indépendance absolue pour le Québec. Pas de liens économiques ni d'accords d'aucune sorte. Des ententes commerciales avec les pays francophones et probablement des canons le long de la Voie maritime du Saint-Laurent. Il trouve son appui chez les radicaux du parti, ceux que le chef avait réussi à tenir loin des ministères importants. Si Lacroix prend la tête du gouvernement, ils vont dominer le cabinet et la fonction publique. Il faut l'arrêter à tout prix.

Le Premier ministre écoutait ce sombre pronostic en griffonnant sur son bloc-notes.

— D'autres commentaires, Messieurs ?

Comme il fallait s'y attendre, Avery Walton prit la parole.

— Il me semble qu'un vide politique vient d'être créé au Québec. Nous pourrions en profiter. Tout compte fait, nous avons un bon atout : un chef qui parle couramment le français, qui est populaire et respecté au Québec. Je pense, monsieur le Premier ministre, que vous devriez intervenir personnellement par une importante déclaration à la télévision.

— Les damnés journalistes sont déjà là, coupa McVee en montrant la porte. Je me demande comment ils font pour trimbaler aussi vite leurs caméras.

— Je crois, continua Walton, que vous devriez mettre tout votre poids politique dans la balance pour assurer l'élection de Belmont. Vous pourriez même laisser entendre que vous et le Premier ministre du Québec étiez au point d'en arriver à un accord, et que Belmont est le seul qui puisse mener les choses à terme. Je ne veux pas être cynique, mais ce franc-tireur a peut-être mis les péquistes à notre merci.

Bill McVee émit un mugissement d'approbation.

— Bien vrai. Ces maudits Québécois l'ont bien voulu. Maintenant nous les avons par les ouïes, il faut tirer la ligne. Parlez-leur, monsieur le Premier ministre. Usez de votre pouvoir. On n'en aura peut-être plus l'occasion si ce satané Lacroix prend la relève.

John Penny se versa une troisième tasse de café et attendit que le Premier ministre se tourne vers lui maintenant que tous les autres avaient donné leur opinion. Il revint donc à sa place avec son café, en prit une gorgée, et déposa la tasse précautionneusement avant de parler.

— Je crains qu'on ne puisse agir ainsi. (Le verdict était final et sans appel.) André vous dirait la même chose s'il n'était pas aussi effrayé par ce croque-mitaine de Lacroix. Oui, vous parlez français monsieur le Premier ministre. Oui, on vous aime au Québec. Oui, on a voté là-bas pour vos candidats. Mais vous n'êtes pas un des leurs. Vous êtes quelqu'un de l'extérieur. Un étranger. Vous êtes anglais.

Le Premier ministre soupira. Penny avait raison. Les Québécois pouvaient accepter un chef canadien-anglais à Ottawa s'il se montrait sympathique à leur province. N'avaient-ils pas déjà donné cinquante sièges à John Diefenbaker malgré son français atroce ? Mais le gouvernement provincial à Québec était zone interdite. Qu'un Premier ministre fédéral essaie de s'immiscer là et il verrait très rapidement où sont les véritables intérêts des Québécois.

— Les conseils de Walton et McVee mènent au désastre, poursuivit Penny le regard fixé sur son café. Vous n'avez qu'à paraître au Québec et les électeurs de cette province vont se jeter dans les bras de Lacroix rien que pour montrer leur indépendance vis-à-vis d'Ottawa. Et qu'y aurons-nous gagné ? Un ennemi de la Confédération à la tête du Québec et un coup mortel à votre prestige dans le reste du pays, monsieur le Premier ministre.

Une atmosphère lugubre planait sur la réunion ; tout le monde savait que Penny avait raison.

— Que proposez-vous, John : que nous ne faisions rien ?

Le Premier ministre s'était mis à jouer avec l'anneau de son auriculaire, un tic nerveux que ceux qui le connaissaient bien pouvaient interpréter comme de l'anxiété issue de la fatigue.

— Eh bien ! nous pourrions jouer au plus fin et appuyer massivement Lacroix, intervint Walton. Les Québécois pencheraient alors de l'autre côté. Ils sont assez pervers pour cela.

— C'est trop risqué, dit Lafontaine. Les journalistes découvriraient le jeu.

— Mais nous devons nous battre, morbleu !, rugit McVee qui était prêt à reprendre la bataille des Plaines d'Abraham.

— Le problème est que quoi que nous fassions nous allons mettre les pieds dans le plat, intervint le Premier ministre. Mais il y a un autre point que nous devons prendre en considération. Aux États-Unis, on est extrêmement nerveux au sujet de la situation qui prévaut au Québec. Le Président y revient constamment chaque fois que nous nous rencontrons. Il en devient presque paranoïaque. La perspective d'un régime hostile au pouvoir à Québec sème la peur à Washington. Et quand la peur arrive là-bas tout peut se produire. Je pense, John, que vous êtes le seul d'entre nous qui était là à l'époque de la baie des Cochons, n'est-ce pas ?

Penny fit un signe de tête affirmatif.

— Je reconnais que sur le plan intérieur, poursuivit le Premier ministre, il convient de ne rien faire. Au moins, rien d'apparent. Il y a peut-être d'autres moyens d'assurer l'élection de Belmont. Mais n'oublions pas qu'en refusant d'intervenir nous courons le risque que Washington interprète notre attitude comme de la faiblesse, comme une incapacité à maîtriser la situation, ce qui serait assez grave. Le Président a tendance à dégainer rapidement, pensons-y bien. Je vous laisse là-dessus, Messieurs, bonne nuit !

Un dossier scellé marqué *DEPARTMENT OF STATE — TOP SECRET* atterrit avec un bruit sourd sur le bureau du Président. Les traits fatigués, Lawrence Wilde alluma une cigarette alors que le Président défaisait les cachets et fouillait à travers la liasse énorme de papiers.

— Nous surveillons les événements au Québec depuis 1963, dit Wilde qui, voyant les sourcils froncés du Président, s'empressa d'ajouter : j'ai demandé d'inclure seulement la documentation la plus récente et la plus pertinente. Sur le dessus il y a un document d'information qui constitue une synthèse de l'ensemble. Vous verrez qu'il contient des rapports de notre Bureau européen sur les répercussions que l'indépendance du Québec entraîneraient éventuellement là-bas, ainsi qu'une évaluation faite par notre Bureau du Canada. Quant à déterminer la façon dont cet assassinat va accélérer les choses, il faut attendre. Je vais demander au département de travailler là-dessus en priorité demain matin.

— C'est ce qu'il nous fallait, Larry. Il ne reste plus qu'un an avant les élections et voilà la situation : la Grande-Bretagne est descendue au niveau des républiques de bananes, l'Espagne est encore à la veille d'exploser, les forces du Pacte de Varsovie se baladent près des frontières de la Yougoslavie, les Russes accroissent leur présence en Afrique, les pays de L'O.P.E.P. sont en train de fermer les robinets du pétrole, les Khmers rouges sont prêts à envahir la Thaïlande comme une pluie de sauterelles, et voilà que ces « enfants de chienne » au Canada nous foutent une bombe juste au seuil de notre porte ; et ma femme après cela se demande pourquoi j'ai oublié notre anniversaire de mariage !

— Félicitations, monsieur le Président !

— Quoi ? Oh, merci... Mais cette affaire du Québec, ça sent mauvais. Nous avons un autre Cuba à notre porte, sinon pire. Le gouvernement canadien n'a pas assez de nerf pour... Il n'acheva pas sa phrase, il avait commencé à lire :

Département d'État
Document : ACD-18174-3326H
Classification : Secret absolu
À l'attention de : Secrétaire d'État Lawrence Wilde
De la part de : L. Munroe Fawcette, adjoint au Secrétaire d'État
pour les Affaires européennes

33

Rapport au Secrétaire d'État sur les répercussions d'une déclaration d'indépendance de la part de la province de Québec, Canada
Le présent document constitue une mise à jour augmentée du document ACD-14523-255A, compilé par le Bureau nord-américain du Département d'État en collaboration avec des hauts fonctionnaires du Bureau européen.

Les premières pages présentaient un historique du mouvement d'indépendance au Québec, la victoire du Parti Québécois aux élections de 1976, ainsi que le référendum de 1980 où 63% des Québécois approuvèrent l'indépendance à l'intérieur d'une association économique avec le reste du Canada.

— Je ne crois pas que vous trouverez beaucoup dans ce document que vous ne savez déjà. Le passage le plus intéressant commence à la page 38, suggéra Wilde.

Le président sauta des pages. À la dite page, il trouva un résumé succinct de ce qu'il voulait savoir.

IMPLICATIONS

Les conséquences de la sécession du Québec et de sa constitution en État séparé et indépendant seront les suivantes :

1. SUR LE PLAN POLITIQUE
Instabilité le long d'une frontière commune de 3 000 milles avec le Canada. Il n'est pas certain que la Confédération canadienne pourrait survivre à une telle rupture. La sécession du Québec pourrait encourager d'autres provinces, notamment la Colombie britannique et les Maritimes, à faire de même. Dans certains cas, des provinces ou des groupes de provinces pourraient solliciter leur annexion aux États-Unis. Dans le cas de la Colombie britannique, cela pourrait être à notre avantage, en nous permettant d'établir une liaison terrestre avec l'Alaska, mais si les provinces essayaient de se tirer d'affaire seules, nous courrions le risque d'avoir, comme voisins du nord, des États fragmentés et affaiblis économiquement. Dans ce cas, il serait dans notre intérêt d'attirer à nous la population de ces nouveaux pays avant qu'une grande puissance hostile le fasse avant nous.

Ce risque est particulièrement grave en ce qui concerne le Québec. La province s'est beaucoup radicalisée au cours des deux dernières décennies, en particulier les syndicats, les universités (professeurs et étudiants) et les organes de presse (presse écrite et parlée: à ce sujet, voir le rapport annexé sur les influences séparatistes au sein de la Société Radio-Canada). L'équipe dirigeante au Québec a réussi à tenir en échec les radicaux, mais, d'après les rapports de nos agents, nous croyons qu'ils demeurent un danger potentiel et qu'ils peuvent prendre le pouvoir si Ottawa refuse les compromis.

2. EN MATIÈRE D'ÉNERGIE

Menace pour nos approvisionnements en énergie. Le Canada et les États-Unis se sont entendus en 1979 pour construire des gazoducs et des oléoducs le long du Yukon et à travers l'Alberta et la Saskatchewan. Ces pipe-lines doivent alimenter 48 États grâce aux ressources en énergie de la région du Prudhoe Bay (voir la carte). La construction des pipe-lines connaît un retard, mais une fois qu'ils seront en fonctionnement, nous croyons qu'ils diminueront de 78% notre dépendance en énergie importée.

La Balkanisation du Canada pourrait menacer sérieusement la construction de ces pipe-lines. À moins de pouvoir nous annexer des corridors le long des tracés, nous courrons le risque de devoir renégocier les ententes avec de nouveaux États, dont le profil politique reste problématique. Une telle situation peut retarder de plusieurs années l'aménagement des pipe-lines, ce qui nous mettrait à la merci de l'O.P.E.P.

3. SUR LE PLAN ÉCONOMIQUE

Un danger aussi sérieux du point de vue économique consiste en la prise de contrôle de la part du Québec de la Voie maritime du Saint-Laurent. La vie économique de plusieurs villes du Midwest dépend dans une large mesure de la Voie maritime : c'est le cas de Buffalo, Cleveland, Detroit, Milwaukee, Chicago et Minneapolis-St.Paul. Le risque de redevances excessives ou d'une fermeture de la Voie maritime pourrait affecter lourdement notre économie. Un gouvernement québécois sans scrupules pourrait ainsi nous tenir à la gorge dans les négociations sur les droits de passage. Et, en ce moment, la Voie maritime est plus importante pour notre bien-être économique que le canal de Panama.

4. RÉPERCUSSIONS INTERNATIONALES

L'histoire montre que la réussite des mouvements d'indépendance encourage des tentatives semblables ailleurs. Dans la seule Europe, il y a plusieurs mouvements autonomistes à l'heure actuelle : en Grande-Bretagne, l'Écosse et le pays de Galles et, dans une moindre mesure, les Cornouailles ; en Espagne, le Pays basque et la Catalogne ; en Italie, le Tyrol ; en Yougoslavie, la Croatie ; et en Belgique, la Flandre. Tous ces pays ont une importance stratégique à l'intérieur de notre périmètre de défense européen. Tous ont des problèmes intérieurs qui seraient encore exacerbés par de soudaines flambées autonomistes attisées par l'exemple du Québec. Nos informateurs font état d'influences et d'appuis soviétiques dans plusieurs des groupes nationalistes cités. Nous croyons que les agitateurs soviétiques chercheront à profiter de l'indépendance du Québec pour faire avancer les choses dans ces pays. Nous considérons que la situation est des plus critique en Yougoslavie, en Espagne et en Italie. Avec la présence accrue de la flotte soviétique en Méditerranée, le moindre bouleversement politique dans cette région nous mettrait en conflit direct avec l'ennemi.

5. INCIDENCES STRATÉGIQUES

Le Québec occupe une place stratégique à l'intérieur du Pacte de Défense aérienne de l'Amérique du Nord (N.O.R.A.D.). Si un Québec indépendant adoptait une politique neutraliste, cela pourrait compromettre sérieusement l'efficacité de notre système avancé de détection à Pine Tree Line, dans le nord de la province. La perte de cette partie de notre système de détection des missiles et des avions laisserait la côte atlantique vulnérable à des attaques surprises par le Pôle Nord. Un Québec neutre pourrait aussi empêcher la surveillance de la navigation dans le golfe du Saint-Laurent, ce qui laisserait la côte atlantique aisément accessible aux sous-marins nucléaires.

Un Québec indépendant compromettrait aussi l'efficacité du Canada comme partenaire de l'O.T.A.N. D'importantes installations pour la production d'équipements militaires seraient ainsi perdues : des usines de munitions dans la région de Montréal, des avionneries à Montréal, des chantiers maritimes à Sorel et dans la région de Québec. Il faudrait plusieurs années pour aménager de nouvelles installations industrielles dans d'autres parties du Canada.

RÉSUMÉ

À notre avis, les avantages éventuels de l'indépendance du Québec (des annexions possibles de territoires par suite d'un Canada morcelé) sont loin de compenser les désavantages. Nous recommandons que, dans l'intérêt national des États-Unis et dans l'intérêt de nos alliés de l'O.T.A.N., notre gouvernement donne le plus grand appui possible au gouvernement du Canada, dans toute la mesure que celui-ci jugera nécessaire pour prévenir la séparation de la province de Québec jusqu'à, et y compris, une intervention militaire directe.

Nous recommandons en outre que le gouvernement du Québec soit averti de la position du gouvernement américain à ce sujet, de façon approprié, le plus tôt possible.

Le Président déposa le document sur son bureau et passa la main sur son crâne chauve.

— Eh bien ! c'est assez clair. Je lirai le reste plus tard, Larry ; mais comment croyez-vous que nous devrions prendre contact avec Québec : par Ottawa, ou faisons-nous affaire directement avec ces enfants de chienne ?

Wilde informa le Président de la lutte qui se dessinait pour la direction du P.Q.

— Je pense que nous devrions faire connaître notre position au gouvernement d'Ottawa et lui offrir toute l'assistance nécessaire. Nous pourrions entre nous discuter des moyens à prendre pour écarter la gauche radicale du gouvernement du Québec. À plus long terme, nous devrions travailler à faire place nette dans le P.Q. afin d'installer un régime dévoué à la Confédération.

— Très diplomatique comme toujours, Larry. Mais, bon Dieu !, j'en ai ras le bol de la diplomatie ! Tout le monde semble croire qu'on peut nous taper dessus et qu'avec beaucoup de gentillesse et de diplomatie nous tendrons l'autre joue. Nous avons eu peur de nous défendre depuis le Viêt-nam ; mais s'il n'en tient qu'à moi, c'est fini ! Allez préparer la déclaration. Pendant ce temps, je vais convoquer la C.I.A. ici et demander au secrétaire de la Défense de placer tout le secteur du Nord-Est sur *Yellow Alert* (l'Alerte jaune). Nous allons en finir avec ce bordel, et de la façon que nous l'entendons ! Compris ?

— Compris.

— Bon. Allons-y.

Chapitre 3

L'immeuble du *Montreal Chronicle* s'étendait d'une rue à l'autre, témoignage d'un temps où les pouvoirs de la presse étaient plus importants. De son bureau mal entretenu au huitième étage, Taylor Redfern, reporter et chroniqueur chevronné, pouvait voir le Saint-Laurent et les îles désaffectées de l'Expo 67. Ces pavillons qui tombaient en ruine lui offraient une image du destin de son journal. Il y a quinze ans, le *Chronicle* était réputé comme le meilleur journal du Canada, mais le tirage était tombé rapidement à la suite de l'exode des anglophones après la victoire du Parti Québécois, en 1976, et surtout au résultat du référendum. Comme plusieurs entreprises anglaises avaient déménagé leurs sièges sociaux à Toronto et à Ottawa, la publicité avait diminué en proportion dans le journal. Aussi l'édition du soir, que Redfern feuilletait pour voir quelles fautes les correcteurs d'épreuves avaient laissées dans son texte, était-elle plus mince que ce qu'il aurait souhaité.

À trente-huit ans, Taylor Redfern était le dernier d'un noyau de journalistes émérites dont le style et la fougue avaient créé le prestige du *Chronicle* à travers le pays, à une époque d'on désignait ironiquement au pupitre par le sigle « *B.F.P.* » (*Before French Power*). Alors que ses collègues avaient quitté la province, attirés ailleurs par la sécurité de journaux et de magazines florissants, Redfern était resté. Quand ses amis lui demandaient pourquoi, il répondait qu'il avait trop de livres à empaqueter. Ce n'est pas qu'il éprouvait une loyauté à toute épreuve à l'endroit du *Chronicle*, mais là il se sentait chez lui et jouissait de la distinction d'être le meilleur journaliste de la boîte, même s'il y avait peu de compétition maintenant. Esprit tenace, il se disait qu'il devrait tout réapprendre s'il déménageait ; sa vaste connaissance du Québec et le réseau de contacts qu'il avait établi au cours des années seraient à peu près inutiles ailleurs, de même que le français qu'il avait appris dans la rue.

Et puis il y avait l'attrait d'une prime substantielle offerte par le directeur du journal, Cameron Craig, ainsi que la liberté de choisir ses propres reportages. Redfern gagnait plus d'argent que le directeur du *Chronicle*, mais c'était là un investissement que le conseil d'administration trouvait rentable. Sans sa chronique et ses articles fouillés, le tirage du *Chronicle* aurait chuté encore davantage.

Redfern scruta son texte pour détecter les erreurs de typographie. Il était resté debout toute la nuit avec l'équipe du *Chronicle* pour préparer le supplément sur l'assassinat. Il avait écrit un panégyrique du Premier ministre assassiné, en plus de sa chronique régulière dans laquelle il spéculait sur l'avenir du Parti Québécois.

Irrité par les coquilles qu'il découvrait, il était en train d'indiquer les corrections pour la deuxième édition, lorsque la voix de Cameron Craig l'appela par l'interphone. Il ramassa ses papiers et se dirigea vers le bureau du directeur.

— Comment se fait-il que ces damnés typographes ne commettent jamais d'erreur lorsqu'il s'agit de noms français, mais qu'ils ne peuvent même pas orthographier « *dialogue* » ?, se plaignit-il en entrant dans le bureau de Craig. C'est le même foutu mot en français !

— Si vous appreniez à utiliser le vidéo vous n'auriez peut-être pas autant de problèmes, répliqua le directeur, sans quitter des yeux le téléviseur portatif placé au-dessus d'un petit bar.

Redfern haussa les épaules. Il était un des derniers qui résistaient encore à taper des textes directement dans l'ordinateur.

— Que regardez-vous ?, demanda-t-il pour changer de sujet.

— Les nouvelles, marmonna Craig. Juste pour voir s'il nous manque quelque chose.

Le visage de l'annonceur de Radio-Canada apparut d'un rouge livide.

— Pourquoi n'ajustez-vous pas l'appareil ? Pardieu, je connais ce gars-là, il ne souffre pas de béribéri !

— Taisez-vous ! On n'entend rien !

— ... abattu par le sergent Auguste Touraine de la Sûreté du Québec a été maintenant identifié comme étant Kevin Reilly de Pointe-Saint-Charles, à Montréal.

— C'est bon, nous avons ça ! dit Craig.

— ... La police croit que Reilly était seul : cependant elle étudie un rapport selon lequel un second assassin serait impliqué. Un témoin dit avoir vu ce qui pourrait être l'éclair d'un coup de feu sur le toit d'un édifice gouvernemental proche au moment du meurtre.

— Oui, j'ai obtenu ça d'un de mes informateurs à Québec, dit Redfern en frottant ses yeux rouges de fatigue. Notre bureau travaille là-dessus.

— ... Le mobile du meurtre n'a pas encore été établi. La police vérifie l'hypothèse selon laquelle l'assassin appartiendrait à une cellule terroriste anglophone vouée à l'élimination des dirigeants du Parti Québécois. La sécurité a été renforcée autour des autres dirigeants du parti. Des rumeurs circulent depuis un an dans la province sur l'existence d'un groupe terroriste anglophone, analogue à l'ancien F.L.Q.

— C'est étrange qu'on ne puisse trouver un mobile, intervint Redfern. D'après ce que j'ai pu savoir, Reilly n'avait pas de contact politique et rien ne laisse croire non plus qu'il était un malade mental.

— Et le groupe terroriste ? demanda Craig.

— Eh bien ! s'il y en a un, il ne se montre guère. Personne n'a revendiqué la responsabilité de l'attentat ; aucun appel aux stations de radio. Un tel groupe chanterait victoire, non ? Mais tout est encore possible dans ce meilleur des mondes.

— ... Jusqu'ici les tentatives du service des nouvelles de Radio-Canada pour entrer en contact avec le garde du corps du Premier ministre, le sergent Touraine, se sont heurtées à un refus obstiné de la part de cet homme qui est devenu maintenant la figure centrale de l'assassinat. On rapporte que le sergent Touraine souffre d'un choc émotif grave.

— Vous savez, dit Redfern, j'ai déjà joué aux cartes avec ce gars-là. À la porte de la salle du conseil des ministres. Il a toujours un jeu avec lui et fait des patiences pour passer le temps. Ce n'est pas le genre de personne qui pourrait s'émouvoir de tuer un homme !

Il griffonna une note sur un bloc avec un bout de crayon.

Alors que la voix continuait, monotone, à la télévision, la photographie d'une carabine apparut sur le petit écran.

— ... Les experts en balistique de la police ont révélé que l'arme du meurtre était une carabine Armalite AR-15, légère et très perfectionnée. Cette arme a été employée couramment par les forces américaines et britanniques, sous le nom de M-16. L'Armalite, qui a une portée de plus de quatre cents mètres, est vendue dans les armureries et les magasins de sport.

— Pourquoi diable n'avons-nous pas eu cette photographie ? demanda le directeur. Comment se fait-il que Radio-Canada l'ait eue, et pas nous ?

Taylor Redfern plissait les yeux vers l'écran. Il y avait quelque chose qui lui semblait étrange dans la photographie ; mais l'image était brouillée, ses nouveaux verres de contact lui irritaient les yeux et il s'avança pour voir mieux. Mais comme il s'approchait, la caméra se déplaça vers l'annonceur.

— Merde !

— ... D'autres informations vous seront transmises à notre bulletin de 6 heures. Par ailleurs aujourd'hui, le ministre de l'Énergie...

Cameron Craig se leva de son fauteuil de cuir et éteignit le téléviseur.

— Ils nous ont eus sur l'arme du crime ! Je m'en vais botter les fesses à ce Morgan ! Ah ! tous ces gosses qu'on embauche aujourd'hui ! Tout ce qu'il avait à faire, c'était de graisser la patte du photographe de la police ! Qu'est-ce qu'on leur montre dans ces écoles de journalisme ?

— Vous savez, Cameron, ce qui me garde ici, c'est votre admirable intégrité !

— Ouais ! N'empêche qu'on s'est fait damer le pion par Radio-Canada. Tant pis ! Maintenant qu'est-ce que vous allez faire avec ça ?

— Vous voulez dire l'hypothèse du complot ? Je ne sais pas ; cela fait penser à l'histoire de Kennedy. Quelqu'un tire deux coups par un soir pluvieux, les deux trouvent leur cible : c'est possible... Mais on n'a jamais retrouvé la deuxième balle. Celle qu'on a provient de l'Armalite. Est-ce qu'il y avait une autre arme ? Un feu croisé semble plus logique.

Il palpa sur ses joues une barbe de deux jours.

— Mais ce qui me chiffonne, c'est Touraine. Pourquoi a-t-il

tiré sur Reilly par derrière alors que celui-ci était complètement désarmé et qu'il s'enfuyait en courant ? Pas seulement une fois pour le blesser, mais trois fois, Cameron, trois fois !

— Ouais ! j'ai pensé à cela aussi. Ce n'est pas étonnant qu'il ne veuille voir personne.

— Et puis il y a Reilly aussi : quelle raison avait-il de tirer sur le Premier ministre ? Faisait-il partie d'un groupe terroriste ? Était-il un désaxé ? Ou un tueur à gages ? Faisait-il partie d'un complot ? Si seulement nous pouvions savoir cela.

— Ne pourriez-vous pas... ?

— Je sais ce que vous allez dire, Cameron. Ne pourriez-vous pas faire un portrait détaillé de Reilly ? Interroger ses parents, ses amis, son employeur ? Consulter son dossier de collège ? Voir où étaient ses intérêts, quels étaient ses passe-temps, n'est-ce pas ?

— Vous m'enlevez les mots de la bouche. Vous pourriez même vendre de la copie aux États-Unis : le *New York Times* justement réclame du matériel.

— Vous m'en avez déjà parlé. Mais pour le moment, je m'en vais dormir un peu. J'ai ces vêtements sur le dos depuis deux jours.

— C'est drôle, répliqua Craig, je pensais justement en vous regardant que vous étiez particulièrement élégant aujourd'hui.

— Trop aimable !, dit Redfern sur le pas de la porte. Oh ! j'oubliais : si je découvre un groupe terroriste anglophone, je vais m'assurer que cette boîte est sur leur liste.

Jean-Claude Belmont n'avait pas dormi lui non plus depuis la mort de son chef. Son médecin lui avait conseillé de prendre du repos, mais, même en ce moment de deuil, il ne pouvait abandonner le parti et la province aux machinations de Guy Lacroix. À cause de ses états de services, il occupait maintenant le fauteuil du Premier ministre, présidant une réunion du cabinet pour prendre les dispositions au sujet des funérailles.

Il songeait avec étonnement que lorsque le défunt leader était assis dans son fauteuil, il gardait le parti uni, tandis que maintenant, moins de vingt-quatre heures après sa mort, tout le monde se prenait à la gorge sur une question aussi futile que la date de ses funérailles.

La maîtresse du Premier ministre, avec laquelle il vivait depuis cinq ans, avait exigé une cérémonie privée, suivie d'une incinération. Mais légalement elle n'avait pas voix au chapitre. Quant à la femme et aux enfants de l'homme politique, ils avaient sans protester laissé le cabinet décider des cérémonies funèbres.

Le ministre du Tourisme, Réjean Normand, un ardent partisan de Lacroix, suggérait que les funérailles aient lieu le 15 novembre, date anniversaire de la prise du pouvoir par le parti. Le Premier ministre assassiné pourrait être ainsi présenté au monde comme un martyr pour la cause sacrée de la liberté québécoise. L'émotion populaire soulevée au Québec forcerait Ottawa à reculer et à accorder l'indépendance aux conditions de la province. Ce scénario favorisait tellement Lacroix qu'on aurait pu croire qu'il avait lui-même organisé l'assassinat.

Belmont refoula cette pensée. Tout démagogue qu'il fût, son collègue du cabinet n'aurait jamais pu prendre part à un tel complot. Mais le doute subsistait. Son ami le Premier ministre méritait des funérailles dignes d'un homme d'État de sa trempe, et non un tour de piste conçu pour soulever les passions populaires et pour servir les ambitions politiques de Lacroix. Ce serait lui, Lacroix, qui se ferait porter par cette vague d'émotion jusqu'à la tête du parti et ainsi, d'un même mouvement, il décréterait une séparation immédiate du Québec sans se soucier des conséquences.

Alors que Normand continuait de battre le fer pour des funérailles le 15 novembre, Belmont laissait aller ses pensées. Il essayait d'analyser ses propres intentions. Il voulait être Premier ministre : ses années de service ne lui avaient-elles pas mérité la direction du parti ? N'était-il pas, avec le Premier ministre défunt et Lévesque, l'un des artisans de sa fondation ? Il lui semblait scandaleux que le sceptre pût revenir à un homme comme Lacroix.

Avec sa pipe, il frappa sur la table pour interrompre Normand.

— Messieurs, de toute évidence nous n'arrivons à rien. Il y a déjà quatre heures que nous sommes ici ; je propose une interruption de dix minutes. Peut-être pourrais-je m'entretenir avec monsieur Lacroix pendant ce temps pour voir s'il n'y a pas moyen de sortir de l'impasse.

Du coin de l'oeil, il vit Lacroix désapprouver d'un haussement d'épaules.

Les deux aspirants à la direction du parti étaient l'un en face de l'autre dans une petite pièce attenante à la salle du conseil.

— Nous n'allons nulle part comme cela, Guy, remarqua Belmont avec lassitude.

— Je ne vous comprends pas. N'avez-vous aucun sens des relations publiques ?

Le jeune ministre d'un geste impatient écarta les cheveux qui lui tombaient sur les yeux.

— C'était mon ami. Je ne veux pas que ses funérailles soient trafiquées.

— Que peut lui faire votre amitié, maintenant ? Nous sommes rendus à cela de ce qu'il voulait. (Ce disant, Lacroix montra son pouce et son index écartés de quelques centimètres.)

— Voici ce que je propose, commença Belmont.

Sa voix avait pris un ton plus officiel. Lacroix devinait qu'il allait suggérer un compromis.

— Les funérailles auront lieu le 15 novembre comme vous le voulez. Mais à une condition. Il n'y aura ni discours, ni manifestations populaires, ni ralliements politiques. C'est entendu ? Le service sera aussi simple qu'il l'aurait voulu, sans fanfaronnades. Je ne donnerai pas mon aval à du mauvais théâtre.

Lacroix réfléchit un moment. Il pouvait se figurer cent mille Canadiens français sur les Plaines d'Abraham chantant l'hymne national du Québec. Les caméras de télévision portant le message au monde entier que le Québec serait libre. S'il acceptait la proposition de Belmont, il n'y aurait rien de cela. Mais ce qui importait, c'était de tenir les funérailles le 15 novembre. Il pourrait ensuite exploiter les choses à sa guise.

— Très bien, j'accepte. Maintenant finissons-en avec cette maudite réunion.

Belmont fut quelque peu décontenancé d'avoir obtenu aussi rapidement l'assentiment de Lacroix ; il avait pensé qu'il faudrait argumenter davantage. Y avait-il quelque chose qu'il n'avait pas entrevue ? Mais il était fatigué et la réunion durait depuis trop longtemps déjà. Il réfléchirait à cela plus tard.

— Bon, conclut Belmont, tout ce qui reste à régler, maintenant, c'est l'oraison funèbre.

— Kevin Reilly ? Oui, il travaillait ici avant.

Le gros pompiste canadien-français souffla une haleine chargée de bière et d'ail à la figure de Taylor Redfern, alors qu'il faisait le plein d'une voiture japonaise.

— Il travaillait depuis longtemps ?

— Euh ! huit mois, peut-être. Il faisait le service aux pompes et des réparations de temps à autre. Mais je le connaissais pas moé !

Le gros homme cracha par terre.

— Avoir su ce qu'il ferait, le tabarnacle, je lui aurais cassé les jambes, comme ça !

Il fit claquer ses doigts.

— Est-ce qu'il avait des amis ? Une amoureuse peut-être ?

— Non. Il arrivait le matin, il repartait le soir, il parlait pas beaucoup. Je pense qu'il était un peu...

Il pointa un doigt taché d'huile sur sa tempe et le fit pivoter d'une manière significative. Une automobiliste klaxonna pour réclamer le service.

— C'est tout ce que je sais. Je suis pressé.

— O.K !

Redfern serra son calepin et repartit à pied. Il courba ses épaules étroites sous le vent du nord. Un ciel plombé et un vent glacial annonçaient de la neige. La cueillette d'informations sur Reilly s'avérait plus difficile qu'il ne l'avait pensé. Personne n'admettait l'avoir connu. Il avait de toute évidence une amie. Plusieurs connaissances de Reilly en avaient parlé. « Une vraie beauté » , selon la description qu'on en avait faite. Mais personne ne connaissait son nom.

Dans les registres civils, il découvrit que Kevin Reilly était né à Montréal le 22 mai 1958.

Le garçon avait fait son cours élémentaire à la Blessed Virgin School de Pointe-Saint-Charles. Les bulletins scolaires faisaient état d'un enfant moyen, d'esprit coopératif mais timide. Aucun signe de rébellion. Il semblait plutôt faire montre d'une certaine passivité ; on trouvait souvent dans ses bulletins les commentaires

« manque d'initiative », « devrait être encouragé à s'affirmer » et
« influençable ». L'image que Redfern s'en fit fut celle d'un garçon
introverti, intelligent, manquant de confiance en lui-même et apparemment dépourvu de toute ambition.

Une visite à l'école secondaire compléta la description. Un
professeur d'anglais de St.Stephen se souvenait de lui comme d'un
« gringalet qui avait l'habitude de se curer le nez. Je devais sans
cesse lui dire d'arrêter. Non, je ne me souviens pas qu'il était spécialement intéressé par les filles. Pas comme certains autres de sa
classe en tout cas. Je pense qu'il avait peur des filles. »

L'album des finissants contenait la photo d'un jeune homme
de dix-huit ans aux cheveux longs et au teint brouillé, marqué
d'acné. On pouvait lire en bas de vignette : « Kevin Reilly. Passe-
temps : la chasse et la réflexion. Amie : aucune (bien que Johanne
voudrait l'être). Point fort : l'atelier. Ambition : faire de l'argent.
Orientation probable : un philosophe, chasseur de gros gibier. »

Il y avait peu à tirer de cela. Après de fastidieuses recherches, il découvrit que Johanne était morte dans un accident de voiture au Vermont, l'été d'après.

En ce qui concernait la chasse, Reilly avait été de toute évidence fasciné par les fusils depuis sa tendre enfance. Au dire d'un de
ses anciens compagnons de classe, un de ses oncles ou de ses cou-
sins avait un chalet dans les Laurentides. Ils allaient chasser
là-bas, l'automne.

Après l'école secondaire, les informations manquaient.
Redfern ne put trouver personne pour lui dire ce qui s'était passé
jusqu'au jour où Reilly, bien des années plus tard, refit surface à
la station-service. Les parents du jeune homme étaient les seuls qui
pouvaient éclaircir l'énigme, mais ils avaient refusé tout contact
avec la presse, malgré des offres alléchantes. Ils avaient débranché
leur téléphone.

Ainsi donc, Taylor Redfern, le plus grand reporter anglophone
du Québec, avait abouti à de minces résultats dans ses recherches.
Il n'avait rien à perdre à tenter sa chance avec les parents de
Reilly. Il se rendit en taxi à Pointe-Saint-Charles. Après avoir
frappé à la porte de l'appartement, il entendit le bruit de la chaîne
de sûreté qu'on y installait.

— Qui est-ce ?

C'était la voix lasse d'une femme d'un certain âge et, à ne pas s'y tromper, l'accent de l'Ulster.

— Je m'appelle Taylor Redfern. Je connaissais votre fils, Madame Reilly.

On n'entendit aucun bruit de l'autre côté de la porte. Des odeurs de friture s'échappaient de l'appartement.

— Il réparait souvent ma voiture. On plaisantait ensemble à cause des saint-christophes que je mettais partout.

— Que voulez-vous ?

— Je travaille pour le *Chronicle*...

— Allez-vous-en. Je ne veux rien avoir à faire avec les journaux.

— Non, écoutez, je vous en prie. La presse n'a pas traité Kevin correctement. Je voudrais dire les choses comme il les voyait, lui. Je sais qu'il n'était pas comme ce qu'on a dit.

Il entendit un sanglot étouffé de l'autre côté de la porte.

— Puis-je entrer ? Je peux aider Kevin. Rétablir les choses dans les journaux.

Il attendit en vain qu'on retire la chaîne de sûreté.

— Vous pouvez me faire confiance, madame Reilly. J'ai connu Kevin à Blessed Virgin, il y a des années. Et puis tout à coup je l'ai retrouvé au garage, il y a quelques mois. Je peux l'aider, croyez-moi.

La porte s'ouvrit lentement et madame Reilly, visage soucieux, cheveux gras ramassés en toque sur la tête, s'écarta pour le laisser passer. Il entra dans le vivoir en remarquant les lourds meubles victoriens, le tapis-brosse et toute une ménagerie d'animaux de bois sculptés aux quatre coins de la pièce.

— C'est mon mari qui les a faits, dit madame Reilly en lui faisant signe de s'asseoir. Au moment où elle s'assit, elle éclata en sanglots.

— Vous connaissez mon garçon. Vous savez qu'il n'a pu faire une chose pareille. C'était un bon garçon, tranquille. Il était allé à Québec voir un ami. Ils ont tiré sur lui parce qu'il courait. Vous l'avez connu à l'école. Il n'aurait jamais pu faire une chose pareille.

— Qui est-ce, Maura ? dit une voix d'homme venant de la chambre.

— C'est un ami de Kevin. Viens.

L'homme, en robe de chambre et en pantoufles entra dans la pièce en s'appuyant sur les meubles.

— Taylor Redfern, monsieur Reilly. Vos sculptures sont très intéressantes.

L'homme jeta un regard vide au journaliste et se laissa tomber sur le canapé moelleux près de sa femme.

— Il dit qu'il peut aider Kevin, en écrivant la vérité dans les journaux.

— La vérité, répéta l'homme en regardant vaguement devant lui.

Avec mille précautions, Redfern essaya de les interroger sur leur fils, mais sans grands résultats. À la fin, il demanda :

— Puis-je voir la chambre de Kevin ?

— La police est venue, répondit madame Reilly, et a tout emporté. Il ne reste rien.

La phrase s'acheva dans un gémissement. Son mari lui jeta un bref coup d'oeil et soupira.

— Je suis désolé, je ne voulais pas vous chagriner. Dites-moi seulement où elle est.

La femme fit un signe de la main vers le corridor.

La chambre était étroite et obscure comme une cellule. Un lit simple fait avec netteté et recouvert d'un couvre-lit soigneusement raccommodé. La table de chevet était un cube de bois peint en blanc, et portant une lampe faite à partir d'une bouteille de Chianti. Le papier peint à motifs floraux apportait la seule note de gaieté à la pièce, à l'exception d'un crucifix peint de couleurs vives, suspendu au-dessus du lit. Quelques vêtements, pendus à des cintres en fil de fer dans le placard, soulignaient l'absence de leur propriétaire. Seule une poche retournée indiquait que la police les avait fouillés. Sur une étagère, il y avait quelques romans format de poche, de vieux manuels d'entretien et de réparation des voitures, une volumineuse Bible reliée en cuir. Une inscription sur la page de garde disait qu'elle avait été offerte à Maura et Cathal Reilly par les parents de la mariée le jour de leur mariage. Ils l'avaient probablement léguée à leur fils le jour de sa majorité. Redfern la feuilleta rapidement : la naissance de Kevin y était enregistrée, de même que celle d'une fille deux ans plus tard. On avait marqué plus loin que la petite fille était morte à six mois. Le décès du grand-père y était aussi consigné en bonne et due place, comme d'ailleurs tous les événements marquants de la vie familiale. Un signet d'un bleu passé tombait au chapitre seize du Livre des Juges. Manifestement un passage avait été souligné d'un trait qu'on avait effacé par la suite, car la marque du crayon était encore visible. Il s'agissait du verset : « Et la maison s'écroula sur les princes et sur tout le peuple qui s'y trouvait. » Dans la marge, Redfern put discerner des chiffres qui avaient aussi été gommés. Il approcha le livre de la fenêtre et réussit à distinguer les sept chiffres d'un numéro de téléphone. Il en prit note et continua à feuilleter la Bible. Il n'y trouva plus rien d'intéressant.

— Je vous en prie, lui dit madame Reilly en l'accompagnant à la porte, faites quelque chose pour mon fils. On a dit des choses si affreuses sur lui, mais il n'était pas comme ça.

Redfern respira plus aisément lorsqu'il se retrouva dans la rue. Il ne se sentait pas fier de s'être introduit auprès de parents en deuil de leur fils. Dans un moment comme celui-là, il haïssait sa profession.

— Mesdames et Messieurs, nous allons atterrir à l'aéroport Heathrow de Londres dans quelques minutes. Veuillez, s'il vous plaît, attacher votre ceinture et remettre le dossier de vos sièges en position verticale.

Ross Anson ouvrit les yeux. Une hôtesse de la British Airways se tenait devant lui avec un plateau rempli de petites serviettes fumantes. Le sourire figé, elle lui en tendit une à l'aide de pinces. Il la prit machinalement et se brûla les doigts. Il l'échappa sur ses papiers où elle macula l'en-tête de l'Intcon.

L'hôtesse s'était éloignée entre-temps. Il pesta contre la compagnie aérienne qui n'avait pas mis à sa disposition une place en première classe. À titre de directeur général de la Société minière du Québec ltée, plus couramment appelée Somin, une succursale canadienne d'Intcon, il avait l'habitude de voyager partout en première. Mais l'appel impérieux de Holbrook Meadows exigeait qu'il prenne le premier avion en partance de Montréal. Il en était au petit déjeuner, lisant les reportages des journaux sur l'assassinat du

Premier ministre, lorsque le téléphone avait sonné. L'adjoint de Meadows ne lui avait donné aucune explication sur l'urgence de la réunion : il devait seulement se rendre à Londres par le prochain avion.

En traversant l'Atlantique, Anson avait relu les plus récentes lettres de Meadows. Le patron écrivait toujours à la main au personnel de la direction, un comportement qu'Anson avait toujours trouvé excentrique. Il essayait de voir pourquoi sa présence était requise d'urgence à Londres. Il savait que Somin n'avait pas atteint le profit escompté, mais il n'y pouvait rien lui-même. Le gouvernement du Québec avait mis du temps à accorder les droits d'exploitation pour les gisements de cuivre et de fer que la compagnie possédait. Québec insistait pour que l'Intcom bâtisse des usines de transformation sur place, avant d'émettre des permis à la Somin. Mais à Londres, on était plutôt réticent à investir, par l'intermédiaire des banquiers newyorkais, quelque quarante millions de dollars pour mettre sur pied une entreprise du secteur secondaire dans une région peu sûre sur le plan politique. Le dossier en était donc au point mort.

Il était plus probable que Meadows voulait en savoir plus long sur l'étonnante découverte d'uranium que les géologues avaient confirmée récemment dans les concessions 41, 44 et 46, des parcelles de territoire dont la Somin détenait les droits exclusifs de prospection le long de la rive orientale de la baie d'Hudson. Selon le géologue en chef, il pourrait s'agir du plus grand gisement d'uranium jamais découvert ; cette découverte pourrait d'un coup doubler les réserves connues de ce métal dans le monde, y compris celles d'Union soviétique. Meadows avait reçu un rapport confidentiel là-dessus il y avait un mois au moins. Pourquoi donc cette urgence soudaine ?

— Mesdames et Messieurs, comme nous en sommes à la dernière étape de la descente sur Heathrow, auriez-vous l'obligeance d'éteindre vos cigarettes et de vous abstenir de fumer jusqu'à l'aéroport. Merci.

Le 747 plongea dans les bancs de nuages, et des lanières de pluie apparurent sur les hublots. Ross Anson rassembla ses papiers et les rangea dans sa mallette. L'avion sortit des nuages, Anson put voir le ruban brunâtre de la Tamise et la grisaille de Londres. Il aurait voulu être déjà de retour à Montréal.

Le chauffeur de Holbrook Meadows était là pour l'accueillir à la sortie des douanes. Anson lui tendit sa valise, mais l'homme sembla d'abord hésiter à la prendre.

— Où suis-je enregistré, George ?

— Vous voulez dire l'hôtel, Monsieur ? Je... je ne sais pas. Monsieur Meadows est ici à l'aéroport. Il vous attend dans la voiture.

Anson s'arrêta court. Meadows n'était jamais sorti du lit si tôt le matin, et voilà qu'il attendait maintenant un subordonné à l'aéroport de Heathrow.

Holbrook Meadows était là en effet, attendant impatiemment sur la banquette arrière de la Rolls-Royce de la compagnie, frappant contre sa paume un exemplaire enroulé du *Financial Times*. Il salua Anson pour la forme et entra tout de suite dans le vif du sujet.

— On aurait dû vous dire de ne pas apporter de valise, Anson. Vous repartez par le vol d'onze heures trente.

Anson s'enfonça dans la banquette confortable de la Rolls.

— Êtes-vous sérieux ?

— Je ne vous ai pas fait venir ici pour rire. Maintenant, écoutez-moi attentivement. Depuis votre appel de la nuit précédente, je n'ai pas cessé de réfléchir à la situation résultant de l'assassinat du Premier ministre du Québec. Du point de vue de notre compagnie, les circonstances sont très favorables. Nous devons en profiter à tout prix.

— Je ne comprends pas.

— Eh bien !, mon cher Anson, nous devons faire tout ce qui est en notre pouvoir pour que monsieur Lacroix devienne le prochain Premier ministre du Québec.

— Mais le Parti Québécois n'est guère souple en affaires, et Lacroix encore moins.

Anson était fatigué et il n'arrivait pas à suivre le raisonnement de son président.

— Je ne vous ai pas fait venir ici pour discuter politique avec vous, Anson. Tout ce que je puis vous dire c'est qu'il est essentiel, dans l'intérêt à long terme de l'Intcon, que Lacroix soit porté à la tête du parti.

La voix de Meadows tremblait, au bord de la colère. Ross Anson, lui, était sur le point d'éclater d'indignation à cause de la façon dont il avait été traité : appelé d'urgence sans explication, contraint de repartir deux heures plus tard, et tout cela, semblait-il, pour une affaire absurde imaginée par son supérieur. Meadows lui posa amicalement la main sur le genou.

— Je vous dois des excuses, Ross. Vous devez être fatigué. Malheureusement, je ne peux aller dans les détails. Moins il y aura de personnes au courant, et mieux ce cera. Mais vous pouvez me croire, les choses extrêmement confidentielles que je vous confie sont pour le plus grand bien de la compagnie. J'ai une grande confiance en vous et c'est pour cela que je vous ai fait venir. J'aurais pu envoyer quelqu'un d'ici pour faire ce que je vous demande de faire.

Les mots réconfortants de Meadows eurent l'effet d'un baume sur les nerfs irrités d'Anson.

— Que voulez-vous de moi ?

— Eh bien !, mon cher Anson, je veux que Somin soutienne la campagne de Lacroix. Vous allez mettre à la disposition de Lacroix tout l'argent dont il pourrait avoir besoin pour sa campagne.

— Jusqu'à quelle limite ?

— Je ne parle pas de limite. Je répète, tout l'argent dont il pourrait avoir besoin.

— Mais la province a des lois qui régissent les contributions aux partis politiques.

— Pour les élections, oui. Mais il ne s'agit pas d'élection. C'est une campagne au leadership, qui ne tombe pas sous la coupe de la loi. J'ai fait vérifier par nos avocats. Le Parti Québécois a des règlements sur le montant qu'un candidat peut dépenser dans une telle campagne. Mais il s'agit de règlement d'un parti, non de loi.

— Mais qu'arrivera-t-il si on découvre que Somin et Intcon versent de l'argent à Lacroix ?

— Ce serait des plus embarrassants, et pour Lacroix et pour nous. On doit donc agir avec la plus grande discrétion. C'est pourquoi je vous ai fait venir et c'est pourquoi je vous demande de rapporter ceci à Montréal.

Meadows se pencha pour prendre une mallette de cuir toute neuve à ses pieds. Il tira une clef de sa poche pour l'ouvrir. La mallette était remplie de dollars canadiens, des coupures de cent soigneusement réparties en liasses.

— Un million de dollars, Anson. Il y en aura plus si nécessaire.

Il referma la mallette et tendit la clef au Canadien déconcerté.

— Sauf votre respect, Monsieur, pourquoi toute cette mascarade ? Pourquoi ne pas tout simplement sortir l'argent des fonds de la compagnie à Montréal, au lieu d'apporter cette mallette en avion ? Et Dieu sait ce que j'en ferai aux douanes !

— Vous devez être plus fatigué que je ne le pensais. D'abord, je ne veux aucune trace de cette transaction, que ce soit dans nos fonds bancaires ou dans nos propres livres comptables. L'argent vient d'un fonds spécial de l'Intcon que je suis seul à contrôler. Je devais vous le passer de cette façon pour que rien ne paraisse. C'est un moyen peu orthodoxe, mais je n'avais pas le choix.

— Mais les douanes ?

— Pour ce qui est de la Grande-Bretagne, le contrôle des devises s'applique seulement aux livres sterling qu'on transporte hors du pays, non aux devises étrangères. Au Canada, si on vous demande d'ouvrir votre mallette, vous risquez d'avoir des embêtements ; mais je vous ai épargné cela. Quand vous aurez recueilli vos bagages à l'aéroport de Mirabel, allez directement au poste de douane 32. Avant de montrer vos bagages, présentez votre passeport à l'agent et vous n'aurez aucun problème. À condition, cependant, que vous soyez bien sur le vol de onze heures trente.

— Et les vérifications de sécurité ?

— Il n'y a pas de loi qui empêche de transporter une mallette pleine d'argent dans un avion, en autant qu'il n'y ait pas une arme dedans.

Anson ne demanda rien de plus. Holbrook Meadows avait pensé à tout.

— Êtes-vous satisfait, cher ami ? Formidable. Il vous reste deux heures et quarante minutes avant votre départ.

Il remit la mallette à Anson ; celui-ci serra la main de son patron et sortit de la voiture. Meadows pressa un bouton pour baisser la vitre de la portière.

— Le meilleur des retours, mon cher Anson. Vous êtes en première classe, bien entendu.

Ross Anson regarda un instant la Rolls-Royce s'éloigner. Puis il tourna les talons et rentra lentement dans l'aérogare avec le poids d'un million de dollars sous son poing.

— Que dites-vous, Taylor ?

Cameron Craig se pencha sur le bureau.

— Je dis que j'ai trouvé un numéro de téléphone dans la Bible de la famille. Quelqu'un avait essayé de l'effacer. Aussitôt que nous aurons fini, je vais appeler...

— Pas cela, bon Dieu !, pas cela. Je me fous de ce numéro de téléphone. (Il eut un geste d'impatience.) Que disiez-vous avant, au sujet d'un ami ?

Redfern jeta un regard furtif sur son carnet.

— Tout ce que j'ai dit, c'est que sa mère a prétendu qu'il était allé à Québec pour voir un ami, et qu'il a été une victime innocente...

— C'est cela ! (Craig frappa à main ouverte sur le bureau.) Hé ! Taylor, ne voyez-vous pas toutes les possibilités de reportage qu'il y a là-dedans ? Si elle dit vrai, il se pourrait alors que Reilly ne soit pas l'assassin. Ce qui voudrait dire que Touraine a tué le mauvais homme, et que le vrai ou les vrais meurtriers sont encore au large. Bon Dieu ! ce serait du tonnerre de révéler cela !

— Voyons, Cam. Il est tout à fait évident que c'est Reilly le coupable. On a trouvé l'arme du crime dans sa chambre ; ses empreintes étaient partout dessus. Mais ses parents étaient en état de choc. L'ami en question, c'est comme une réaction de défense de leur part.

— Ouais. Eh bien, même là, il faudrait vérifier. Peut-être ce prétendu ami était-il un complice. Prenez le prochain avion pour Québec et allez faire votre petite enquête là-dessus. Vous découvrirez peut-être quelque chose.

— D'accord. Mais pour le numéro de téléphone ?

— Voulez-vous, s'il vous plaît, ne plus me rebattre les oreilles avec cela ! Pour une fois seulement, dans votre illustre carrière, auriez-vous l'amabilité de faire ce que votre directeur vous propose ?

Redfern haussa les épaules.

— Très bien, Cam, vous êtes le patron, et vous ne laissez jamais personne l'ignorer.

Le long de la Grande-Allée, des centaines de fleurdelisés détrempés claquaient à mi-mât sous le vent du nord. La première neige de la saison, qui fondait aussitôt qu'elle touchait le sol, n'empêchait pas la foule d'attendre patiemment devant l'Assemblée nationale pour rendre un dernier hommage au Premier ministre décédé.

— Il doit y avoir vingt mille personnes qui attendent là. C'est un bon cliché pour la une, soufflait Ed McBeam, le photographe du *Chronicle,* à l'oreille de Taylor Redfern.

Ils se tenaient à une fenêtre de l'Assemblée nationale d'où ils pouvaient voir la file qui, à partir de l'édifice, descendait jusqu'au boulevard Dufferin et tournait le coin de la Grande-Allée où elle se repliait sur elle-même. De l'angle où il était, Redfern ne pouvait en voir la fin.

Indifférents à la température, les gens avançaient lentement sur le pavé mouillé jusqu'à la salle où le corps était exposé, jetant un regard rapide sur le cercueil fermé et sur les couronnes funèbres reçues du Québec, du Canada, et de tous les coins du monde. Le deuil collectif s'exprimait en pleurs silencieux, une main devant la bouche et l'autre tenant un chapelet. Ce spectacle émouvait Redfern. Même s'il connaissait bien le Québec, il n'aurait jamais pu prédire l'émotion profonde que cette tragédie soulèverait dans l'âme québécoise. L'homme qui gisait dans le cercueil symbolisait des siècles de frustration, aussi bien que les espoirs et les rêves de tous les Québécois. Par la force de sa politique, le Premier ministre avait établi avec son peuple un pacte dont la rupture brutale avait provoqué un traumatisme national aussi douloureux que la mort d'un roi bien-aimé. L'histoire canadienne n'offrait aucun précédent du genre ; le plus proche dont Redfern pouvait se souvenir, c'était l'assassinat du président Kennedy en 1963, et l'effet traumatisant qu'il avait eu sur la conscience américaine.

Deux grands cierges brûlaient à la tête et aux pieds du cercueil de chêne placé sur une tribune. À chaque coin, un policier de la Sûreté du Québec, la tête inclinée, formait une garde d'honneur. Sur le cercueil reposait une couronne de lys, don de la famille du Premier ministre. Tout autour, une profusion de tributs floraux étaient disposés selon l'ordre protocolaire. Ceux des chefs d'État avaient la priorité, suivis des chefs de gouvernement, des ambassadeurs, et ainsi de suite. Redfern nota avec ironie que les couronnes de la reine et du Premier ministre du Canada occupaient des positions prépondérantes. L'hypocrisie de tout cela aurait amusé le gisant. Redfern songea avec un peu de tristesse que la maîtresse du Premier ministre n'avait pas été autorisée à envoyer de fleurs. Un fonctionnaire avait décidé qu'il ne serait pas de mise d'attirer l'attention sur elle en une telle occasion. D'autres fleurs, provenant de compagnies, de syndicats et de particuliers, apparaissaient dans un autre coin. La salle avait des odeurs de serre.

— Ed, souffla-t-il au photographe, prends donc quelques photos des fleurs quand tu pourras. Nous pourrions les utiliser pour illustrer le reportage. Fais en sorte qu'on puisse voir les noms. Que tout le monde y soit, de la reine en descendant.

— Ou en montant, dit McBeam d'un air sarcastique.

Des deux côtés du cercueil, des placiers faisaient défiler la foule. D'autres gardaient une zone délimitée par un cordon et qui permettait aux reporters, aux photographes et aux cameramen un accès plus direct à la scène qu'à partir de la galerie de la presse à l'autre bout de la salle. Là, Redfern pouvait observer les visages des gens qui défilaient. Son voyage à Québec, effectué dans le but de vérifier si le récit de madame Reilly au sujet de son fils était vrai, s'était soldé par un échec. L'ami que Kevin Reilly était censé être venu visiter n'existait pas. Redfern avait maintenant amassé assez de détails sur l'assassin pour commencer à écrire ses articles, mais, puisqu'il était de toute façon à Québec, il avait décidé de voir le Premier ministre exposé. Cela lui avait donné l'idée d'un autre article sur la réaction du peuple à la mort de son chef.

Comme il scrutait les visages en face de lui, il eut vaguement l'impression d'être lui-même sujet d'observation. Il en ressentit comme une sorte de picotement dans la nuque. Il balaya du regard la longue file mais tout le monde avait les yeux fixés sur le large cercueil poli. Du côté de la presse, personne non plus ne le regardait ; ses collègues étaient tous concentrés sur le spectacle en face d'eux.

Cependant la sensation gênante persistait. Il leva les yeux sur les larges fenêtres qui filtraient un jour gris. Son regard courut le long des murs jusqu'à la galerie de la presse à l'extrémité de la salle. Là, il aperçut deux personnes dans l'ombre. Un homme qui pointait le téléobjectif de son appareil-photo dans sa direction, et une femme qui semblait le désigner à l'attention de l'autre. Une femme aux cheveux noirs. Il sentit une angoisse subite le traverser et se tourna instinctivement vers Ed McBeam. Le photographe était en train de recharger son Pentax.

— Ed, dit-il aussi calmement qu'il put, ne fais mine de rien, mais il y a un type avec un appareil-photo, dans la galerie de la presse, et une femme avec lui. Les connais-tu ?

Mc Beam se retourna discrètement et jeta un regard vers la galerie.

— Qu'est-ce qui vous prend ? Vous avez des visions, Taylor ? Il n'y a personne là-haut.

Redfern regarda à son tour. La galerie était vide.

Cameron Craig grommelait en parcourant le texte de Redfern. Ce dernier avait appris avec les années à interpréter les réactions de son rédacteur en chef ; il pouvait deviner que Craig n'était pas content et il savait pourquoi. Le portrait en deux parties de Kevin Reilly était simplement une refonte de la documentation que tous les autres journaux possédaient déjà. Il n'y avait rien de neuf sur la théorie de la conspiration, rien qui aurait pu relier Reilly à un groupe terroriste anglophone, pas de sexe, et rien de plus violent que les expéditions de chasse de Reilly avec son oncle.

— Franchement, Taylor, tout cela ne vaut pas de la merde. Je ne comprends pas ce qui vous arrive. Votre papier sur la réaction populaire était pourtant formidable. Tous ces Canadiens français déchirés par la mort de leur chef. Mais ça..., dit-il en agitant l'article devant les yeux de Redfern.

— Je sais. Je ne vous l'aurais pas donné si vous n'aviez pas voulu à tout prix quelque chose sur Reilly avant les funérailles demain.

— Fort bien, mais j'aurais pu demander à Morgan de fabriquer un truc comme celui-là à partir des coupures de presse.

— Tout est tombé à l'eau au dernier moment, Cam. Il y a une fille là-dedans, mais je n'ai pu la rejoindre et ses parents sont trop ébranlés pour dire quoi que ce soit. Au moins j'ai réussi à les trouver, trancha Redfern.

Il n'avait pas dormi de la nuit après les deux heures et demie de voiture pour revenir de Québec. L'image de la fille et du photographe dans la galerie lui revint en mémoire et il ne put réprimer un frisson d'angoisse.

— Bon, nous devons faire paraître quelque chose, mais je ne pense pas que New York va nous acheter ça. Vous êtes passé à côté de la chose la plus importante au sujet de cet homme.

— Mais qu'est-ce que vous voulez, bon Dieu ? Je sais que ça ne vaut pas le prix Pulitzer, mais au moins j'ai une description des parents.

Redfern se félicitait de l'exactitude de sa recherche ; insinuer que les faits qu'il rapportait étaient faux équivalait pour lui à remettre en question sa compétence de journaliste.

— Tout doux, Taylor. Ce n'est probablement pas votre faute, mais je pensais que vous seriez capable de creuser une information que nous avons obtenue ici et qui pourrait rouvrir tout le dossier.

— Quelle information, de quoi parlez-vous ?

Craig posa ses pieds sur le bureau et croisa les doigts sur son ventre avec un air de satisfaction.

— Eh bien, il semble qu'Ottawa soit dans le coup. Vous savez, ces années manquantes entre l'école et le garage... eh bien, j'ai reçu un appel de notre bureau d'Ottawa. Savez-vous ce que Kevin Reilly a fait une partie de ce temps-là ? Il était dans la Gendarmerie royale du Canada. Eh oui. Notre tueur est un ancien agent de la G.R.C.

De son banc dans la troisième rangée de la basilique de Québec, Jean-Claude Belmont, un brassard noir sur son bras gauche, regarda l'équipe de télévision qui allumait ses projecteurs dans le jubé. Deux rangées devant, en habit, le gouverneur général du Canada était assis avec sa femme, vêtu de noir. Derrière eux, le lieutenant-gouverneur du Québec et sa famille. Des porteurs à titre honorifique, dont Belmont était, occupaient la troisième rangée devant le Premier ministre du Canada et son entourage qui gardaient les yeux fixés sur l'autel. De l'autre côté de l'allée, la famille du Premier ministre assassiné occupait la première rangée. Plusieurs ministres du Québec, qui n'avaient pas été choisis comme porteurs, avaient été placés dans la seconde rangée. Belmont jeta un regard en arrière. La vieille basilique était remplie de dignitaires : le président de l'Assemblée nationale et le juge en chef de la Cour suprême du Canada, plusieurs ambassadeurs, les Premiers ministres des neuf autres provinces et des ministres du cabinet fédéral, des membres du Conseil privé, des députés fédéraux et québécois, des représentants municipaux et quelques membres du parti.

Les mille cinq cents places de la basilique étaient prises ; Belmont savait que des milliers de personnes s'étaient rassemblées dehors, dans la côte de la Fabrique, pour écouter le service à travers les haut-parleurs.

Il se tourna pour apercevoir Guy Lacroix qui était assis au bout du banc. Les deux hommes échangèrent un bref salut. Il songea au marché qu'ils avaient conclu. En tête des porteurs honorifiques qui marchaient vers la basilique, Belmont avait étudié la foule sur les trottoirs pour y déceler quelque indice de manifestations inspirées par le ministre des Affaires sociales. Mais il n'y avait rien du genre, pas de pancartes, pas d'agitateurs, pas de cris. Rien qu'une mer de figures sombres concentrées sur le corbillard tiré par des chevaux et portant le cercueil drapé d'un fleurdelisé. Au moins, Lacroix avait tenu parole.

Le service commença ; ce serait un long rituel qui durerait environ une heure. Belmont ferma les yeux alors que la voix de l'archevêque de Québec montait jusqu'aux voûtes de pierre. Les projecteurs de télévision ajoutaient à la chaleur des lieux et Belmont laissa son esprit errer. Il revoyait sa première rencontre avec le Premier ministre ; ils s'étaient affrontés lors d'un débat à la Faculté de Droit de l'Université de Montréal.

Un coup de coude et un murmure rauque de Gilbert Saint-Cyr, le ministre des Terres et Forêts, le ramena à la réalité.

— Pour l'amour du ciel, Jean-Claude, les caméras de télévision. S'ils te prennent en train de rêvasser, tu peux dire adieu au leadership.

Belmont se secoua. Son collègue avait raison. Il se demanda combien de temps il avait rêvé. Il occupa son esprit à étudier le programme imprimé de la cérémonie. On était rendu à l'oraison funèbre.

La désignation de la personne qui prononcerait l'oraison funèbre avait été un autre objet d'affrontement au cabinet. Afin que personne ne tire un avantage politique de cette oraison, l'honneur en revint non pas aux collègues du Premier ministre mais à l'archevêque de Québec, un homme connu pour sa rigoureuse intégrité et son indifférence totale des réalités politiques. Son discours serait bref et anodin — le cabinet s'était déjà penché sur le texte et l'avait expurgé de toute allusion de nature à favoriser l'une ou l'autre faction. L'assistance attendit que l'archevêque se meuve lentement de l'autel à la chaire.

Belmont ne vit même pas Lacroix quitter sa place. Il s'en aperçut seulement lorsque le ministre des Affaires sociales s'avançait déjà vers la chaire. Il sentit le sang lui monter à la tête.

— Mais qu'est-ce qu'il fait ?

Le chuchotement de Saint-Cyr raisonna comme un cri à son oreille. Jean-Claude Belmont savait exactement ce que son rival allait faire et il maudit son opportunisme.

Lacroix réussit à occuper la chaire si rapidement que personne n'eut le temps de réagir. Il échangea quelques mots avec l'archevêque qui hocha la tête mais, reconduit par une pression douce mais ferme sur son coude, l'homme de Dieu céda la chaire au jeune ministre. Une rumeur d'étonnement parcourut l'assistance. Belmont rentra les ongles dans ses cuisses pour contenir sa colère. Il soupçonnait que Lacroix ferait quelque chose, mais pas dans la basilique, pas devant les personnes les plus influentes du Canada.

— Mes chers amis...

Belmont se pencha à l'oreille de Saint-Cyr alors que Lacroix commençait à parler :

— Va voir si tu ne peux pas couper le courant pour les caméras de télévision.

Saint-Cyr se glissa hors du banc et disparut derrière les rangées de colonnes de la nef.

— ... je dois m'excuser auprès de l'archevêque et de vous pour ces quelques mots qui n'étaient pas prévus dans le déroulement de la cérémonie. Mais, assis parmi vous et voyant le cercueil de mon chef bien-aimé...

Belmont se retourna vers le Premier ministre du Canada qui restait impassible. Le garde du corps l'aperçut et fit un geste imperceptible, mais le Premier ministre hocha la tête.

— ... je n'ai pu contenir ma douleur ni mon ressentiment.

Lacroix avait joué le tout pour le tout et il avait gagné. Les yeux de la nation étaient sur lui, l'assistance était figée dans le silence et dans l'impuissance.

— ... Notre chef odieusement assassiné avait voué sa vie à la libération du Québec. Et nous voilà ici, deux ans après qu'il prit la tête du parti, pleurant sa perte, sa perte que nous déplorons d'autant plus que le grand objectif de l'indépendance qu'il s'était fixé était maintenant à portée de la main. Seule encore l'obstination d'Ottawa se dressait devant le peuple du Québec... (Il fit une pause pour permettre aux caméras de capter la réaction du Premier ministre fédéral)... et la liberté que cet homme... (autre pause pour indiquer le cercueil)... ce martyr — comment peut-on l'appeler autrement ? — avait cherchée pour nous. Nous qui restons devons reprendre le flambeau et marcher sans peur jusqu'à ce que nos idéaux triomphent. Plusieurs de ceux qui essaient d'entraver la marche de l'histoire sont assemblés dans cette enceinte sacrée aujourd'hui, rendant extérieurement tous les hommages funèbres à ce grand chef dont ils se réjouissent de la mort au plus profond de leurs coeurs. Je n'ai pas à les nommer. Le peuple du Québec sait qui ils sont et ce peuple ne se laissera pas abuser.

Des voix isolées dans la basilique commençaient à protester. Le Premier ministre du Canada et son entourage s'étaient levés et se dirigeaient vers la sortie. Les partisans de Lacroix l'exhortaient à continuer en criant : « Encore, encore ! » Les caméras de télévision montrèrent l'assistance.

Lacroix éleva la voix au-dessus du tumulte. Pointant un doigt vengeur vers le Premier ministre qui sortait, il s'écria :

— Mais voilà encore. Ces hommes n'ont pas limité leur opposition à l'arène politique. Ils savaient qu'ils étaient en train de perdre la bataille. Ils ont donc recouru à des mesures extrêmes. Ils ont fait assassiner notre chef par un homme entraîné à tuer par la Gendarmerie royale.

Comme la voix de Lacroix atteignait son crescendo, la basilique fut plongée soudain dans les ténèbres. Saint-Cyr avait trouvé l'interrupteur central. Le tumulte redoubla dans la nef alors que la foule à l'extérieur se ruait par la porte ouest. Alors que la panique montait dans l'obscurité, la voix de Lacroix couvrit cette mer d'agitation de sa clameur :

— Devant l'autel de Dieu, je jure que leur machination diabolique échouera ! Le peuple vaincra ! Le Québec sera libre ! Vive le Québec libre !

Chapitre 4

BIENVENUE À TROIS-RIVIÈRES, indiquait le panneau routier, *VITESSE 50 KMH.*

Monique Gravelle ne prit pas la peine de ralentir. Ces jours-ci, la Sûreté du Québec avait d'autres chats à fouetter que de poursuivre les chauffards, et, de plus, elle n'aurait pas eu le courage de coller une contravention à une fille séduisante conduisant une TR-8 décapotée sous la pluie. Ses cheveux noirs pendaient en mèches mouillées le long de son visage et se répandaient sur le collet de son manteau de mouton. Elle descendit du pont Laviolette et suivit les indications menant au centre-ville. La musique à la radio fut interrompue par les nouvelles de 6 heures. L'intervention de Guy Lacroix aux funérailles du Premier ministre faisait les manchettes de la journée. La nouvelle s'augmentait maintenant des réactions outragées des Premiers ministres des autres provinces. L'annonceur racontait comment la délégation fédérale avait quitté la basilique. Le Premier ministre canadien était revenu d'urgence à Ottawa, où il avait émis une déclaration cinglante pour dénoncer le ministre québécois des Affaires sociales et pour démentir catégoriquement toute complicité du fédéral dans cet assassinat. À Québec, le bureau de Lacroix était présentement inondé d'appels téléphoniques et de télégrammes qui étaient, dans une proportion de quatre pour un, favorables au ministre.

Avec un haussement d'épaules cynique, Monique changea de poste. « Je parie qu'il y en a peu qui sont venus d'ici », dit-elle en direction du siège vide à ses côtés. Trois-Rivières était la ville de Jean-Claude Belmont, il représentait la circonscription à Québec depuis 1972. Ses recherches lui avaient appris que la ville était pro-

65

fondément conservatrice et fière de son héritage politique. C'est de là qu'était issu Maurice Duplessis qui avait gouverné le Québec en souverain absolu, du milieu des années 40 jusqu'à sa mort en 1959. Trois-Rivières avait aussi été le berceau d'une phalange de ministres fédéraux et provinciaux.

La première impression de Monique fut peu favorable. Même la pluie ne pouvait dissoudre l'âcre odeur de soufre qui flottait comme un avant-goût d'enfer sur la ville qui devait son développement désordonné aux papeteries. L'industrie locale à son tour avait jeté sa suie sur les rangées de petites maisons hideuses dont plusieurs avaient un toit asphalté. Tout paraissait médiocre et laid.

Elle tourna dans la rue Royale, une des principales artères commerciales, à la recherche de son motel. Le mauvais goût criard des vitrines de magasins la déprima. « Et dire que je dois passer un mois dans ce trou », dit-elle pour elle-même.

Son motel, qui était près du centre de la ville, donnait sur la rue des Forges. Une énorme enseigne au néon clignotait en guise d'invite. De prime abord, le motel semblait passable, ses modules étant disposés en demi-cercle autour du stationnement. Elle prit sa valise dans le coffre de la voiture, redressa la capote de cuir et se dirigea vers la réception. Elle signa le registre, paya une semaine d'avance et prit sa clef.

Sa chambre sentait l'humidité ; le sommier de fer craqua quand elle jeta sa valise sur le lit. On aurait dit que les meubles avaient été rejetés par l'Armée du Salut. La commode était marquée et brûlée à plusieurs endroits par la cigarette. Le miroir était fêlé. Le seul fauteuil de la chambre était recouvert d'un vinyle qu'un client précédent avait déchiré. Une ampoule manquait au plafonnier et les rideaux — à motifs floraux presque totalement effacés par le soleil — refusaient de couvrir entièrement les fenêtres sales. Monique Gravelle finit d'inspecter la chambre avec dégoût. Dans la chambre d'à côté, quelqu'un actionna la chasse d'eau.

Elle examina le cabinet de toilette. Un mégot flottait dans la cuvette. Des carreaux manquaient autour de la baignoire. Il n'y avait pas de savon et on avait négligé de changer les serviettes.

Mais elle avait déjà connu pire. Elle haussa les épaules, demanda à la réception qu'on lui apporte du savon et des serviettes et entreprit de défaire ses valises. Il y avait encore une chose

qu'elle devait faire avant d'aller manger. Elle prit l'annuaire téléphonique de Trois-Rivières et chercha à la lettre B. Elle n'eut pas
de difficulté à trouver le bureau de Belmont dont le nom était
imprimé en caractères gras. Elle inscrivit le numéro sur un bloc à
côté du téléphone ; le lendemain matin, elle appellerait Jean-
Claude Belmont et lui offrirait ses services pour sa campagne qui
n'était pas encore lancée à la direction du Parti Québécois.

La circulation était étourdissante autour de la Place de l'Étoile. Une Citroën noire, une voiture taxi, essayait de tirer son épingle
de cet écheveau endiablé, le chauffeur tenant un discours ponctué
de jurons à son client d'allure aristocratique, assis sur la banquette arrière.

— Mon copain dans la gendarmerie m'a dit qu'il y avait cinquante accidents par jour ici, Monsieur. Mais je parierais ma chemise qu'il y en a foutument plus.

Antoine de Luzt jeta un regard à la folie klaxonnante qui les
entourait.

— Un jour j'aimerais conduire un tank Léopard autour de
l'Étoile, dit-il.

Cela fit rire le chauffeur, mais de Luzt était sérieux. Le taxi
finit par émerger du tourbillon automobile et s'engagea dans l'avenue de la Grande-Armée. Le chauffeur soupira de soulagement et
de Luzt se renfonça dans sa banquette.

Jusque-là, la soirée avait été pour lui une fête des sens. Il avait
dîné à La Tour d'Argent en compagnie de Thérèse Saint-Rémy,
dont une simple robe blanche avait mis en relief la peau couleur
café. Elle n'était pas seulement belle mais stimulante au lit comme
jamais il n'avait connu de femme. Après le repas, il l'avait invitée
à prendre le pousse-café dans son appartement qui donnait sur la
Seine. Il l'avait dévêtue dans le salon entouré de miroirs et avait
entrepris de verser lentement son verre de cognac sur ses seins nus,
regardant l'ambre liquide couler vers ses tétins dressés. Elle avait
frissonné lorsqu'il avait approché la langue pour la lécher. Elle
avait agrippé sa tête alors que ses dents s'enfonçaient dans la chair
ferme de la poitrine. Il l'avait emportée geignante sur son grand lit
double, recouvert d'une peau de loutre. Elle n'opposa pas la moin-

dre résistance lorsqu'il souleva ses bras au-dessus de sa tête et lui mit des attaches de cuir aux poignets. Elle le regardait à travers ses yeux mi-clos en balançant les hanches voluptueusement sur la fourrure du lit. Quand de Luzt eut attaché de même les jambes de la fille aux montants du lit, il attrapa sous le lit un fouet en soie tressée serré, puis il s'assit à califourchon sur elle comme pour la monter et se mit à lui lacérer les cuisses en se balançant sur les genoux pour que son pénis glisse sur ses seins. Les yeux brillants, Thérèse se raidissait à chaque coup de fouet. Comme il approchait de son plaisir, de Luzt soudain se redressa et debout à côté du lit il se mit à fouetter sauvagement sa poitrine et son sexe. Elle criait de douleur et ses cris l'excitaient encore davantage. Son corps se tordit quand elle atteignit l'orgasme. Ses jambes étaient couvertes de sueur et elle pleurait à la fois de douleur et de plaisir. Elle s'effondra épuisée et de Luzt se jeta sur elle, s'enfonçant profondément en elle, les mains pressées sous ses fesses...

Le souvenir de ces moments lui donnaient encore chaud dans les reins. C'est dommage qu'on l'ait appelé ; ils auraient pu poursuivre ces jeux jusqu'à l'aube. Mais l'appel était impératif.

Le taxi était entré dans le quartier de la Défense en banlieue ouest de Paris, un assemblage de tours et de places bétonnées qui constituaient le legs architectural de de Gaulle et de Pompidou. C'était, comme on l'avait dit, le Paris du XXIe siècle. De Luzt fit la grimace devant cette jungle de béton et de verre. Les rues étaient désertes. La voiture s'arrêta près d'une tour ; de Luzt paya la course et le chauffeur repartit en trombe comme s'il avait hâte de retrouver le vrai Paris. De Luzt hésita un moment. Il regarda sa montre : minuit cinq. L'ascenseur l'emporta rapidement au dix-neuvième. Il marcha un moment dans le corridor moquetté jusqu'à ce qu'il trouve le numéro qu'il cherchait. Il regarda autour de lui avant de sonner.

Il perçut du mouvement derrière la porte puis, après quelques instants, on vint lui ouvrir. Devant lui, apparut Hilaire Noël, un homme dans la soixantaine avancée. Il était bien habillé et rasé de près, comme s'il allait commencer sa journée. Une odeur de plantes et de fleurs émanait de l'appartement, une fragrance douce et humide qui rappelait à de Luzt la femme qu'il avait laissée dans son lit.

— Je suis désolé de vous avoir appelé à une heure pareille, mon cher Antoine. Mais les circonstances ne m'ont pas laissé le choix. J'espère que je ne vous ai pas arraché à quelque chose d'important ?

— Non, répondit de Luzt, en se faisant un chemin à travers les plantes et les fougères. Les plaisirs de la chair sont passagers.

— Ah, reprit l'autre avec un geste de la main, il est heureux que la douleur soit aussi passagère. Asseyez-vous, je vous prie.

Les meubles du salon disparaissaient sous une végétation envahissante.

— Que voulez-vous comme compagnie ?, demanda le vieil homme en montrant les fauteuils. Un sabot de Vénus, une dionée gobe-mouches ou un oranger ?

— J'aime le danger, répliqua de Luzt en s'assoyant à côté de la dionée. Votre appartement ressemble de plus en plus à la jungle de Bornéo.

Son hôte eut un petit rire argenté.

— Quand la pension d'un fonctionnaire ne lui permet pas de se payer une retraite sur la côte d'Azur, il tâche de transplanter les tropiques à Paris. Les plantes sont plus obéissantes que les animaux et plus attentives que les maîtresses. Vous voulez du café, Antoine ?

— Avec plaisir.

Comme Hilaire Noël s'affairait dans sa petite cuisine avec sa cafetière, de Luzt s'amusa distraitement avec la plante carnivore posée sur la table à café près de lui. S'il n'avait pas su l'influence que ce vieil homme avait encore dans les cercles du pouvoir, il aurait pu le prendre à la légère comme un incorrigible excentrique. Mais Hilaire Noël avait fait bon usage de ses années de service à l'Élysée. Comme secrétaire du Président de la République, il avait eu accès à plusieurs dossiers secrets et son flair pour les jeux de coulisse l'avait tenu informé de ce qui se passait à tous les niveaux du gouvernement. Il avait utilisé cette information de façon avisée et monnayé ses faveurs avec discrétion, ce qui faisait de lui un homme fiable utile à l'État même après sa retraite. Le Président le considérait assez pour lui confier encore des affaires trop délicates pour les canaux officiels. Ainsi s'expliquait la visite de de Luzt.

Noël revint avec un petit plateau contenant deux demi-tasses et une petite cafetière qu'il posa devant de Luzt.

— Je vous ai demandé de venir cette nuit parce que nous venons de recevoir de nouvelles informations au sujet du Québec.

L'emploi du « nous » avertit de Luzt que l'ex-fonctionnaire avait commencé à parler d'affaires. Il avait pris tout à coup un ton plus sec, laissant tomber toute affectation.

— D'abord, le congrès à la direction. On n'a pas encore annoncé la date officiellement, mais, selon nos informations, il aura lieu le 17 février à Québec. Nous espérons obtenir confirmation de cela d'ici à une semaine.

De Luzt hocha la tête et prit une gorgée de café.

— Comme je vous l'ai dit, la sécurité, le bien-être économique de la France sont liés à l'avenir du Québec. En fait, tout repose sur les épaules de Guy Lacroix. Je n'insisterai jamais assez là-dessus, Antoine : si Lacroix n'est pas élu le 17 février, la France pourrait être condamnée à jouer un rôle de puissance de second rang pendant des générations.

De Luzt était sur le point d'intervenir, mais le vieil homme continua comme si de rien n'était.

— Jusqu'à présent, nous n'avions pas prévu de grands obstacles dans notre chemin. Mais le Quai d'Orsay a reçu dans la soirée, de notre ambassade de Washington, une dépêche codée qui pourrait tout foutre en l'air. Il semble que le Président des États-Unis ait commencé à s'occuper du Québec. Il a ordonné à la C.I.A. d'envoyer des agents dans la province pour voir à ce que Lacroix soit battu et que la direction passe aux mains de Jean-Claude Belmont. Si les Américains réussissent leur coup, c'est un désastre pour la France.

De Luzt fronça les sourcils. Il connaissait la C.I.A. de longue date. Il avait travaillé pour et contre elle ; il admirait les ressources que l'organisation avait à sa disposition mais il savait qu'elle serait désavantagée au Québec, à moins qu'elle eût bâti soigneusement un réseau dans la province depuis des années, ce dont il doutait. Le Québec était comme une petite ville où les étrangers étaient regardés avec suspicion. Il était pratiquement impossible d'agir efficacement quand on arrivait ainsi comme un cheveu sur la soupe.

— J'ai besoin d'en savoir davantage, Hilaire, dit-il. Je peux comprendre que les Américains soient nerveux, étant donné leur proximité avec le Québec. Mais qu'espèrent-ils gagner en y envoyant la C.I.A. ? Je ne comprends pas encore pourquoi l'affaire est si importante pour la France. Pourquoi risquer une confrontation avec les États-Unis au sujet du Québec ? Qu'est-ce qui rend l'enjeu si crucial ?

De Luzt attendit, mais le vieil homme garda le silence.

— Vous me cachez quelque chose. D'habitude, quand vous avez besoin de moi, vous me donnez toutes les informations voulues.

— Comment aimez-vous ces cheveux de Vénus ? N'ont-ils pas l'air éthéré ? demanda Noël, en reprenant ses poses de vieil excentrique.

De Luzt était un homme très efficace mais sa loyauté était d'abord envers lui-même, puis envers le plus offrant. Il présentait donc un risque. Il était bien payé pour ses services, mais les Américains avaient aussi les moyens de l'acheter.

— Je suis désolé, mon cher Antoine. Je ne puis vous en dire plus pour le moment. Je vais vous demander de prendre ma parole. Mais j'ai quelque chose à vous offrir. Maintenant que nos amis américains sont dans le paysage, on m'a autorisé à mettre à votre disposition toutes les ressources supplémentaires dont vous pourriez avoir besoin pour mener votre tâche à bien.

— Si je ne vous connaissais pas, Hilaire, je jurerais que vous essayez d'acheter ma loyauté.

De Luzt laissait percer sa colère sous le sarcasme. Il savait qu'Hilaire Noël ne lui dirait rien de plus.

— La loyauté ne fait pas partie de mon vocabulaire, Antoine. J'aime mieux parler d'engagement.

— Laissez-moi y réfléchir. Si j'ai besoin de quelque chose, je vous le ferai savoir par les voies habituelles.

La réunion avait pris fin. De Luzt but une dernière gorgée de café alors que Noël appelait un taxi. Dans l'ascenseur, de Luzt songea que la présence de la C.I.A. au Québec ajoutait un élément dangereux à la situation. Pourquoi les Américains allaient-ils se fourrer là ? Et pourquoi donc l'avenir de la France était-il en jeu ? Il ne trouvait pas de réponses à ses questions, et il n'aimait pas agir dans l'ignorance. Il fallait à tout prix qu'il découvre ce qui se cachait là-dessous.

Pointe-Claire, ville dortoir de la classe moyenne anglophone, à environ vingt-cinq kilomètres du centre de Montréal. Comme dans les autres agglomérations anglophones de Montréal et des environs, on y avait vu, après la victoire du Parti Québécois en 1976, des panneaux « *FOR SALE — À VENDRE* » pousser comme des champignons sur ses gazons bien coupés. Plusieurs de ces enseignes tombaient maintenant en ruine en attendant l'éventuel acheteur que même une baisse de prix n'attirait pas. L'économie stagnante du Québec éloignait les investissements et, avec le départ d'entreprises vers d'autres régions du Canada, les maisons ne trouvaient plus preneurs.

Lors d'une soirée pour saluer le départ de leur voisin dentiste, Taylor Redfern et son épouse, Lois, avaient plaisanté un peu amèrement en évoquant le jour où ils se retrouveraient les seuls habitants du coin. Cette perspective apparaissait de plus en plus imminente à mesure que les maisons se vidaient de chaque côté d'eux : le dentiste déménageait à Boston, laissant sa maison au soin d'un courtier en immeubles auquel il demandait de la vendre au prix qu'il pouvait.

Redfern en vint à passer plus de temps à la maison, Lois se sentant de plus en plus isolée avec le départ des voisins, des amis. Il s'était aménagé un petit bureau au sous-sol, loin des enfants et surtout à l'abri des distractions de la salle de rédaction du *Chronicle*.

Il avait passé tout l'après-midi au sous-sol à essayer d'écrire un article sur les liens de Kevin Reilly avec la Gendarmerie royale ; les boulettes de papier à ses pieds témoignaient de la difficulté qu'il avait à le rédiger. Cameron Craig était convaincu que ce lien ferait la preuve de la conspiration.

Durant quatre jours, Redfern avait fait la navette entre Montréal et Ottawa, essayant de trouver quelque substance aux accusations de Guy Lacroix à l'endroit du gouvernement fédéral. Tout ce qu'il avait découvert au sujet d'une possible filière fédérale pouvait être interprété dans l'autre sens. Il arracha encore une feuille de la machine à écrire, la froissa et la jeta à terre. Il se leva et se dirigea vers une cible accrochée au mur et dont il retira les fléchettes une à une par l'empenne. Il se recula à quelques pas de la cible et visa. Il tâcha de se concentrer sur la trajectoire des fléchettes pour se détendre.

— Ah ! c'est ainsi que ces messieurs de la presse passent leurs après-midi !

Lois Redfern était sur le seuil, une tasse de café à la main. Elle avait une figure ronde et de grands yeux bruns qui semblaient toujours frappés de surprise.

— Merci, dit-il en prenant la tasse. Comme tu vois, ça ne marche pas.

— Puis-je t'aider ?

— Il y a quelque chose qui m'échappe. Je vais revoir ça. Assieds-toi. Bon, voici les faits : Reilly a travaillé pour la Gendarmerie. J'ai une photocopie de sa carte de membre. Il s'est engagé un an et demi après avoir terminé ses études secondaires, aussitôt ses dix-neuf ans accomplis. Il a suivi l'entraînement de six mois à l'école des recrues de la G.R.C. à Regina. Autre fait : Reilly était un tireur d'élite. Il a reçu les pistolets croisés surmontés d'une couronne, ce qui signifie qu'il a réussi un carton parfait. Un de ses camarades m'a dit qu'il pouvait dégainer et rengainer plus vite que n'importe qui de sa classe. Donc, il savait parfaitement ce qu'il faisait lorsqu'il tira une balle, et peut-être deux, sur le Premier ministre.

— O.K., dit Lois avec un haussement d'épaules. Cela semble logique jusqu'ici.

— Maintenant, selon les dossiers, il démissionna de la G.R.C. au bout de quatorze mois seulement. Une séparation par consentement mutuel, selon toute apparence. Il n'avait pas le tempérament voulu. J'ai parlé à l'officier qui l'avait interviewé. Il m'a dit que Reilly ne pouvait supporter la discipline. Hypothèse : supposons que la démission de Reilly était une machination pour lui permettre d'opérer dans l'ombre.

— Tu veux dire qu'on l'a mis à la porte mais qu'il restait toujours un de leurs agents ?

— Exactement. Si Reilly travaillait encore pour la G.R.C. au moment de l'assassinat, il se pourrait alors que le fédéral soit mêlé à l'histoire.

— Tu veux dire le Premier ministre du Canada ?

— Pas nécessairement le Premier ministre. Mais c'est seulement une hypothèse. La Gendarmerie s'est empressée de démentir, bien sûr. Elle ne l'admettrait pas davantage si cela était vrai. Mais Reilly n'a gardé aucun contact avec ses camarades après sa démission, ce qui pourrait ajouter du poids à l'hypothèse de l'opération sous le couvert. On ne rompt pas avec tout le monde comme cela. Mais c'est tout ce que j'ai pour étayer mon hypothèse. C'est pourquoi c'est si pénible d'écrire ce papier.

— Eh bien !, pourquoi ne le laisses-tu pas pour le moment ? Peut-être que si tu arrêtes d'y penser, la réponse va te venir.

— C'est Craig qui serait content s'il t'entendait ! Il veut cela à tout prix pour le gros reportage de samedi. Mais je pourrais toujours essayer une autre piste. Tiens, je devrais suivre celle du sergent Touraine.

— Maman, quand est-ce qu'on va souper ?

La petite Jenny, cinq ans, se tenait au bord de la porte, une main sur son estomac qui criait famine.

— Oh, ma chérie, j'allais t'oublier ! Viens, nous allons laisser papa travailler, et je prépare quelque chose tout de suite pour nous deux. Nous n'attendrons même pas que Pete revienne de sa réunion de louveteaux. Que dirais-tu d'une pizza ?

Le minois de la fillette s'illumina. Lois poussa sa fille devant elle, fit une oeillade sévère à son mari et ferma la porte. Redfern ne put réprimer un sourire. Il lança les deux fléchettes qu'il avait encore en main sur la cible et se rassit à son bureau. Il tira de son classeur une enveloppe de papier bulle, où le nom de Touraine était écrit en gros au crayon feutre.

Il y avait quelque chose d'étrange là aussi. Le garde du corps du Premier ministre était confiné au secret, sous la garde de la police, dans un hôtel de Québec, même si l'on n'avait retenu aucun chef d'accusation contre lui. On répondait toujours aux demandes d'entrevues de la même façon : « Le sergent Touraine est toujours en état de choc à la suite de la mort du Premier ministre. » Mais alors, pourquoi n'était-il pas à l'hôpital ou au moins en congé chez lui ? Redfern avait essayé d'interviewer la femme de Touraine, mais il n'y avait personne dans leur bungaloew de l'est de Montréal. Personne ne répondait au téléphone. Il semblait qu'on avait élevé un mur autour de Touraine et de sa famille. Dans quel but ?

Comme Redfern parcourait ses notes, il entendit des pas précipités dans l'escalier du sous-sol. Pete, son fils de neuf ans encore en uniforme de louveteau, se rua dans le bureau de son père.

— Papa, papa, dit-il à bout de souffle. Un homme... à l'arrêt d'autobus... il m'attendait... il m'a donné cela pour toi.

Il découvrit une longue enveloppe brune qu'il avait gardée sous son chandail.

— Pete, du calme ! Tu dis que c'était un homme. Le connaissais-tu ?

— Non, papa. Est-ce que tu vas l'ouvrir ?

Redfern sentit la même angoisse qu'il avait connue à l'Assemblée nationale, lorsqu'il avait aperçu l'homme et la femme dans les galeries. Un homme qui pouvait reconnaître son fils, qui connaissait ses allées et venues...

— As-tu déjà vu cet homme avant ?

— Non.

— Comment était-il ?

— Il portait un chapeau. Il m'a donné l'enveloppe et est reparti tout de suite.

Redfern regarda l'enveloppe. Il n'y avait aucun nom d'écrit. Il passa les doigts dessus avec précaution. Il n'était pas question qu'il prenne le risque de l'ouvrir en présence de Pete.

— Maintenant, écoute-moi, tu vas aller manger tout de suite.

— Papa ! implora l'enfant.

— Tu m'as compris.

Le ton était suffisamment menaçant. Pete quitta le bureau en traînant les pieds. Une fois seul, Redfern ferma la porte et approcha l'enveloppe de la suspension. Il la tint un moment contre la lampe mais l'enveloppe était trop épaisse pour qu'il puisse déchiffrer quoi que ce soit. Alors, tournant le visage rapidement, il déchira un des côtés. Rien ne se produisit. Il retira une simple feuille de papier. On y avait écrit un message à la machine en majuscules :

LAISSEZ TOMBER LA G.R.C. ALLEZ VOIR LA FEMME DU **455**, AVENUE DES ORMES, CARTIERVILLE.

Le premier mouvement de Redfern aurait été de sauter dans sa voiture et de se rendre à Cartierville, mais il se retint. Ce billet anonyme, qu'il avait reçu de quelqu'un qui connaissait exactement ses allées et venues, lui inspirait plus de prudence. Il passa le reste de la soirée à des recherches sur le 455, avenue des Ormes. L'annuaire municipal qu'il alla consulter au journal mentionnait que cette adresse était celle de madame F.-X. Aubin. Ce nom ne lui disait rien, ni à personne de la rédaction. Il n'y avait rien non plus sur elle dans les fiches de la bibliothèque. Et il n'y avait pas de réponse au numéro de téléphone indiqué.

Il passa une nuit sans sommeil, dans une vague somnolence, peuplée de Touraine, de Reilly et de la foule qui assistait à l'enterrement. Était-ce un tour qu'on avait voulu lui jouer au journal ? Ou une attrape quelconque ? Était-il sur le point de découvrir quelque chose ? Alors le spectre du couple dans la galerie de la presse réapparut dans sa mémoire. Il y avait peut-être quelqu'un au 455, avenue des Ormes qui pouvait l'aider.

Il écrivit l'adresse et le numéro de téléphone sur un bout de papier qu'il donna à sa femme avant de quitter la maison, le lendemain matin.

— Je serai là si tu me cherches, dit-il comme si de rien n'était.

Il y avait la circulation intense des heures de pointe sur le boulevard Décarie. Il prit la sortie du boulevard Laurentien en se demandant qui il trouverait avenue des Ormes. Peut-être la petite amie de Reilly ? Elle pourrait probablement lui en apprendre long maintenant. Ou peut-être l'une des vieilles institutrices de Reilly ? ou l'inaccessible madame Touraine ? ou encore la femme aux cheveux noirs de la galerie de la presse ? ou peut-être aucune d'elles.

L'avenue des Ormes ne payait guère d'apparence avec ses maisons jumelées pressées contre les trottoirs fissurés. Le numéro 455 ne tranchait pas sur l'uniformité générale : une maison de brique à étages. Les rideaux étaient fermés et le journal du matin avait été laissé sur le perron de bois gauchi. Il examina attentivement les lieux avant de sortir de sa voiture. Il ne semblait pas y avoir signe de vie. Il sortit, gravit les marches du perron et sonna. Il n'y eut pas de réponse. Il attendit quelques minutes et frappa à la porte. Il crut entendre du bruit à l'intérieur et sonna de nouveau. La porte s'entrouvit assez pour laisser apparaître une grosse femme en robe de flanelle, ses cheveux blonds retenus par une résille.

— Oui ? lui lança-t-elle abruptement.

— Excusez-moi, je suis Taylor Redfern du *Montreal Chronicle*. On m'a dit qu'il y avait quelqu'un ici qui voulait me parler.

— Quoi ? Qu'est-ce que vous racontez ?

Le visage de la femme commençait à rougir sous le coup de la colère.

— Êtes-vous madame Aubin ?

— Qu'est-ce que c'est ? Je n'ai jamais demandé à vous parler, ni à quiconque de la presse.

Elle voulut fermer la porte mais Redfern garda la main sur la poignée.

— Non, un moment, je vous en prie ! c'est important.

En se penchant vers l'intérieur, il aperçut une autre femme dans les marches de l'escalier, la main pressée sur sa gorge. Elle était plus vieille que la grosse blonde à la porte.

— Je n'ai rien d'autre à vous dire, dit Madame Aubin en appliquant une plus grande pression sur la porte. Allez-vous en ou j'appelle la police.

Sur le coup d'une inspiration subite, le journaliste s'adressa à l'autre femme :

— Madame Touraine, je vous en prie, je dois vous parler de votre mari.

La blonde relâcha la pression qu'elle exerçait sur la porte.

— Ça va, Lise, dit la femme dans l'escalier. Laisse-le entrer.

Dans le vestibule sombre, il fut assailli par une odeur de bière éventée provenant d'une caisse vide près du portemanteau.

— Veuillez excuser ma soeur, Monsieur, elle pense que je ne devrais pas parler à des étrangers dans les circonstances actuelles. Asseyez-vous, je vous prie.

Elle le conduisit au salon. Redfern examina ses traits à la lumière. C'était une femme au milieu de la quarantaine, qui avait été probablement attirante mais qui maintenant se laissait aller à l'embonpoint. Sa figure rongée par les soucis contrastait étrangement avec ses mains fines, encore jeunes, qui serraient à la gorge sa robe de nuit en mousseline. Elle lui donna l'impression d'avoir déjà touché à la bouteille de scotch depuis son lever ; elle avait les traits empâtés et le bord des paupières rougi.

Madame Aubin errait dans le corridor, comme une héroïne wagnérienne que la présence du journaliste rendait malheureuse.

— Vous avez dit que vous vouliez parler de mon mari, Monsieur... ?

— Redfern, Madame. Taylor Redfern.

— Comment avez-vous fait pour me trouver ? Personne n'est censé savoir où je suis.

— Madame Touraine, dit-il pour détourner la question, je devais vous parler parce qu'il se passe quelque chose et que vous pouvez peut-être m'aider. Depuis l'assassinat du Premier ministre, personne n'a pu parler à votre mari. On dit qu'il fait une dépression nerveuse.

— Non, ce n'est pas vrai, répliqua-t-elle vivement.

— A-t-il communiqué avec vous ?

Elle secoua la tête et regarda à terre.

— D'autres rumeurs prétendent qu'il est sous arrêt à Québec ou qu'il a été transporté hors du pays. J'aimerais maintenant savoir la vérité.

Madame Touraine laissa échapper un soupir qui semblait exprimer tout le désespoir de sa vie.

— Je ne peux rien vous dire, justement parce qu'on ne m'a rien dit.

Sa voix se brisa dans un sanglot.

— On dit que tout va bien mais on ne veut pas me laisser parler à mon mari. Je ne sais même pas s'il est encore en vie.

Elle pleurait maintenant sans retenue. Sa soeur se précipita pour la réconforter.

— Voyez ce que vous avez fait, dit-elle avec colère. Vous l'avez troublée : maintenant, allez-vous-en !

— Non, qu'il reste !

Marie Touraine sécha ses pleurs sur les manches de sa robe de nuit.

— J'ai besoin de parler à quelqu'un.

— Qui vous empêche de le voir, madame Touraine ?

— Je ne sais pas. Son capitaine m'a appelée pour me dire qu'il allait bien, que je ne devais pas m'inquiéter et que je ferais bien de rester avec des parents ou des amis jusqu'à ce que tout soit fini.

— Qu'est-ce que cela veut dire « que tout soit fini » ?

La femme secoua la tête, ses yeux hagards remplis de pleurs :

— Je ne comprends rien. Ils devraient le traiter comme un héros. Après tout, il a abattu l'homme qui avait tué le Premier ministre. Et maintenant, ils le cachent comme s'ils en avaient honte.

— Savez-vous où il est ?

— Non, ils ne me l'ont pas dit. Lise, veux-tu m'apporter un verre d'eau, s'il te plaît ?

L'interpellée dévisageait Redfern avec toute la répugnance que cet entretien lui inspirait.

— Lise, sois gentille.

— Madame Touraine, j'aimerais écrire un article sur votre mari. Dire aux gens toute la vérité sur lui. C'est un héros pour la majorité des gens. Parlez-moi de lui. Racontez-moi tout ce que vous voulez. Votre vie avec lui, vos enfants, ses passe-temps, son travail, sa marque de bière favorite, enfin tout ce qui vous passe par la tête.

Lise revint avec un verre d'eau. Marie Touraine en prit une gorgée et lui remit le verre.

Elle entreprit de raconter sa vie avec Auguste Touraine, l'homme qu'elle appelait « Gus » et qu'elle avait épousé il y a trente ans. C'était une vie de désespoir tranquille, d'occasions manquées et de rêves non réalisés. Au bout d'une heure, Redfern souhaitait n'avoir rien demandé.

Les choses avaient commencé à prendre un mauvais tournant lorsque Touraine avait été désigné pour être garde du corps du Premier ministre. Il avait été choisi, dit-elle avec fierté, à cause de sa discrétion et de sa loyauté. Elle admirait la loyauté. Comme garde du corps, Touraine ne quittait pas plus le Premier ministre que son ombre. Il passait peu de temps à la maison et elle le sentit s'éloigner d'elle. La solitude et la frustration la conduisirent peu à peu vers l'alcool.

Elle devenait agitée au fur et à mesure qu'elle avançait dans sa confession.

— Je me suis mise à boire parce qu'il se détournait de moi, monsieur Redfern. Je n'avais nulle part où aller mais ce n'est pas le pire. Il y avait une autre femme.

— Marie ! intervint Lise.

— Non, pourquoi le cacher ? Je sais qu'il y en avait une. J'ai fini par le savoir. Un de mes amis qui travaille dans un bar de la rue Saint-Hubert les a vus ensemble. Il était à Montréal avec une autre femme. Il l'a même amenée à Plattsburgh. Ça, je l'ai découvert moi-même. En envoyant ses vêtements chez le nettoyeur, j'ai trouvé dans la poche de son veston un reçu du Holiday Inn de Plattsburgh. C'est là qu'il l'a amenée, le maudit cochon ! Et moi, il n'a jamais voulu me faire faire un tour aux États-Unis.

Ses épaules étaient secouées par les sanglots. Elle se mordit les lèvres pour arrêter ses pleurs.

— Vingt-trois ans de mariage et voilà ce que je récolte. Je me fous de ce qui lui arrive. Je m'en fous éperdument !

Elle enfouit son visage dans ses mains et laissa libre cours à ses larmes.

— Maintenant vous allez partir, dit Lise sur un ton sans réplique.

Redfern se leva. Il savait qu'il ne pouvait rien tirer de plus. Mais madame Touraine l'avait aidé plus qu'elle ne le croyait.

— Je suis désolé, dit-il, vraiment désolé.

Mais Marie Touraine, tout à sa douleur, ne releva pas la tête pour le saluer.

Raymond Mercier, le directeur de campagne de Belmont, escorta Monique Gravelle jusqu'à la table. Il mangeait au Cheval Blanc de Trois-Rivières seulement lorsqu'il pouvait mettre le repas sur son compte de dépenses, et ce soir il se sentait le cœur léger en compagnie d'une femme aussi désirable. Si sa femme s'enquérait de la chose, il pourrait toujours lui dire que, selon son habitude, il ne mangeait dans un restaurant aussi cher que lorsque le parti payait la note ; et ce ne pouvait être que pour des repas strictement d'affaires. On était très sévère là-dessus.

Mercier traita la jeune femme avec la courtoisie exagérée qu'on adopte lorsqu'on n'est pas sûr de la conduite à tenir avec une personne du sexe opposé et qu'une génération sépare de soi. Il serait peut-être plus détendu, pensait-il, après un verre ou deux.

— Bien sûr que c'était scandaleux cette intervention de Lacroix aux funérailles. Vous savez qu'il y a des gens dans cette province qui applaudissent des deux mains à cette imposture ?

— C'est terrible, terrible, murmurait Monique en sirotant un Dubonnet.

— Souvent, je me demande ce que les électeurs ont entre les deux oreilles.

— Mais qu'est-ce que ça fait ? Pourvu qu'il y en ait suffisamment de notre côté. La revanche des berceaux, c'est ça.

— Oui... Je vous l'ai pas dit, mademoiselle Gravelle, mais je connais Jean-Claude Belmont depuis toujours. Vous étiez pas encore au monde quand on a commencé à pratiquer comme avocats. Jean-Claude me fait pleine confiance comme directeur de campagne et responsable du financement. Nous sommes de vieux copains. Savez-vous qu'il a déjà dit à un journaliste que sans Raymond Mercier, il n'aurait ni ministère, ni circonscription, ni argent, et, ce qui importe beaucoup à notre âge, ni confident ?

— C'est tout un témoignage en votre faveur, glissa Monique dans un sourire.

— Je vous crois. C'est pour ça que je me sens une lourde responsabilité sur les épaules. Et je suis bien content que vous m'ayez appelé. Je me suis rappelé votre nom immédiatement, hein ! C'est vous qui vous étiez chargée de la publicité quand Jean-Claude a reçu le portefeuille de l'Éducation. Vous avez fait un travail fantastique ! Je reconnais l'importance de la publicité, et c'est pourquoi je suis heureux que vous vous joigniez à nous. Vous nous serez très précieuse.

Le serveur vint interrompre les épanchements de Mercier.

— Je vous laisse commander, Raymond. Oh, j'espère que vous me permettez de vous appeler Raymond ?

— Bien sûr, bien sûr ! agréa Mercier, à la veille de perdre la tête. Nous sommes très démocratiques chez nous. Que prendrez-vous ? Ah oui, vous voulez que je commande. Eh bien, voyons voir.

Monique Gravelle camoufla un bâillement derrière son menu. La soirée s'annonçait longue. Elle avait besoin d'un remontant. Elle avait des comprimés dans sa bourse.

— Voulez-vous m'excuser un moment, Raymond ? Je vais me poudrer un peu le bout du nez.

Mercier se leva comme elle sortait de table. Il enleva ses lunettes et les essuya avec la serviette de table. Il avait du mal à en revenir : cette jeune fille, qui était le point de mire de tous les hommes dans le restaurant, lui avait presque demandé de l'inviter à dîner. Elle voulait travailler pour lui, se joindre à la croisade. Il essayait de l'imaginer dans les toilettes des femmes peignant son abondante chevelure noire ou passant un bâton de rouge sur ses lèvres épaisses. Ses yeux noirs, sa peau blanche et cette odeur de pomme qu'elle exhalait. Il n'y avait pas de femmes comme cela à Trois-Rivières. Du moins celles qui y étaient n'y restaient pas longtemps. Sa présence l'excitait en même temps qu'elle l'effrayait.

— Me revoilà !

C'était elle qui revenait. Il se leva de sa chaise, comme mû par un ressort, et tira la sienne pour qu'elle puisse s'asseoir.

Raymond Mercier ne se souvint plus par la suite de ce qu'il avait mangé. Il se rappela seulement que le dîner passa très rapidement. Il ne se souvenait pas d'avoir commandé une autre bouteille de champagne mais elle avait bel et bien été inscrite sur la facture. Ils avaient parlé des chances de Belmont dans la course au leadership. Monique était optimiste : Lacroix dépasserait la mesure et perdrait des appuis au congrès, prédisait-elle. Il était trop radical, trop enflammé. Les Québécois étaient au fond conservateurs ; ils sauraient reconnaître en Belmont le calme et la stabilité qu'ils recherchaient.

Au café, ils discutèrent du rôle de Monique dans la campagne.

— Comme publicitaire, j'ai d'excellents contacts dans les média francophones et anglophones. J'ai aussi appris beaucoup en ce qui concerne l'organisation politique et le financement électoral au cours des trois dernières années. Je pourrais vous être utile dans ces domaines si vous le jugez bon.

Mercier se confondait en hochements approbateurs, lesquels faisaient tressaillir son double menton. Il imaginait d'avance à quel point la présence de cette femme contribuerait à délier les bourses lorsqu'il ferait appel à ses amis industriels.

— Vous comprendrez que je ne pourrai probablement pas vous payer autant qu'au quartier général du parti, pas autant que je le voudrais en tout cas. Il faut auparavant voir comment marchera la campagne de financement.

— Je travaillerai comme bénévole s'il le faut, suggéra-t-elle dans un sourire. J'ai de petites économies qui me le permettent.

C'est une cause qui me tient tellement à coeur, vous savez. Il faut que monsieur Belmont gagne.

— Ah, chère amie, si vous saviez aussi comme cela me tient à coeur, s'empressa d'ajouter Mercier.

Emporté par l'enthousiasme il posa sa main sur la sienne. Il fut un peu surpris de voir qu'elle ne la retirait pas. Sa main resta donc posée sur la sienne et ses yeux fixés sur les siens.

Ce fut lui qui brisa le charme en demandant confusément l'addition au serveur.

— Oh, je m'excuse, dit-il en se tournant vers Monique. Voulez-vous une autre tasse de café ?

— Non, pas maintenant, merci, mais j'ai une autre idée. Pourquoi n'irions-nous pas prendre un café à mon motel, plutôt ? J'ai noté quelques idées pour la publicité de la campagne, et j'aimerais bien vous en faire part le plus tôt possible pour qu'on puisse les mettre de l'avant... mais je ne veux pas trop prendre de votre temps.

— Mon temps ?

Il hésita un moment. Il avait dit à sa femme qu'il serait de retour à dix heures ; il était déjà dix heures et quart. Mais il s'agissait de la campagne après tout, et cela devait passer en premier lieu.

— Mais je ne compte pas mon temps quand il s'agit du parti.

Raymond Mercier commença à se sentir tiraillé dans la voiture, comme s'il entendait une sonnette d'alarme au fond de sa conscience. Il se demandait si elle voulait vraiment connaître son avis sur sa campagne de publicité mais l'appel de ses sens était plus fort. Ils ne prononcèrent aucune parole jusqu'au motel. Il prit la clef qu'elle lui tendait pour ouvrir la porte et eut beaucoup de peine à l'introduire dans la serrure.

— Donnez-moi votre manteau, lui dit-elle une fois qu'ils furent entrés. Je m'excuse pour la chambre, mais c'est tout ce que j'ai pu trouver dans le délai que j'avais.

— C'est bien correct, balbutia-t-il en essayant de ne pas regarder le lit qui occupait la moitié de la pièce.

Elle était derrière lui, l'aidant à enlever son manteau. Une fois qu'il eut laborieusement sorti ses bras des manches, il alla, pour se donner une contenance, examiner la vue depuis la fenêtre même s'il n'y avait rien à voir.

— Seriez-vous assez gentil de tirer les rideaux, demanda Monique, j'ai toujours l'impression que quelqu'un observe par là.

Mercier se battit un moment avec les rideaux qui ne voulaient pas se joindre. Il sentait quelque chose de frénétique monter en lui. Chaque geste, chaque mouvement de la fille était une invitation. Il pouvait sentir à ses tempes son coeur battre d'excitation.

— Asseyez-vous là un moment, j'arrive avec les dossiers.

Elle plaça une chaise contre l'armoire et monta dessus pour aller chercher une valise qui était placée au sommet du meuble. Quand elle allongea le bras, sa robe monta jusqu'à ses cuisses. Mercier put distinguer la rondeur des chairs à travers le tissu léger.

— Attendez, je vais vous aider, offrit-il alors qu'elle s'étirait davantage pour ouvrir la valise.

— Peut-être pourriez-vous seulement tenir la chaise...

Monique était maintenant sur la pointe des pieds, ce qui faisait remonter sa robe encore plus haut. Mercier pouvait sentir son parfum, lui dont le regard se portait à la hauteur de ses reins. Il tendit la main et toucha son genou. Elle eut l'air de ne pas s'en apercevoir.

— Ces valises, elles ont toujours des serrures compliquées, dit-elle comme à elle-même.

Voyant qu'elle ne réagissait pas, il s'enhardit et glissa la main doucement vers l'intérieur des cuisses. Mais elle ferma soudain les genoux sur sa main.

— Raymond!

Elle repoussa sa main et rabaissa sa jupe. Elle pouvait voir sa poitrine se soulever alors qu'il restait les yeux fixés sur ses jambes. Elle sauta au bas de la chaise et rajusta ses vêtements avec des gestes étudiés.

— Monique, se plaignit-il en essayant de l'attirer à lui ; mais elle se retourna à demi et il enfouit ses lèvres dans sa chevelure.

— Nous sommes venus ici pour travailler, Raymond. Si nous voulons que monsieur Belmont gagne, il ne faut pas se laisser distraire. Ce n'est pas le moment.

— Je m'excuse, dit Mercier tout penaud.

Son esprit alourdi par le vin essayait désespérément d'y voir clair.

— Maintenant, puis-je vous demander de descendre cette valise pendant que je commande du café ?

Taylor Redfern ouvrit les rideaux de sa chambre à l'hôtel Holiday Inn de Plattsburgh et regarda la circulation de la grand-rue. Il aurait pu se trouver dans n'importe quelle petite ville américaine. Il avait devant sa vue le supermarché, la quincaillerie, un magasin d'articles de sports. deux banques, un cinéma et une église.

Il s'était rendu là sans perdre de temps ; un coup de fil à son rédacteur en chef et à sa femme après sa rencontre avec Marie Touraine, et il était déjà en train de franchir le pont Champlain en direction de l'autoroute 9 et de la frontière américaine. Chemin faisant, il s'était demandé pourquoi Touraine avait choisi Plattsburgh pour son idylle. Il aurait pu se cacher à Montréal sans problème. Ça n'aurait pas été la même chose s'il avait été bien connu. La vue de Plattsburgh le rendit encore plus perplexe. Ce n'était pas tout à fait le décor rêvé pour une idylle. N'allait-il pas encore se trouver dans une impasse ?

Ses premières investigations auprès du personnel de l'hôtel furent peu fructueuses. Une photo du sergent Touraine sans uniforme provoqua quelques souvenirs et un billet de dix dollars en suscita quelques autres. Il avait passé une nuit à l'hôtel aux environs de la mi-octobre. Un chasseur se souvenait que Touraine avait transporté lui-même ses bagages.

— Il gardait ses valises à la main même dans la chambre. Il était là à me regarder alors que j'attendais mon pourboire. J'ai donc fourré la clef dans la poche de son veston et je l'ai laissé se débrouiller.

Le responsable du service aux chambres se souvenait que Touraine avait commandé une bouteille de whisky à minuit. Mais il n'avait pas demandé deux verres. Une femme ? Non. Le chasseur ne se rappelait pas, lui non plus, la présence d'une femme.

Alors, s'il était seul, Touraine n'était pas venu à Plattsburgh pour une idylle. Quel était donc le but de son voyage ? Et pourquoi avait-il utilisé un faux nom ? Les registres de l'hôtel contenaient seulement un nom canadien-français aux environs de la mi-octobre. Un nommé Paul Paquet. Sa voiture portait une plaque du Québec. Les autres sur la même page avaient toutes des plaques américaines.

Redfern regardait distraitement par la fenêtre des feuilles de journaux que le vent charriait dans la rue. Comment rassembler les pièces de ce casse-tête ? Touraine, à ce qu'il semblait, était venu seul de Montréal le 12 octobre et, en plein milieu de la semaine, avait passé une nuit dans un motel de Plattsburgh sous un nom d'emprunt. Il avait déjeuné au café de l'hôtel le matin suivant vers 8 h 30, et était parti. Qu'avait-il fait là-bas ? Quel rapport cela avait-il avec l'assassinat, s'il y en avait un ? Le chasseur avait dit qu'il avait deux valises : pour une nuit ? Pour une personne ?

Quand la réponse lui vint, elle lui sembla si évidente qu'il se demanda pourquoi il n'y avait pas pensé plus tôt. Il concentra son regard sur la grand-rue encore, en fixant particulièrement les bâtiments. Puis il prit l'annuaire de téléphone et commença à téléphoner. Il obtint ce qu'il voulait au deuxième appel. Les banques de l'État de New York ne faisaient pas plus de difficultés que celles du Canada à donner des renseignements confidentiels à des étrangers au téléphone. Un jour, il écrirait une série d'articles sur le sujet.

— ... Alors je leur ai dit que j'étais vendeur de voitures de Montréal et qu'un dénommé Paul Paquet m'avait émis un chèque de cinq mille dollars de leur banque. J'appelais pour vérifier si le chèque était bon avant de remettre la voiture. Et vous savez ce que l'employé m'a dit ? Monsieur Paquet n'avait pas de fonds suffisants sur son compte-chèques pour couvrir cette somme, mais je pouvais quand même le faire passer : la banque prélèverait le montant nécessaire de son compte d'épargne. Vous vous imaginez, tout cela par téléphone !

Cameron Craig hocha la tête.

— Mon père était banquier, il se retournerait dans sa tombe s'il entendait ça.

— Le vieux renard ! Je n'ai jamais su comment vous avez fait pour sortir de ses pattes.

— Le talent, le talent, mon cher. En tout cas, cette affaire-là, c'est la boîte de Pandore.

— Ouais, nous avons de quoi faire un beau papier maintenant. Nous savons que Touraine a fait un petit voyage secret de l'autre côté de la frontière moins d'un mois avant l'assassinat du Premier ministre. Nous savons qu'il a transporté une grosse somme d'argent dans une petite valise qu'il a gardée jalousement avec lui. Nous savons enfin qu'il a utilisé un nom d'emprunt et qu'il a ouvert deux comptes sous ce nom dans une banque américaine. Vous savez ce que cela signifie, Cam ?

— Ne sautons pas aux conclusions trop vite.

— Mais voyons, Cam ! Touraine est impliqué jusqu'au cou dans l'affaire. Il a tiré trois fois sur Reilly, rappelez-vous. Il l'a atteint à chaque coup. Il a vraiment voulu le tuer.

— Oui, mais attention ! Vous écrivez un mot là-dessus et vous en êtes quitte pour des poursuites en diffamation.

Craig se leva et alla fermer rapidement la porte du bureau.

— Mais je n'invente rien, Cam.

— Je n'ai pas dit cela, mais vous êtes encore loin de pouvoir prouver ce que vous avancez. Je suis d'accord avec vous, ça sent la conspiration à plein nez.

— Oui, et Touraine est tenu au secret quelque part.

— Mais un journal sérieux comme le nôtre ne doit publier que des faits. Laissons nos lecteurs tirer leurs propres conclusions.

— Mais nous avons en main un article formidable, et vous prêchez la prudence. Bon Dieu ! je ne vous comprends pas, Cam.

— Écoutez-moi bien, Redfern. Il suffirait d'une seule poursuite en diffamation pour mettre ce journal dans la rue. Notre marge de manoeuvre est très mince. Nous pouvons tout juste nous payer de l'encre et du papier.

— Mais nous parlons de la vie d'un homme, Cam !

— Mais l'homme en question est mort et si nous manoeuvrons mal, nous ne vaudrons guère mieux ! lança Craig en colère.

Redfern se laissa tomber sur sa chaise et frotta ses yeux fatigués.

— Bon, comment voulez-vous que j'écrive le papier ?

À 2 heures, ce jour-là, le *Montreal Chronicle* était disponible dans les kiosques. Il provoqua la stupeur dans le monde. Le titre s'étalait sur huit colonnes à la une :

« SLAIN PREMIER'S BODYGUARD LINKED TO PAYOFF »
« LE GARDE DU CORPS DU PREMIER MINISTRE ASSASSINÉ EST RELIÉ À UN COMPLOT. »

L'article de six cents mots, signé par Taylor Redfern, ne rapportait que des faits. Il ne lançait pas d'accusations, et, tout en étant impeccable sur le plan juridique, l'article était si habilement bâti que le lecteur ne pouvait s'empêcher de conclure que le sergent Touraine était impliqué dans un complot pour assassiner le Premier ministre. Dès 6 heures, ce jour-là, la nouvelle faisait la manchette de toutes les stations de radio et de télévision de l'Amérique du Nord.

— Maman, pas encore du gruau!

Le jeune Pete faisait la grimace, frappant sur la table avec sa cuiller.

— Pete, tu vas manger tout de suite et sans un mot. Vraiment, Taylor, dit Lois, cet enfant ne fait que se plaindre ces jours-ci. Il ne veut rien manger de ce que je lui donne. Tu m'écoutes ?

— Oui, oui, un instant, chérie. Regarde cela. La *Tribune* a reproduit mon article mot pour mot. Ils n'ont même pas eu la décence de le réécrire. Ils ont même copié la typographie. La seule chose qu'ils ont laissé tomber, c'est ma signature.

Il rejeta dédaigneusement le rival montréalais sur la table.

Il sirota son jus d'orange, pendant que Lois agitait les oeufs dans la poêle.

— Veux-tu ouvrir la radio, chérie. Je veux voir s'ils m'ont attribué la nouvelle.

— ... et le baromètre est en baisse. Maximum aujourd'hui de 0° et minimum cette nuit de −5°. Et maintenant les informations de 8 heures. Une nouvelle qui fait les manchettes aujourd'hui dans tout le pays. Il s'agit d'un nouveau rebondissement dramatique dans l'affaire du sergent Auguste Touraine, le garde du corps du Premier ministre du Québec récemment assassiné. La Sûreté du Québec vient de confirmer que le sergent Touraine est disparu, la nuit passée, de l'hôtel de Québec où il avait été placé sous protection policière depuis l'assassinat...

— Bon Dieu !, murmura Redfern.

— ... Des recherches sont en cours pour trouver le disparu, qu'un article de journal venait hier de relier à un présumé complot qui aurait eu lieu peu de temps avant l'assassinat. On ne sait pas encore pour le moment si le sergent a quitté l'hôtel délibérément, en échappant à l'attention de la police, ou s'il a été enlevé. D'autres détails vous seront communiqués aussitôt que possible. Par ailleurs, la crise politique en Grande-Bretagne s'est aggravée...

Redfern tourna le bouton de la radio et endossa son veston.

— Je dois aller au journal. Il y a quelque chose dans l'air, et je crois qu'un dénouement est à prévoir pour bientôt.

Il décrocha son manteau du placard et se dirigea vers la porte. Derrière lui, il pouvait entendre Pete crier qu'il détestait les oeufs.

Le froid vif le saisit momentanément et il dut s'accrocher à la rampe pour ne pas glisser sur la glace qui recouvrait les marches. Il pensa qu'il devrait acheter du sel gemme en fin de semaine. Il se pencha pour faire glisser la porte du garage et la trouva entrebaîllée. « Étrange, se dit-il, je suis pourtant sûr de l'avoir fermée hier soir. Ce sont peut-être des chats sauvages qui sont venus encore fouiller dans les poubelles. » Il avança à tâtons le long de la voiture en veillant à ne pas laisser son manteau frotter contre la carrosserie poussiéreuse. Il ouvrit la portière et vit, à la lumière du plafonnier, un homme apparemment endormi sur la banquette. Il crut d'abord que c'était un clochard qui était venu trouver refuge là pour la nuit, mais comme ses yeux s'habituaient à la pénombre il s'aperçut que la tête de l'homme faisait un angle inusité. Il souleva le chapeau et reconnut les traits gris d'Auguste Touraine. Il avait la gorge tranchée.

Chapitre 5

Dans le fameux Bureau Ovale, seule était allumée la lampe de travail du Président. Sa lumière tombait sur le grand encrier frappé du sceau présidentiel et laissait tout le reste dans l'ombre.

Warren Cummings, le directeur de la C.I.A., ne pouvait discerner la physionomie du Président. Mais il n'eut pas longtemps à s'interroger sur l'humeur présidentielle, car un poing sortit de l'obscurité pour s'abattre rageusement sur le bureau.

— Pour l'amour de Dieu !, Warren, un mois s'est passé déjà depuis l'assassinat de Québec et vous avez le toupet de venir me dire ici que vos agents n'ont encore rien trouvé !

— Vous devez comprendre, monsieur le Président, dans quelles circonstances...

— Ne patinons pas, mon ami. Je n'ai que faire de vos excuses. Wilde a donné à l'Agence la simple tâche de trouver qui a engagé le tireur et pourquoi. Et que m'apportez-vous ? Pratiquement rien. Vous attendez peut-être que le K.G.B. vous instruise.

Warren Cummings tressaillit aux sarcasmes du Président. Il avait essayé d'expliquer toute la complexité de la situation. La coopération indigène, par exemple. La G.R.C. collaborait assez bien avec les agents de la C.I.A. au Canada mais elle prenait du temps avant de fournir les informations requises.

La Sûreté du Québec, pour sa part, faisait ouvertement obstruction. Le gouvernement péquiste avait placé un séparatiste à la tête de la S.Q. pour des raisons évidentes. On lui avait donné l'ordre exprès de démasquer tout agent de la C.I.A. travaillant au Québec. Il ne devait y avoir personne de l'extérieur qui vienne gêner l'édification du nouvel État. Cette attitude avait forcé

Cummings à retirer deux de ses agents expérimentés, lesquels étaient connus de la S.Q.

Autre problème, la pénétration des organisations-clés de la province. Les hommes et les femmes qui dirigeaient le parti, les syndicats, les organes d'information et les universités se connaissaient tous les uns les autres, souvent depuis le temps du collège ou des premières manifestations étudiantes. Ils poussaient la suspicion à l'égard des étrangers jusqu'à la paranoïa. Dans les années 60, plusieurs d'entre eux avaient été membres du mouvement séparatiste qui avait été infiltré par des agents de la G.R.C. Ils étaient donc déterminés à ne pas répéter leurs erreurs. En conséquence, on soumettait les candidats aux postes-clés à un filtrage rigoureux. La C.I.A. n'avait pu s'infiltrer là. Et en ce qui concerne les agents soudoyés sur place, la C.I.A. s'était heurtée à une antipathie profonde à l'égard des États-Unis, sentiment largement répandu parmi les candidats potentiels, membres de l'Union Nationale et du Parti Libéral aussi bien que militants désabusés du P.Q. Cummings avait même essayé un agent belge trié sur le volet mais, après trois jours, il dut le renvoyer à Bruxelles. Le Belge n'arrivait pas à comprendre le joual.

— Vous avez tout à fait raison, monsieur le Président, nous allons travailler davantage. Entre temps, nous avons retenu un certain nombre de scénarios de l'assassinat de Québec et nous sommes en train de les étudier. Voulez-vous que je vous en fasse part ?

— Ça m'a l'air d'être une perte de temps, rugit la voix dans les ténèbres, mais voyons toujours !

— Il y a cinq scénarios tous très plausibles dans le climat politique actuel au Québec. J'ajouterai que nous sommes maintenant convaincus qu'il y a eu conspiration. Le meurtre du garde du corps du Premier ministre a confirmé cette hypothèse. Nous croyons aussi que le garde du corps a pris part au complot sur la foi des preuves que nous avons rassemblées jusqu'ici.

Cummings entendit craquer une allumette et la figure du Président lui apparut soudain enveloppée dans la fumée bleue d'un cigare qu'il venait d'allumer.

— Il y a quand même du bon à avoir rétabli les relations diplomatiques avec Cuba. Je peux maintenant fumer des havanes sans me sentir coupable. Vas-y, Warren.

l'assassinat a été monté par un mou-
is anglophones. Objectif : maintenir
da. Nous nous sommes penchés sur
use de la personnalité de l'assassin.
priori, mais nous n'avons trouvé dans
aucune preuve d'un terrorisme orga-
ginaux qui collectionnent des armes et
ison — il s'est produit une explosion
Vestmount il y a un an environ — mais
uisse laisser croire à l'existence d'un
discipliné pour réussir un coup de ce
genre. Nous inclinons à c aujourd'hui à mettre de côté cette
hypothèse.

— Ne se pourrait-il pas que le type ait manigancé l'assassinat
avec l'un de ces groupes ? Peut-être a-t-il obtenu son fusil d'eux ?
intervint le Président.

— Oui, c'est possible, et c'est pour cela que nous n'écartons
pas tout à fait l'hypothèse terroriste. Mais, comme d'après ce
que nous savons, le sergent Touraine parlait à peine l'anglais, il
aurait été plutôt difficile pour un groupe anglophone de le recruter.

— Bon, alors ce n'est pas un groupe anglophone, dit le Président avec quelque impatience.

— Scénario numéro deux : l'assassinat a été orchestré par le
gouvernement fédéral par l'intermédiaire de la G.R.C.

Le Président émit un léger sifflement.

— Objectif : éliminer l'homme fort du Parti Québécois. Résultat, le parti éclate en diverses factions et se retrouve en position de
faiblesse pour les prochaines élections provinciales. C'est machia-
vélique mais politiquement plausible, monsieur le Président.

— Trop subtil, je n'y crois pas, grommela le Président.

— Mais rappelez-vous que le tireur a été formé par la G.R.C.

— Ah ! le mythe de la police montée, ça marche toujours.

Warren Cummings esquissa un sourire diplomatique.

— Scénario numéro trois : l'assassinat a été organisé en sous-
main par des firmes multinationales.

Le Président renifla avec mépris.

— Ce n'est pas aussi farfelu qu'il ne le semble. Il y a beaucoup
de capitaux, et en particulier de l'argent de Wall Street, investi au

Québec. Le Parti Québécois n'a pas été tendre envers les milieux d'affaires. Sa politique économique a penché de plus en plus du côté socialiste. Il y a eu d'abord une nationalisation partielle de l'amiante, il y a quelques années, et la rumeur indique qu'il veuille maintenant faire la même chose avec l'aluminium. Ajoutons à cela les lois prosyndicales qu'on a fait passer et l'influence négative du gouvernement sur le climat économique du Québec, et nous en avons assez pour énerver une douzaine de conglomérats.

— Suivant ! se contenta de dire le Président qui devait son élection à l'appui massif des grandes entreprises.

Il ne voulait même pas entendre parler de la possibilité qu'une multinationale soit impliquée dans l'assassinat.

— Scénario numéro quatre : toute l'affaire a été conçue par l'un des rivaux politiques du Premier ministre dans la province. Peut-être même un rival à l'intérieur du Parti Québécois. Nous examinons sérieusement cette possibilité. Vous rappelez-vous l'homme qui a fait une déclaration intempestive lors des funérailles : Guy Lacroix ? Eh bien, c'est ce radical qui est en lice maintenant pour la direction du parti.

— Oui, oui, je sais tout cela. Wilde m'en a informé il y a déjà plusieurs semaines.

— Eh bien, il n'a pas tardé à faire servir la situation à ses propres fins. Il a la brutalité nécessaire et ses partisans ont envers lui une loyauté qui confine au fanatisme. Nous avons rassemblé le plus d'informations possibles sur lui et nous avons découvert des choses intéressantes. Il semble que le sergent Touraine ait dû sa nomination comme garde du corps du Premier ministre au directeur de la Sûreté du Québec, un certain Yvon Taschereau. Et ce dernier a été garçon d'honneur au mariage de Guy Lacroix, puis parrain de son fils.

— Tiens, tiens.

Dans l'ombre, Cummings put voir le Président griffonner quelque chose. Si vous pouvons coincer Lacroix, nous gagnons la partie. Travaillez de ce côté, c'est plein de possibilités.

— Il y en a un autre, monsieur le Président. Le scénario numéro cinq : l'assassinat organisé par une puissance étrangère.

— Vous voulez dire un gouvernement ?

— Oui.

— Écoutez, Warren, je ne veux pas que la chose rebondisse au conseil de sécurité. Gardons cela pour nous, si vous le voulez. Qui est sur la liste ?

— L'Union soviétique, en premier lieu. Pour susciter des tensions politiques entre pays de l'O.T.A.N., entre nous et le Canada plus précisément. Pour détourner notre attention de l'Europe et pouvoir entre temps s'introduire en force dans la Méditerranée.

Le Président se leva de sa chaise et marcha jusqu'à la fenêtre. Il regarda en bas les pelouses de la Maison Blanche capitonnées d'une neige précoce.

— Vous avez quelque chose pour étayer cette hypothèse ?

— Rien de vraiment fondé.

— Vous comprenez que si les Russes sont impliqués, c'est pour me provoquer de façon délibérée. Les nouveaux dirigeants du Kremlin cherchent à faire leurs muscles.

— Oui, c'est pourquoi nous devons être sûrs avant d'affirmer quoi que ce soit.

— Ils se sont tenus particulièrement cois dans toute cette affaire. Je les en crois bien capables.

— Il y a une autre candidature : la France.

Le Président se retourna, le cigare en équilibre sur la lèvre.

— La France ?

— Oui, monsieur le Président. Vous savez que les Français sont depuis longtemps partisans de l'indépendance du Québec. Souvenez-vous du fameux cri du général de Gaulle à Montréal, en 1967. Son « Vive le Québec libre » a été le premier appui officiel donné à l'indépendance du Québec. Mais cela remonte plus loin encore. Il y a plusieurs raisons qui, mises bout à bout, peuvent expliquer une telle conduite de la France. Elle aimerait notamment faire sentir son influence sur le continent en se servant du Québec comme tremplin. Elle voudrait nouer des liens économiques plus étroits avec la province, peut-être au sein d'un Marché francophone. Depuis que la Communauté économique européenne est en panne, les Français jonglent avec l'idée d'un Marché de la francophonie. Ils ont besoin de nouveaux débouchés pour leurs industries. Ils veulent avoir un accès privilégié aux richesses naturelles du Québec. Mais, plus important encore, il y a la question de l'énergie.

— Comment ?

— Vous savez, monsieur le Président, que les Français consacrent des milliards de dollars à développer le secteur nucléaire. D'une part, ils essaient de réduire leur dépendance vis-à-vis du pétrole arabe. D'autre part, ils veulent essayer un nouveau type d'arme nucléaire pour leurs avions Mirage. Ils ont donc un problème d'approvisionnement en uranium enrichi. Depuis plusieurs années déjà, ils essaient d'implanter une usine d'enrichissement de l'uranium à la baie James pour y tirer profit des nouvelles installations hydro-électriques. Vous savez que l'enrichissement de l'uranium exige une quantité phénoménale d'électricité et nul n'est prêt aujourd'hui à dépenser cette énergie pour un autre pays. Ce projet de la baie James a donc refait surface plusieurs fois depuis dix ans, mais chaque fois il a été bloqué à Ottawa.

— Eh bien, je suis ravi de voir qu'Ottawa a eu le courage de cet acte.

— Oui, mais si le Québec devient indépendant, la situation peut changer. Ça pourrait être une raison pour la France de s'ingérer dans la situation politique, même s'il est difficile de voir maintenant dans quel intérêt elle le fait. Comme je l'ai dit, c'est une idée ancienne et l'usine mère française est à peine en train de démarrer. Aussi il ne semble pas qu'il y ait encore urgence du côté de la baie James.

— Vous avez des preuves dans ce dernier dossier ?

— Indirectes seulement. Nous continuons l'enquête.

— O.K. Quelqu'un d'autre dans ce cirque ?

— Pas vraiment. La Chine présumément, mais il apparaît qu'elle aurait peu à gagner avec la mort du Premier ministre. Elle en a déjà assez sur les bras avec les Russes qui manoeuvrent sur ses frontières. Et puis il y a toujours Israël : le gouvernement québécois a envoyé des délégations ministérielles au Koweit et en Arabie Séoudite afin d'attirer les capitaux arabes dans la province. Mais ce n'est pas suffisant pour qu'Israël risque ainsi de nous mécontenter.

— C'est beaucoup de conjectures, Warren, mais peu de faits. Je ne peux agir avec des hypothèses. Je vous le dis une fois pour toutes. Vous devez m'apporter des preuves solides et palpables. Je vous en tiens personnellement responsable, vous m'entendez !

Le Président avait élevé la voix. Le directeur de la C.I.A. referma sa mallette et se leva.

— Monsieur le Président, nous vous apporterons des résultats. Mes hommes connaissent l'importance capitale de cette affaire. On lui a donné priorité absolue.

— Soit ! je vous conseille d'arriver à quelque chose, grommela le Président en éteignant son cigare à peine entamé. Il y a bien plus que votre poste qui en dépend.

La glace commençait à prendre sur le Saint-Laurent. De son bureau dont la vue donnait sur l'île Sainte-Hélène, Taylor Redfern pouvait voir cette glace développer ses plaques marbrées à partir de la rive. Il n'avait pas répondu à la question de Cameron Craig, le regard fixé sur les eaux glacées.

— Je répète ma question, Taylor. Voulez-vous laisser tomber l'affaire ? Il n'y a pas de honte à cela.

La couleur de la glace lui rappelait la figure du sergent Touraine.

— Vous avez bien fait d'envoyer Lois et les enfants à Vancouver. Ils seront en sûreté avec leurs parents, mais pardieu !, pourquoi n'allez-vous pas les rejoindre ?

Redfern s'aperçut qu'il transpirait encore. Sans raison, ces jours-ci, il se mettait à avoir chaud dans les endroits les plus frais.

— Pour l'amour du ciel, dites quelque chose, Taylor. Voulez-vous passer Noël ici tout seul ?

— Je dois aller jusqu'au bout, Cam, dit-il posément, plus pour lui-même que pour son rédacteur en chef.

Il songea à Lois et à ses enfants maintenant en sûreté de l'autre côté des Rocheuses ; il songea aussi à sa maison de Pointe-Claire désormais fermée et au petit deux-pièces qu'il avait loué au-dessus d'une charcuterie *delicatessen* rue de la Montagne, en plein centre-ville. Il se sentait plus en sécurité là, au coeur de la cohue urbaine. Il avait cependant fait poser une serrure supplémentaire sur la porte et le moindre bruit dans le corridor le faisait tressaillir. La première nuit, il s'était réveillé à 3 h 15, en se figurant qu'il y avait quelqu'un dans sa chambre. Il avait dormi toutes lumières allumées le reste de la nuit. Il prenait le taxi pour éviter le parking souterrain de l'immeuble, et il ne sortait jamais sans un couteau qu'il dissimulait dans la poche de son manteau.

— Je ne me porte pas garant de votre sécurité ! cria Cameron Craig.

— De toute façon, je sais que c'est inutile de compter sur la police.

— Vous n'avez donc pas eu assez d'avertissements ? Vous n'avez pas affaire à des amateurs ou à des plaisantins, vous l'avez vu ?

— Je sais, je sais...

Redfern fit tourner sa chaise d'un mouvement brusque. Craig put discerner les poches sous ses yeux rougis.

— Regardez cela !, dit-il montrant ses mains qui tremblaient. Je ne suis plus capable de les arrêter depuis que j'ai découvert Touraine.

— Je suis désolé, Taylor. Vous avez toute ma sympathie. Mais abandonnez donc.

Redfern tourna de nouveau son regard vers la fenêtre.

— Vous voyez la glace, là-bas ? Elle va bientôt recouvrir tout le canal. L'eau fait tout son possible pour rester libre. Mais, c'est inévitable, la glace va l'emporter. Et moi aussi, nom de Dieu, je vais gagner !

Il y avait dans l'attitude du journaliste une détermination à toute épreuve. Craig sentit que tout ce qu'il pourrait ajouter ne ferait qu'exacerber l'obstination de Redfern.

— Il y a quelque chose de pourri là-dessous, et quelqu'un doit faire quelque chose pour le découvrir. Or, j'ai décidé que ce serait moi.

— Bon, ça va, j'ai compris.

— Vous voyez ce qui arrive dans cette histoire ? La police ne fait rien. Elle est bien trop heureuse de jeter la pierre aux Anglais et de s'en laver les mains. Quant à la G.R.C., il vaut mieux ne pas en parler au Québec. Sur qui donc peut-on compter ?

— Un policier a été tué. On ne laissera pas passer l'affaire.

— Vous croyez ? Eh bien, détrompez-vous. Il ne s'agit pas seulement d'un policier, c'est une affaire politique. Tout est maintenant entre les mains de Lacroix, et son ami qui est à la tête de la S.Q. ne lèvera pas le petit doigt pour s'en mêler.

— Très bien, Taylor. J'ai fait de mon mieux pour vous dissuader. Vous pouvez très bien quitter la ville sans que votre réputation en souffre.

— Ma réputation, je m'en contrefous !

— Eh bien, si vous voulez rester, il y a quelque chose que je dois vous dire. On fait pression en haut lieu sur le directeur du journal pour que vous rentriez dans le rang. Jusqu'ici les pressions n'ont rien donné mais il y a de gros intérêts financiers derrière.

— Vous avez une idée d'où ça vient ?

— Non.

— Un de nos annonceurs ?

— Je vous ai dit que je n'en savais rien.

— Eh oui, naturellement.

— Vous ne faites plus confiance à personne maintenant ?

Redfern ne répondit pas. Le silence glacial entre eux fut interrompu par Winslow Phelps, le chef des nouvelles financières, qui entra sans frapper.

— Dis donc, Taylor...

Il s'arrêta court en apercevant Cameron Craig.

— Oh, excusez-moi, je ne veux pas vous déranger.

Il esquissa un mouvement de retraite.

— Ça va, Wins, tu peux rester, Cam et moi, nous avions fini de toute façon.

Le rédacteur financier interrogea Craig des yeux. Celui-ci fit un geste vague de la main.

— Eh bien, je voulais te dire que je suis allé au bureau de Somin ce matin. J'en reviens. Il y a une rumeur qui circule depuis quelque temps sur un filon important qu'ils auraient découvert dans le nord du Québec. J'ai interrogé Ross Anson là-dessus...

— Qu'est-ce qu'il vous a dit ?

L'intérêt de Craig était soudain éveillé.

— À peu près rien. Il a patiné comme d'habitude. Vous le connaissez bien, il aurait pu faire un bon diplomate.

Le rédacteur en chef se renfonça dans sa chaise.

— Mais ce que je voulais te dire, Taylor, c'est qu'en attendant de voir Anson, j'ai vu Rodrigue Barré sortir de son bureau.

— Non, pas vrai ! Es-tu sûr que c'était lui ?

— Tout à fait sûr, je l'ai déjà rencontré à plusieurs occasions.

Il m'a même reconnu. Il a paru embarrassé et s'est vite éclipsé.

— Sacrebleu, ça c'est quelque chose !

— Qu'est-ce que vous racontez là ? demanda Cameron Craig. Qui est ce Rodrigue Barré ?

— C'est le collecteur de Guy Lacroix, répondit Redfern. L'homme qui ramasse les pots-de-vin et les contributions pour les campagnes électorales. Mais pourquoi, diable, est-il allé voir Ross Anson ? Les hommes d'affaires l'ont en horreur parce qu'il est copain-copain avec les chefs syndicaux.

— Peut-être s'imagine-t-il que les compagnies vont faire patte de velours maintenant que Lacroix est en lice pour la direction du parti ? opina Phelps.

— C'est possible, dit Redfern. Mais il me semble que Lacroix serait assez fin pour envoyer quelqu'un d'autre si c'est le cas. Ah, mais ça allume des circuits, tiens ! Ne bougez pas, Cam, je vérifie quelque chose. Merci de l'information, Wins.

Redfern sortit en trombe du bureau et entra précipitamment dans la chambre noire d'Ed Mc Beam.

— Eh, protesta le photographe, tu vas m'abîmer tout un rouleau.

— Ed, les photos que tu as prises aux funérailles du Premier ministre, où sont-elles ?

— Classées dans mon bureau, pourquoi ?

— Merci.

Redfern disparut dans le bureau du photographe. Il ouvrit le classeur et commença à fouiller dans les photos 8 sur 10. C'est ça ! s'exclama-t-il en retirant le cliché d'une énorme couronne de fleurs. Un message y était imprimé sur la soie : « Le président et le conseil d'administration de la société Intcon offrent leurs plus sincères condoléances à la famille du Premier ministre. »

Il revint dans son bureau et tendit la photo à Craig.

— Une couronne offerte par l'Intcon ! Je savais bien que j'avais vu ce nom-là quelque part.

— D'où vient cette compagnie ? Où est la maison mère ?

Redfern prit un exemplaire du *Moody's Industrial Manual* sur ses étagères. Il ne trouva rien. Il eut plus de chance avec le *Jane's Major Companies of Europe*.

— La maison mère est à Londres. Le Président s'appelle Holbrook Meadows.

— Eh bien, vous devriez peut-être changer d'air en allant à Londres, insinua Craig. C'est peut-être justement ce qu'il vous faut.

Taylor Redfern ne l'écoutait pas. Il était en train de lire l'article sur l'Intcon. Il ponctua la fin de sa lecture par un sifflement.

— Je pense que je dois aller à Londres, Cam, dit-il. Je commence à voir l'horizon s'éclaircir.

Antoine de Luzt était assis au Café Victor, boulevard Saint-Michel, un verre de Pernod encore plein devant lui, sur le zinc de la table. Par la fenêtre, dans la rue assombrie par l'hiver, il pouvait voir la foule habituelle des prostituées, des passeurs de drogue, des souteneurs, des touristes, des vendeurs à la sauvette et des clochards. Il regardait sans vraiment voir ce kaléidoscope familier de figures et de mouvements. Il était absorbé par ce qu'Hilaire Noël lui avait dit au sujet de la C.I.A. au Québec. Ce n'était pas bon signe. La C.I.A., c'était toujours un peu comme un éléphant dans un magasin de porcelaine : on ne pouvait jamais être sûr qu'elle ne foutrait pas la pagaille, qu'elle ne mettrait pas tout le monde à découvert. Il craignait même pour sa propre sécurité. Aussi avait-il mis ses propres informateurs sur la piste pour découvrir ce qu'Hilaire Noël n'avait pas voulu lui dire. Qu'est-ce qu'il y avait donc de si important pour l'avenir de la France au Québec ?

Par la fenêtre, il vit l'homme qu'il attendait traverser la rue à travers la circulation trépidante. Roger Quesnel avait été à son service à l'époque de la guerre d'Algérie, où de Luzt lui avait enseigné l'art subtil de l'interrogatoire. Quesnel, qui était plus jeune que lui, avait appris rapidement.

De Luzt l'observait en train de se frayer un chemin dans le trafic. « Un vrai casse-cou », pensa-t-il. Un homme comme Quesnel avait besoin de risquer sa vie à tout instant. Il avait d'ailleurs quitté l'Algérie à regret. De Luzt avait utilisé sa hardiesse dans plusieurs missions délicates que lui avait confiées le gouvernement français, et maintenant c'était un excellent agent, parfaitement rodé.

Les deux hommes se saluèrent sans formalités et de Luzt invita l'autre à s'asseoir. Il commanda un café-filtre.

— Il y a du nouveau ?

Quesnel secoua la tête :

— C'est la tombe partout. On n'a qu'à mentionner le Québec autour de la Piscine et les regards se braquent sur vous comme si vous aviez la chaude-pisse.

De Luzt comprit immédiatement l'allusion. La Piscine était le surnom du S.D.E.C.E. (Service de Documentation Extérieure et de Contre-Espionnage), l'équivalent français de la C.I.A.

— Nous devons savoir à tout prix ce qui est en jeu, Roger. C'est un risque pour nous.

— La seule chose que j'ai pu dénicher, c'est cela.

Quesnel tira de la poche de son veston une feuille repliée grand format.

— J'ai piqué ça sur un bureau de la Section des Amériques. C'est une photocopie d'un message décodé provenant du consulat de France à Québec. Je l'ai pris parce que j'ai vu le mot « Québec » dessus. J'ignore quelle en est la valeur.

De Luzt examina la missive. Elle annonçait une découverte importante d'uranium par la société Intcom dans le nord du Québec.

— Intéressant, intéressant, murmura de Luzt.

— Qui c'est, l'Intcom ? demanda Quesnel.

— C'est un grand consortium britannique. La découverte doit être importante pour qu'on en ait fait rapport à La Piscine. Mais la France a déjà assez d'uranium. Les nouveaux réacteurs fourniront plus d'énergie qu'en ont besoin nos centrales nucléaires.

— Je pourrais peut-être découvrir le pot aux roses si vous m'envoyiez au Québec, suggéra Quesnel.

— Vous ne changerez jamais, Roger. Nos gens en place là-bas peuvent nous dire tout ce que nous avons besoin de savoir. Mais je veux que vous continuiez à fouiller une chose en particulier. Pourquoi un Québec indépendant est-il si nécessaire à la France ? Je dois avoir réponse à cette question le plus tôt possible. Nous restons en contact, hein !

« La-croix La-croix La-croix La-croix... » La foule rassemblée dans une école de Percé scandait le nom du ministre des Affaires sociales en frappant des mains en cadence, alors que l'homme politique enfilait l'allée pour monter sur la scène pavoisée de fleurde-lisés. Il avançait en souriant et en serrant au passage les mains nombreuses qui se tendaient vers lui. Une salle remplie et les caméras de télévision, nota-t-il avec satisfaction. Une fois sur scène, Guy Lacroix se tourna vers l'auditoire, levant les bras et fermant les poings au-dessus de sa tête en un geste de triomphe et de défi. Il replaça la mèche de cheveux noirs qui lui était tombée sur les yeux. La foule réagissait avec ferveur. Il savoura un moment sa popularité avant de se joindre à ses collègues sur la tribune. La même scène s'était répétée d'une ville à l'autre, lors de sa tournée d'avant Noël en Gaspésie. Certains de ses conseillers l'avaient mis en garde, lui disant que la politique n'intéresse personne en décembre. Lacroix avait insisté. Il avait voulu battre le fer pendant qu'il était chaud et profiter du succès de son discours de la basilique dans le public pour canaliser le plus large courant possible en sa faveur avant le congrès de février à Québec. La stratégie était simple et elle semblait marcher à merveille. Comme l'intensité des applaudissements diminuait, il tendit les bras pour imposer le silence, puis il s'assit. Le maire de la ville prit le micro et en vérifia l'efficacité avec ses doigts.

— Mesdames et Messieurs, vous entendez ?... Bon... Mesdames et Messieurs, je vous souhaite la bienvenue à tous. Nous avons l'honneur d'accueillir ce soir un homme qui...

L'esprit de Lacroix était déjà ailleurs. Il ferait ce soir le même discours qu'il avait prononcé hier dans une autre ville et qu'il donnerait demain ailleurs. Le sujet central en était le chômage, dont il rejetait la faute sur Ottawa. Il avait choisi soigneusement son itinéraire en fonction des localités rurales dont il savait l'appui certain. Il n'avait pas osé s'aventurer en territoire contesté ou qui pourrait s'avérer hostile. L'arrière-pays québécois constituait la base électorale naturelle de Jean-Claude Belmont, mais il y avait des secteurs comme celui-ci où Lacroix pouvait espérer marquer des points.

Il regarda tous ces visages tendus vers la scène et qui semblaient avoir soif de sa parole, hommes maigres et hâves, femmes aux traits empâtés, veillis avant l'âge. La vie ne devait guère leur sourire, pensa-t-il. Il avait vu les mêmes figures partout dans la province.

— Nous tenons à vous remercier, monsieur le Maire, d'être avec nous ici ce soir...

Yves Pelletier, l'organisateur local du parti, allait présenter Lacroix.

Oui, la situation se présentait bien. Un sondage effectué par *Le Devoir* immédiatement après l'intervention de Lacroix aux funérailles, indiquait que 67% des Québécois francophones appuyaient le ministre. Qu'aurait-il à se préoccuper du reste du Canada aussi longtemps que son peuple croirait qu'Ottawa, le vieil ennemi, avait une responsabilité quelconque dans la mort du Premier ministre ? La bataille se livrait dans des localités québécoises comme celle-ci et il connaissait son monde. Aussi longtemps qu'Ottawa n'arriverait pas à démentir l'hypothèse du complot, il pourrait continuer à faire des gains politiques avec l'affaire. Et que la Sûreté du Québec ne se presse pas pour mener l'enquête sur l'assassinat, grâce à l'ami qui la dirigeait, lui donnait le temps de renforcer sa position.

Guy Lacroix avait le champ libre devant lui. Belmont n'avait même pas commencé sa campagne. Il avait vu le ministre de l'Éducation interviewé récemment à la télévision. On avait demandé à Belmont pourquoi il n'avait pas commencé à faire campagne comme son rival. « Le cadavre de mon ami n'est même pas encore refroidi », avait-il répondu. Pauvre idiot, il ne pourrait démarrer maintenant avant janvier et, à ce moment-là, il serait déjà trop tard.

Il faisait chaud dans la salle. Lacroix sentait la sueur couler sous ses aisselles. Il se demandait pourquoi les Québécois ont cette étrange habitude de traiter leurs politiciens comme des plantes en serre en chauffant les salles à la température de la jungle. Sous les projecteurs de télévision, la chaleur devenait maintenant intolérable. Yves Pelletier achevait son discours d'introduction. Lacroix s'éclaircit la gorge et tourna la tête pour toussoter.

— Mesdames et Messieurs, je laisse maintenant la parole à Guy Lacroix, le prochain Premier ministre du Québec.

La foule applaudit à tout rompre et Lacroix s'approcha du micro. Sa figure resta de profil par rapport à l'auditoire parce qu'il avait aperçu à gauche, dans les coulisses, un homme qui pointait un revolver dans sa direction. Le « non » qu'il lança et la détonation étouffée du revolver muni d'un silencieux se perdirent dans les applaudissements et les cris de la foule.

Midi sonnait à l'église St. Mary-le-Bow. L'écho du vieux carillon se répandit parmi les tours de verre et d'acier du centre de Londres. Assis dans le hall du siège social de l'Intcon, Taylor Redfern regarda sa montre. Il avait par télex pris rendez-vous avec Holbrook Meadows pour 10 h 30. La réceptionniste faisait semblant de l'ignorer.

— Pensez-vous que ce sera long encore ? s'enquit Redfern.

La jeune femme continua de s'affairer avec des riens.

— Monsieur Meadow a dit qu'il vous verrait quand il le pourrait. Il y a des exemplaires de l'*Economist* là-bas, si vous voulez lire...

Redfern resta Gros-Jean comme devant. Il promena ses regards autour de la pièce en se disant que les Britanniques savaient vivre, quand même. Il aurait bien aimé un ameublement comme celui-là dans les bureaux du *Chronicle* à Montréal. Des peintures encadrées des artistes les plus renommés couvraient les murs.

Au moment où son avion avait décollé de l'aéroport de Mirabel, Redfern avait senti un poids d'angoisse se détacher de lui. La peur qu'il avait ressentie d'une semaine à l'autre depuis l'assassinat du Premier ministre, et surtout depuis le meurtre du sergent Touraine, lui semblait maintenant chose du passé, une sorte de paranoïa oubliée. Il en venait presque à jouir de l'attente qu'on lui imposait pour voir le président de l'Intcon. Quand il flairait un bon sujet d'article, il sentait comme un picotement au creux des reins. Il était persuadé que l'Intcon avait quelque chose à voir avec ce qui se passait au Québec. L'embarras avec lequel Ross Anson avait répondu à ses questions, à Montréal, avait renforcé ses soupçons. Et comme élément supplémentaire, il avait découvert dans le *Jane's Major Companies of Europe* que l'une des succursales à part entière de l'Intcon était une compagnie belge appelée d'Aston ltée, le deuxième fabricant de l'Europe de l'Ouest. D'Aston avait notamment mis au point le viseur de nuit à infrarouge que Redfern avait remarqué à la télévision sur l'arme du crime. Il s'en était rappelé en voyant le nom de la firme dans le livre. Le viseur avait été mis en démonstration devant un groupe de journalistes canadiens qui avaient été invités à des exercices de l'O.T.A.N. en Allemagne de l'Ouest, il y a deux ans. L'officier d'artillerie qui accompagnait les journalistes en avait parlé comme du progrès le plus marquant en armement nocturne depuis le pistolet Very. L'état-major de l'O.T.A.N. était fier de cet accessoire qui avait été distribué à toutes les troupes de choc.

Redfern avait vérifié auprès du ministère de la Défense nationale à Ottawa. On lui avait confirmé que le viseur de nuit était réservé strictement au personnel militaire. Reilly n'aurait donc pu s'en procurer un, à moins de l'obtenir de l'Intcon.

La sonnerie retentit au standard. La réceptionniste prit le combiné.

— Oui, entendu, monsieur Meadows.

Redfern se leva de sa chaise mais la jeune femme secoua la tête et composa un numéro.

— M. Meadows n'ira pas dîner ce soir, entendu ?

Elle raccrocha.

— Voulez-vous lui dire que j'attends toujours ?

— Je le lui ai dit déjà. Je suis sûre qu'il le sait, répliqua la réceptionniste.

— Pour les bonnes relations du Commonwealth, rappelez-lui donc ma présence, s'il vous plaît.

Elle reprit le combiné et pressa un bouton.

— Je m'excuse, monsieur Meadows, monsieur... euh... Redfern, du *Montreal Chronicle,* désire toujours vous rencontrer.

Redfern fit un effort d'attention pour entendre la réponse.

— Ah oui ! Le journaliste canadien, n'est-ce pas, mademoiselle Marston ? Est-ce qu'il a des pantalons à carreaux par hasard ?

— Non, Monsieur.

— Eh bien, ça m'étonne. Sa femme n'est pas avec lui avec une épingle à feuille d'érable ? Je suppose qu'il va camper à la porte jusqu'à ce que je le reçoive. Je pense qu'il vaut mieux le faire monter.

Holbrook Meadows affectait l'insouciance mais l'arrivée soudaine de Redfern le dérangeait. Le nom de l'Intcon ne devait absolument pas être mêlé aux événements du Québec. Dès l'arrivée du télex, Meadows avait appelé Ross Anson. Celui-ci avait raconté la visite que le journaliste lui avait faite à la Somin. « Pourquoi ne lui avez-vous pas donné satisfaction sur place » lui avait demandé Meadows. « Pourquoi vient-il ici ? Il doit avoir des soupçons. » Meadows s'était donné une bonne heure avant de recevoir Redfern, sachant que la colère est mauvaise conseillère.

Mademoiselle Marston invita Redfern à entrer dans le bureau de la secrétaire de Meadows. De là, on le conduisit auprès du président. Redfern s'amusait de cette introduction par étapes hiérarchiques, mais il ne savait pas ce qui l'attendait dans le bureau de Meadows. Contrastant avec la sobre élégance du hall d'entrée, le saint des saints de Meadows ressemblait à un zoo pétrifié. Les murs étaient couverts de têtes d'animaux empaillées, trophées de plusieurs safaris. À la place d'honneur, une gazelle qui avait gardé l'expression de surprise élégante qu'elle avait eue lorsque la balle l'avait frappée. Puis, un râtelier portant une nouvelle collection de fusils de chasse de gros calibres.

Au milieu de ces trophées, le dos à la fenêtre, Holbrook Meadows, assis, s'encadrait dans une vue spectaculaire de la cathédrale St-Paul. En s'approchant de lui, Redfern eut l'impression que sa large tête, digne elle-même d'être empaillée, était couronnée par le dôme de la cathédrale. Dans cet habitat hors nature, Holbrook Meadows avait quelque chose d'imposant et de menaçant à la fois.

— Monsieur Redburn ?

— Redfern, avec un « f ».

— Ah oui, excusez-moi, monsieur Redfern. Asseyez-vous, je vous prie. Je dois vous dire que je me sens flatté que vous ayez fait tout ce chemin pour venir me parler. Je ne peux me figurer en quoi je mérite à ce point l'attention de la presse montréalaise.

— Disons que le Québec est aujourd'hui au premier plan de l'actualité, commença Redfern en prenant place sur un canapé de cuir noir en face du bureau de Meadows.

— Le monde est devenu fou, monsieur Redfern. Les choses étaient si simples quand j'avais votre âge. Les Teutons étaient nos ennemis. C'était clair et net.

— Vous avez des intérêts au Québec, monsieur Meadows, jeta Redfern, qui voulait en venir rapidement aux faits.

— Notre compagnie en a, oui. Tout le monde le sait. Notre filiale là-bas est inscrite aux Bourses de Montréal et de Toronto.

— Je n'irai pas par quatre chemins, monsieur Meadows.

— J'espère que non, mon cher ami. Mon horaire est plutôt chargé.

— Je suis aussi très occupé. En fouillant cette affaire d'assassinat, j'ai appris certaines choses qui ont, je pense, mis ma vie en danger.

— Vous devriez peut-être choisir un sujet de reportage moins dangereux, monsieur Redfern.

107

— Bref, ce que j'ai découvert m'a conduit à l'Intcon, poursuivit sans broncher Redfern. Je crois que l'Incton est impliquée d'une façon ou d'une autre dans ce qui est arrivé au Québec.

— À quoi exactement faites-vous allusion ?

— À l'assassinat du Premier ministre.

— Si je vous comprends bien, vous affirmez que la compagnie est impliquée dans un attentat politique ?

— Je vous laisse le choix des termes.

— Savez-vous qu'il existe des lois qui me permettent de vous poursuivre pour diffamation, si vous publiez jamais quelque chose de ce genre ?

— Oui, c'est pourquoi je suis venu ici. Je ne veux rien publier de la sorte avant d'avoir obtenu certaines réponses de vous. Tout d'abord, pourquoi une multinationale comme l'Intcon a-t-elle envoyé une couronne pour les funérailles du Premier ministre ? Les milieux d'affaires québécois avaient cet homme en horreur. Et votre compagnie avait plus qu'une autre des motifs pour le haïr. Il faisait obstacle à vos projets de développement minier.

Holbrook Meadows se renfonça dans son fauteuil ; ses joues qui semblaient gonflées par ses efforts de contenance lui donnaient l'air d'un hamster outragé.

— Mais de quoi parlez-vous, nom de Dieu ? Une couronne mortuaire ? Mais toutes les entreprises agissent de même. Vous pouvez nous traiter d'hypocrites si vous voulez, mais cela fait partie des relations d'affaires. Toute firme qui avait le moindre espoir d'obtenir un jour un contrat du gouvernement a envoyé une couronne, ce n'est pas sorcier.

Redfern sentait le sang lui monter à la tête. Il essaya une autre voie.

— Bon, oublions cela pour le moment. Voyons plutôt pourquoi votre représentant à Montréal s'est soudain lié d'amitié avec le collecteur de Guy Lacroix.

— Collecteur ?

— Son trésorier électoral, si vous voulez.

La manoeuvre commençait à exaspérer Redfern.

— J'imagine qu'ils ont discuté de notre contribution à sa campagne, dit Meadows avec désinvolture, en surveillant Redfern attentivement.

— Mais pourquoi Lacroix ? Pourquoi pas Belmont ?

— Simplement parce qu'il n'en a pas demandé, je pense. Mais vous pouvez être assuré qu'il en recevra une aussi substantielle. Nous ne mettons pas tous nos oeufs dans le même panier, monsieur Redfern. C'est important en affaires. Une entreprise de notre envergure doit se retrouver derrière le vainqueur.

Redfern sentit ses arguments tomber. Il attaqua sur un autre front.

— Mais comment Kevin Reilly a-t-il pu obtenir votre viseur de nuit à infrarouge ?

— Qui ?

— Ce nom vous dit sûrement quelque chose ?

— C'est un joueur de football ou un chanteur ?

— C'est l'homme qui a abattu le Premier ministre, monsieur Meadows, avec un de vos viseurs de nuit.

— Vous voulez dire que le fusil de l'assassin était muni d'un viseur de nuit fabriqué par d'Aston, notre succursale de Belgique, n'est-ce-pas ?

— Exactement.

Meadows se leva et sortit une petite clef de la poche de son veston. Ses pas s'enfoncèrent dans la moquette épaisse alors qu'il se dirigeait vers le râtelier. Il déverrouilla le panneau de verre et sortit un fusil Winchester 30-30.

— Est-ce le viseur dont vous parlez ? demanda-t-il.

Redfern s'approcha.

— Oui, c'est celui-là, je pense.

Meadows replaça l'arme dans le râtelier, après avoir épousseté le canon avec son mouchoir de soie.

— Je l'ai vu mis à l'épreuve il y a deux ans, au cours des manoeuvres de l'O.T.A.N. Il est encore interdit à des fins civiles, ajouta Redfern.

— Une vrai petite merveille ! C'est avec celui-là que j'ai abattu cette antilope dans le parc Tsavo au Kenya. Juste au coucher du soleil.

— Comment se fait-il que Reilly en avait un ?

Redfern ne laissait pas dévier la conversation.

— Quand vous dites qu'il est encore interdit à des fins civiles, vous avez raison seulement en partie. D'Aston a perfectionné le produit et je puis vous dire que le nouveau modèle constitue une grande amélioration sur celui-ci. Vous avez peut-être là un bon sujet d'article.

— Ce qui m'intéresse davantage, c'est la façon dont Reilly a pu obtenir le viseur pour son fusil.

— Vous êtes tenace, monsieur Redfern. Ce modèle-ci va bientôt être accepté à des fins civiles et nous pensons qu'il a d'énormes possibilités commerciales. Je n'en connais pas le nombre exact, mais plusieurs centaines de ces viseurs sont actuellement mis à l'essai des deux côtés de l'Atlantique. Votre Reilly a bien pu en obtenir un de nos essayeurs. Ou il en a tout simplement volé un.

L'hypothèse de Redfern s'écroulait comme un château de cartes. Son argumentation avait été démolie point par point, et il se retrouvait Gros-Jean comme devant.

— Eh bien, je vous remercie d'avoir répondu à mes questions, dit-il d'un ton las.

Holbrook Meadows, sentant le journaliste à sa merci, se prépara à assener le coup de grâce.

— Je pense que nous avons maintenant épuisé le sujet, monsieur Redfern. Vous m'excuserez, je suis très occupé. Mais avant que vous partiez, je voudrais vous aviser d'une chose. Je ne tolérerai pas la moindre atteinte à la réputation de ma compagnie. Si vous insinuez ou laissez croire de quelque façon que ce soit, dans vos articles, que l'Intcon a été ou est reliée à cette odieuse affaire du Québec, je poursuis votre journal et vous-même personnellement jusqu'à vos derniers cents de fortune. Vous m'avez bien compris ? Eh bien, je vous souhaite un bon voyage de retour, monsieur Redfern.

Redfern quitta le bureau, démoralisé. Son hypothèse semblait si plausible pourtant. Il se sentit tout à coup complètement vidé. Comme si le ressort tendu en lui par des semaines d'efforts et de peur s'était cassé.

Dans la rue, au milieu du trafic intense de midi dans le quartier des affaires de Londres, il ressentait un lancinant mal de tête, et eut peine à appeler un taxi. Il ne remarqua même pas l'édition de midi de l'*Evening Standard* exposé dans les kiosques à journaux. La première page portait une grande photo de Guy Lacroix.

Taylor Redfern errait, taciturne, dans la ville, insensible au léger crachin. Il se perdait en conjectures. Malgré toutes les réfutations d'Holbrook Meadows, il demeurait convaincu que l'Intcon était reliée de quelque façon au complot entourant l'assassinat du Premier ministre. Mais il n'avait pas de preuve. Alors pourquoi Cameron Craig l'avait-il autorisé à traverser l'Atlantique et à consacrer un temps précieux à chasser un gibier problématique ? Craig devait sûrement savoir que les faits étaient minces pour étayer l'hypothèse. Il lui avait comme d'habitude alloué des frais de voyages parcimonieux, comme s'il s'agissait de son propre argent, mais il l'avait pourtant envoyé sciemment sur la base d'une hypothèse faible. Son rédacteur en chef avait-il ainsi obéi à des pressions pour l'éloigner de cette affaire brûlante ? « Bon Dieu, se dit Redfern, à qui puis-je me fier ? »

Il songea à Lois et aux enfants, et se sentit encore plus seul. Peut-être qu'un verre lui remonterait le moral. Il détestait boire seul mais il se dirigea tout de même vers le pub le plus proche et commanda un double scotch. L'alcool lui procura une chaleur réconfortante ; il commanda un autre verre. « Si Craig veut me faire passer quelques jours à chasser les fantômes au frais du *Chronicle*, je vais au moins en profiter joyeusement », pensa-t-il. Il sortit son carnet d'adresses, il l'ouvrit à la page marquée « Londres ». Un nom lui sauta aux yeux : Brian Windsor, All-Canada News Service. Brian et lui avaient travaillé ensemble un certain temps au Québec. Redfern ne l'avait pas vu depuis quatre ans, en fait depuis qu'il était en poste à Londres.

Il laissa son verre au bar et alla téléphoner.

— All-Canada News Service, Madge Tillwood à votre service.

Le fort accent londonien de la réceptionniste fit sourire Redfern.

— Puis-je parler à Brian Windsor, s'il vous plaît ?

— Je crois qu'il est déjà parti manger. Ne quittez pas, s'il vous plaît, je vérifie... Ah ! le voici justement, je vous le passe.

— Allô, ici Brian Windsor.

— Salut Brian ! C'est moi, Taylor Redfern.

— Taylor ? Que diable fais-tu ici ?

111

Le chauffeur de taxi n'avait jamais entendu parler du All-Canada News Service, mais il accepta de déposer Redfern à l'intersection de Fleet Street et Bouverie Street, à partir d'où il pourrait lui-même trouver l'immeuble. Redfern soupira d'aise sur la banquette arrière, se sentant heureux tout à coup.

Le taxi progressait lentement le long de Threadneedle Street, passant devant la Banque d'Angleterre et le Royal Exchange en direction de la cathédrale St.Paul. Plus loin, passée la cathédrale, la voiture suivit le flot de circulation qui se déversait par Ludgate Hill jusqu'au Ludgate Circus. Mais Redfern perçut peu à peu, à distance, comme un bruit de mer déchaînée.

— Qu'est-ce qu'on entend ? demanda-t-il en essayant de se faire entendre à travers le vitrage qui le séparait du chauffeur.

— Je me le demande, répondit l'homme. Peut-être une manifestation dans Fleet Street. Il y en a presque tous les jours maintenant.

Le chauffeur avait à peine fini de parler que le taxi était encerclé par une bande de jeunes qui criaient et gesticulaient. Une pierre fit voler en éclats la vitre de la portière.

— Qu'est-ce qui se passe ? cria Redfern.

À travers le pare-brise, il aperçut un homme qui brandissait sa pancarte comme une massue. Le chauffeur chercha à accélérer pour s'en défaire mais le manifestant abattit sa pancarte avec force sur le capot de la voiture.

— Verrouillez les portières et baissez-vous, s'écria le chauffeur.

Le ton de sa voix trahissait la peur. De l'abri précaire de la voiture, Redfern pouvait voir des hommes courir dans toutes les directions et se porter des coups. Une figure couverte de sang apparut dans le pare-brise puis disparut alors que des mains s'agrippaient aux portières et secouaient la voiture de bord en bord. Les policiers en costume anti-émeute étaient munis de longues matraques et de boucliers transparents ; ils avançaient en formation triangulaire sur les émeutiers, frappant impitoyablement à droite et à gauche.

La voiture tanguait comme au milieu d'une mer en furie. Le chauffeur fit brusquement marche arrière et manqua d'emboutir une voiture derrière. Les pierres se mirent à pleuvoir sur le toit comme des grêlons.

— Qu'est-ce qui se passe ici, nom de Dieu ? s'écria Redfern.

Le chauffeur, qui cherchait désespérément à se tirer de cette impasse, ne répondit pas. Il réussit à reculer suffisamment pour sortir de l'émeute et fit halte. Il avait le visage en sueur.

— Ça me revient maintenant. Les communistes avaient annoncé une marche de Fleet Street jusqu'au 10 Downing Street aujourd'hui. Le Front National a dû essayer de leur barrer le chemin.

— Le Front National ?

— Oui, vous avez vu leurs brassards ? L'Angleterre aux Anglais, c'est ce qu'ils proclament. Ils veulent déporter les Noirs, se débarrasser des Juifs et des communistes. Ce n'est pas très édifiant à voir, je suis désolé pour vous.

Redfern pouvait apercevoir la bataille qui continuait à faire rage dans Fleet Street, des hommes armés de bâtons se démenant sous un barrage de pierres et de bouteilles. Des policiers avec des haut-parleurs criaient des ordres alors qu'on amenait des manifestants vers les paniers à salade. Plus loin, à Ludgate Circus, Redfern pouvait apercevoir une escorte de policiers à cheval qui avançaient en formation serrée dans la mêlée, en dispersant les émeutiers. Le pire semblait désormais passé.

— Je me demande ce que devient ce pays, Monsieur. Le gouvernement ne vaut plus grand-chose. Les communistes et les nationalistes occupent le devant de la scène. Ils ne cessent de se prendre à la gorge. Tout à fait comme en Allemagne dans les années 30. Je m'excuse mais je n'irai pas plus loin aujourd'hui. Si j'étais à votre place, je n'irais pas là-bas non plus. Au moins, pas avant que la police n'ait bien la situation en main.

— Combien vous dois-je ?

— Laissez tomber, vous avez assez écopé comme ça.

Brian Windsor commanda une tournée de scotch au Club de la Presse, le seul endroit de Fleet Street où les journalistes pouvaient continuer de boire entre les heures d'ouverture des pubs. Taylor Redfern était arrivé pâle et tremblant au bureau d'All-Canada News Service. Madge Tillwood, une rousse séduisante, lui avait donné un whisky pour le remonter, puis ils avaient attendu avant de sortir que la police finisse de libérer les rues. Assis tous trois dans le petit bureau, ils avaient siroté des scotches dans des tasses de carton mince, et Windsor s'était mis à parler de l'ascension rapide du Front National. Il avait établi l'analogie avec le Parti National-Socialiste d'Hitler au début des années 30. Comme dans l'Allemagne d'alors, le fascisme en Grande-Bretagne avait émergé de quinze ans de crise économique. À mesure que l'économie du pays se détériorait, le Front National croissait et ses candidats remportaient de plus en plus d'élections complémentaires dans les circonscriptions ouvrières. Le chef du parti avait juré qu'il serait Premier ministre de Grande-Bretagne dans deux ans.

— Ciel ! C'est assez pour qu'on se mette à boire, dit Madge, et tous trois convinrent que la situation exigeait ce remède.

Au Club de la Presse maintenant, ils prenaient de la bière en guise de pousse-whisky. La conversation s'était portée sur le Québec et Redfern, éméché, racontait dans quelles circonstances il était venu au siège de l'Intcon à Londres.

— Fascinant, fascinant, marmonnait Windsor ponctuant le monologue de Redfern de remarques insolites pour montrer qu'il écoutait toujours même si, déjà à demi-gagné par le sommeil, il avait les yeux fermés.

— Ce Lacroix a bien failli y passer à son tour, n'est-ce pas ? intervint Madge.

— Quoi donc ? qu'est-ce que vous dites ? demanda Redfern.

Il vit Madge lui sourire vaguement et il sentit sa main sous la table qui commençait à lui caresser la cuisse.

Taylor Redfern se réveilla la gorge desséchée et les yeux irrités. Il avait dormi avec ses verres de contact et se souvint que son optométriste l'avait souvent mis en garde contre une telle chose. Les yeux lui chauffaient. Il fixa la rosette de plâtre au centre du plafond, essayant de se rappeler où il était. Quelqu'un bougea dans le lit près de lui. Les cheveux roux de Madge Tillwood étaient répandus sur l'oreiller ; elle ne portait qu'un slip.

Les événements de la veille étaient pour lui enveloppés dans un épais brouillard. Il se rappelait vaguement comment ils étaient arrivés tous trois à l'hôtel, bras dessus bras dessous, en chantant. Il se souleva sur les coudes et regarda autour de lui. Brian Windsor, étendu sur le lit, ronflait légèrement, un soulier encore au pied. « Oh Dieu ! » s'exclama intérieurement Redfern, et il eut un haut-le-coeur suscité à la fois par le remords et l'alcool ingurgité.

Il se glissa sans bruit hors du lit et prit son pantalon qui avait été jeté sur le dossier d'une chaise. Il attendit d'être dans le cabinet de toilette pour le mettre, en faisant attention de ne pas trop secouer la monnaie au fond des poches. Ses gouttes pour les yeux étaient sur le lavabo près de sa brosse à dents. Il enleva ses lentilles et mit des gouttes pour soulager ses yeux irrités. Puis il remplit un grand verre d'eau et le but d'une traite, tellement il avait le gosier sec.

— J'en prendrais bien aussi, Taylor, lui dit Madge Tillwood au seuil de la porte.

Son maquillage défait accentuait le cerne de ses yeux.

— Quel spectacle ! grimaça-t-elle en passant une main dans ses cheveux devant la glace.

Elle prit le verre qu'il lui tendait et le remercia d'un sourire.

— Je ne me souviens pas bien de ce qui s'est passé, dit Redfern comme pour s'excuser.

— C'est peut-être mieux comme ça, répondit Madge. Et maintenant on pourrait peut-être faire monter quelque chose à se mettre sous la dent. Et puis, il y a notre ami au bois dormant qu'on pourrait peut-être secouer un peu.

Le petit déjeuner fut plutôt silencieux. Personne ne savait trop quoi dire. Redfern avait eu la présence d'esprit de commander des journaux avec le petit déjeuner, ce qui leur permit à tous trois de cacher leur embarras derrière les pages d'un journal.

— Vous parliez de Lacroix, hier soir, dit Madge rompant le silence. Il y a un article ici sur l'agresseur de Lacroix.

— Quoi ? s'exclama Redfern en lui prenant le journal des mains.

— En bas, dans le coin gauche, dit Madge.

L'article était en provenance de Percé, au Québec.

« Olivier Blanchette, un commis de banque de Montréal, repose dans un état grave à l'hôpital du Sacré-Coeur après avoir attenté à la vie du ministre

québécois Guy Lacroix. Un porte-parole de l'hôpital a dit que Blanchette, âgé de trente-deux ans, souffre de multiples fractures et d'une commotion cérébrale.
commotion cérébrale.

Blanchette, qui a fait feu sur le ministre au cours d'une assemblée électorale dans une école de Percé, a été lynché par la foule. Des sources proches du ministre ont affirmé que monsieur Lacroix n'était pas blessé mais qu'il souffrait d'un choc nerveux.

Les médecins n'ont pas permis aux autorités d'interroger Blanchette, et on se perd en conjectures sur le mobile de l'attentat.

Le ministre, pour sa part, a confié à des journalistes qu'il comptait poursuivre sa campagne aussitôt que son médecin l'y autoriserait. Dans une déclaration particulièrement habile, il a laissé entendre qu'il soupçonnait le gouvernement canadien d'être de mèche dans cette affaire.»

— Bon Dieu, lança Redfern, est-ce que tout le monde est devenu fou ?

— Mon cher Taylor, souffla Brian, je pense que tu es mieux de rester ici.

— De toute façon, répliqua-t-il, nous sommes tous dans la merde.

Le jour était déjà avancé lorsqu'ils arrivèrent à Heathrow. Redfern avait voulu prendre un taxi jusqu'à l'aéroport mais Brian et Madge avaient insisté pour l'y conduire.

Redfern avait décidé de ne pas retourner à Montréal. Il se rendrait directement à Vancouver pour passer Noël avec Lois et les enfants. Les derniers événements l'avaient écoeuré. Ils pouvaient bien tous s'entre-tuer. Il en avait ras le bol de toute cette histoire remplie d'énigmes, d'intrigues et de violence. Tout ce qu'il voulait maintenant, c'était s'éloigner de cette affaire sordide.

À l'aérogare, Brian l'aida à transporter ses bagages.

— Bon voyage, lui dit-il, avec un sourire un peu triste. Et s'il y a quelque chose que je puisse faire pour t'aider, dis-le-moi, entendu ?

— Oui, merci bien, Brian.

Madge l'embrassa presque furtivement et lui serra la main.

— Au revoir, j'espère, et bonne chance, lui dit-elle.

Redfern ramassa sa valise et sa machine à écrire portative, puis leur fit signe une dernière fois de la main avant de franchir les cordons de sécurité.

— C'est difficile à croire, Warren, dit le Président avec lassitude.

Par une fenêtre de la Maison Blanche de Floride, il pouvait voir la plage à quelque distance de là. Des enfants étaient en train de ramasser des coquillages ; il aurait voulu être avec eux.

Warren Cummings semblait mal à l'aise sur sa chaise.

— Est-ce que vos hommes ont perdu la boule ? demanda le Président. Qu'est-ce qui se passe dans la C.I.A. ?

— C'est cet agent au Québec, il a agi de sa propre initiative. Personne ne lui a demandé de...

— Un agent de la C.I.A. pénètre dans une salle comble, il tire sur Lacroix. Mais qu'est-ce que c'est que cette histoire ? C'est le cow-boy de minuit ou quoi ? Écoutez, vous êtes censé diriger une agence ultra-perfectionnée, dotée des dernières trouvailles de la science. Vous rendez-vous compte du scandale si on découvrait les liens de cet homme avec la C.I.A. ?

— La foule lui a fait un très mauvais parti, Monsieur le Président. Il est toujours dans le coma. Il semble qu'il ait peu de chance de survivre.

— Il vaut mieux, dans votre intérêt. Mais comment cela a-t-il pu se produire, bon Dieu ?

Warren Cummings laissa échapper un soupir. Que l'agent ait agi de son propre chef n'était pas une excuse que le Président pouvait accepter. Blanchette était l'un des rares Canadiens français que l'agence avait pu recruter. Il avait semblé jusqu'ici une personne sur qui on pouvait compter. Son dossier indiquait qu'il avait travaillé comme volontaire pour le Parti Québécois dans une circonscription de Montréal. Ses supérieurs lui ayant demandé un rapport sur la façon la plus efficace d'empêcher une victoire de Lacroix, il avait de toute évidence décidé d'agir à la James Bond et de s'illustrer par un fait glorieux.

— Votre agent Blanchette ne doit pas avoir l'occasion de parler à la police, dit le Président. Nous ne pouvons pas prendre le risque qu'il revienne à lui. Il y a trop de choses en jeu. Veillez-y, compris ?

— C'est compris, monsieur le Président.

— Très bien. Merci, Warren.

Le Président jeta un regard vers la mer. Les enfants n'étaient plus là. Des nuages se formaient dans le lointain au-dessus du golfe, annonçant de la pluie pour la nuit.

Cameron Craig était dans la salle de dépêches du *Chronicle* lorsque la sonnette de la Presse Canadienne retentit cinq fois pour souligner une importante nouvelle. Il arracha la dépêche du téléscripteur et la parcourut rapidement.

« *PERCÉ, Québec, (PC) — Olivier Blanchette, l'homme accusé d'avoir fait feu sur le ministre des Affaires sociales, monsieur Guy Lacroix, est mort tôt ce matin, sans avoir repris conscience.*

« *L'autopsie entreprise immédiatement a révélé, selon un porte parole de l'hôpital, que le commis de banque montréalais de trente-deux ans était mort des blessures que lui avaient infligé les partisans du ministre après l'attentat. La police attendait toujours de pouvoir interroger Blanchette sur les mobiles de son geste.* »

Craig apporta la dépêche à la rédaction et la déposa sur le bureau du chef des nouvelles.

— Voilà votre manchette d'aujourd'hui, Jim. Vous n'avez qu'à étoffer un peu la nouvelle, et faites vite ! Il reste seulement vingt-cinq minutes avant l'heure de tombée.

La seule note de Noël dans le cabinet du Premier ministre consistait en un petit arbre argenté, placé sur son bureau. Mais au lieu de boules de couleur et de cannes en sucre, les branches portaient des petites grenouilles de caoutchouc et l'arbre était surmonté d'un fleurdelisé en papier. Doris Faber, en guise de plaisanterie, avait offert ce cadeau au Premier ministre plus tôt dans la journée. Malgré le mauvais goût de la chose, le Premier ministre n'avait pu s'empêcher d'en sourire. Il se rappela soudain qu'il devait l'apporter chez lui avant que quelque journaliste ne l'aperçoive. La presse pouvait facilement s'emparer de la chose et en faire un mini-scandale.

— Pardon, Monsieur.

Doris Faber avait passé la tête dans la porte.

— Oui, Doris, qu'y a-t-il ?

— Voici les résultats du dernier sondage Gallup au Québec, apportés par messager de Montréal.

— Ah, qu'est-ce qu'on dit ?

— Je ne veux pas être celle qui va gâcher votre Noël. Je vais vous laisser le soin de le découvrir vous-même.

Il ouvrit l'enveloppe et commença à lire. Doris Faber resta debout devant son bureau comme si elle attendait quelque chose.

— Oui, Doris, y a-t-il autre chose ? demanda-t-il d'un air légèrement ennuyé.

— Je me demandais justement si vous aviez encore besoin de moi ce soir. C'est la veille de Noël...

— Allez, Doris, je ne vous retiens plus... Et passez un joyeux Noël !

Une heure et demie plus tard, le Premier ministre regretta de ne pas avoir jeté l'enveloppe dans le panier ou de ne pas l'avoir laissée à Doris. Les nouvelles du Québec étaient mauvaises. La popularité de Lacroix avait monté en flèche depuis qu'on avait attenté à sa vie. Le sondage Gallup donnait au ministre des Affaires sociales une avance de 29% sur Belmont comme choix de la population pour devenir le prochain Premier ministre du Québec. Ce chiffre incluait les Québécois anglophones. Du côté francophone, Lacroix était favorisé à 3 contre 1. Le choix de la population ne serait pas nécessairement celui des délégués du parti, pensa le Premier ministre, mais dans une course à deux, ce facteur pouvait peser lourd dans la balance.

« Peut-être que le type qui a essayé de tuer Lacroix avait raison », songea-t-il. Il lui semblait tout à coup que c'était la seule façon d'arrêter le ministre. Il se demandait qui pouvait bien être derrière cet attentat. Le fait que Blanchette était mort sans avoir repris conscience apparaissait un peu trop facile. De la façon que les choses tournaient, la nomination du Premier ministre pourrait bien être décidée finalement par un coup de feu en face de l'Assemblée nationale de Québec. À bout de conjectures, il prit un coupe-papier et s'amusa à faire sauter les grenouilles de caoutchouc sur les branches du petit arbre de Noël.

Quatre cents kilomètres plus loin, le quartier général de Belmont était plongé dans une atmosphère de fête. Des branches de houx ornaient les murs et des serpentins couraient au plafond. La fumée des cigarettes se mêlait aux émanations de l'alcool alors que l'équipe du ministre célébrait le temps des Fêtes.

— Viens, Monique. Mets ton manteau, on s'en va.

Raymond Mercier, les yeux exorbités par l'ébriété, se tenait à l'entrée du bureau de la jeune femme, en s'appuyant des deux mains au cadre de la porte. Le reste de la compagnie se préparait à partir pour l'hôtel du Faisan d'Or afin d'y poursuivre la fête.

— Désolée, Raymond. Je ne peux y aller. Il reste encore beaucoup trop à faire avant de prendre congé, dit Monique Gravelle en lui montrant l'amas de papier sur son bureau. Allez-y, je vous rejoindrai plus tard.

— Monique...

Mercier avança d'un pas mal assuré vers elle.

— Viens, ma belle...

Elle sentit son haleine empestée de whisky alors qu'il plaquait un baiser sur sa joue.

— Raymond, si on vous voyait. Cessez donc.

— Seulement si tu promets de venir tout de suite.

— Hé, qu'est-ce qui se passe ici ?

Denise Carrier, la secrétaire de Mercier, avait passé la tête dans la porte.

— Venez, vous deux. Tout le monde est parti déjà.

— Voulez-vous emmener monsieur Mercier avec vous, Denise ? demanda Monique à la blonde secrétaire. J'ai encore un peu de travail à faire.

La secrétaire réapparut, échangeant un regard d'intelligence avec Monique.

— Bien sûr, dit-elle en attrapant Mercier fermement sous le bras, le conduisant vers la porte. Allons, patron, ce soir vous êtes à moi.

Mercier eut un petit rire bébête et se laissa conduire.

Monique écouta leurs pas décroître dans le hall jusqu'à ce qu'ils eurent rejoint le groupe dehors. Par la fenêtre, elle les regarda s'éloigner dans la rue et chanter des cantiques de Noël sous la neige qui tombait.

Elle regarda sa montre et attendit quelques minutes avant de faire le tour des lieux. Tous les bureaux étaient déserts de même que les deux cabinets de toilette. Elle verrouilla la porte d'entrée et mit la chaîne de sûreté. Puis elle revint à son bureau, ferma les stores et mit ses dossiers en ordre.

Alors, à la lumière d'une lampe de poche qu'elle avait tirée de son sac à main, elle descendit le corridor jusqu'au bureau de Raymond Mercier. Elle vérifia si les stores avaient été tirés. S'étant ainsi assurée que personne ne pouvait la voir, elle pénétra dans une petite pièce adjacente où était le coffre-fort contenant l'argent de la campagne. À sa grande surprise, la porte de la pièce n'était pas fermée à clé. Elle n'aurait pas besoin de se servir de la clé qu'elle avait fait faire. Ignorant le coffre-fort, elle se concentra sur le classeur qui était à côté et qui restait toujours verrouillé. La combinaison pour ouvrir ce classeur était compliquée mais, comme elle avait vu faire Mercier à plusieurs occasions, elle avait pu mémoriser les chiffres.

Elle composa donc le code qu'elle connaissait bien, mais il n'y eut pas à la fin de léger déclic pour indiquer que la serrure était ouverte. Elle ne comprenait rien. Elle essaya encore, mais pas davantage de déclic. Que se passait-il ? Avait-elle fait une erreur ? Elle allait donc échouer encore. La sueur commençait à perler sur son front. Dans sa rage, elle tira un des tiroirs qui roula doucement sur ses billes d'acier. Ivre comme il était, Mercier avait oublié aussi de verrouiller le classeur. Du coup, il aurait bien pu laisser l'argent de la campagne traîner sur son bureau pour les gens de l'entretien ménager, pensa-t-elle.

Le tiroir du fond contenait ce qu'elle cherchait, les registres. Elle les retira avec précaution. Ils contenaient toutes les informations financières relatives à la campagne de Belmont : les contributions, les déboursés, les comptes de banques, les salaires et tout. Il y avait trois gros cahiers et elle les transporta un par un dans son propre bureau, où elle s'enferma à clé.

Elle parcourut chaque page lentement et méthodiquement. Toutes les inscriptions avaient été faites avec une plume à pointe fine que Mercier gardait dans un porte-plume de marbre sur son bureau. Avec la même plume, Monique Gravelle falsifia habilement plusieurs chiffres. Les 5 devinrent des 3, les 7 des 1, les 9 des

8. Comme elle commençait à se sentir fatiguée, elle prit deux comprimés dans son sac à main et les avala d'une traite, sans eau. Quelques minutes plus tard, elle se sentit à nouveau pleine d'énergie.

Ce travail méticuleux lui prit quelques heures. Quand elle replaça enfin les registres dans le classeur, elle se demanda si elle devait le verrouiller ou non. Elle décida de ne pas le faire, pensant que Mercier ne pourrait jamais croire ou admettre qu'il l'avait laissé ouvert. Quel con tout de même, cet homme !

La neige sur sa figure fut comme un bain de fraîcheur quand elle sortit. « Joyeux Noël, monsieur Belmont ! » se dit-elle à elle-même en se dirigeant vers le Faisan d'Or. Il ne lui restait plus qu'une chose à faire maintenant pour terminer sa mission.

En entrant dans le bar de l'hôtel, elle trouva Mercier encore en train de boire avec trois autres employés du bureau. Le groupe braillait des cantiques dans un état d'ébriété avancé.

— Monique, Monique ! s'écria Mercier dès qu'il l'aperçut. Tu es venue enfin, viens fêter avec nous.

Il était saoul. Sa chemise et sa cravate étaient tachées de whisky.

— Je pense qu'il est temps pour vous de rentrer, Raymond.

— Une autre tournée, la dernière !

Il fit un large geste de la main et renversa un verre sur Denise Carrier. La jeune femme eut un petit rire nerveux en regardant la tache sombre se répandre sur sa jupe.

— Excuse-moi, excuse-moi, marmonna Mercier.

Il entreprit gauchement d'essuyer la tache avec son mouchoir.

— Venez, Raymond, vous avez assez bu. Votre famille doit vous attendre à cette heure-ci.

Monique lança une oeillade complice au reste du groupe. Sans autre protestation, Mercier se leva péniblement et se laissa conduire. Monique passa un bras autour de lui et l'aida à sortir de l'hôtel. Elle supporta ainsi l'homme titubant sur le trottoir enneigé jusqu'à sa voiture. Elle le laissa un moment appuyé contre la carrosserie et chantant à coeur joie, le temps de balayer la neige et de décapoter la voiture. C'était la seule façon d'y faire entrer Mercier. D'ailleurs, l'air froid sembla le dégriser un peu alors que la décapotable fonçait dans les rues désertes de Trois-Rivières.

— Ce n'est pas chez moi ici, dit Mercier alors qu'ils arrivaient en face du motel de Monique.

— Non, répondit-elle, mais j'ai un cadeau de Noël pour vous. Venez voir !

Elle l'aida à sortir de la voiture et le conduisit jusqu'à sa chambre. À l'intérieur, Mercier se laissa tomber lourdement sur le lit et ferma les yeux. Il se mit à ronfler presque tout de suite, la bouche grande ouverte.

— Eh ! s'écria Monique, vous n'allez pas dormir comme ça.

Elle délaça ses souliers et les lui enleva. Puis elle déboutonna son manteau et son veston, et les lui retira.

— Je ne dors pas, grommela Mercier, les yeux encore fermés.

Résolument, elle baissa la fermeture éclair du pantalon et glissa la main jusqu'au membre flasque de l'homme.

— Concentre-toi un peu, Raymond.

Éberlué, Mercier ouvrit les yeux.

— As-tu conscience de ce qui se passe ? lui demanda-t-elle dans un murmure alors qu'elle caressait son pénis pour l'amener en érection.

Pour toute réponse, il la regarda avec un sourire niais. Lentement, elle dénoua sa jupe et la laissa tomber par terre. D'une main, elle fit prestement glisser son collant puis son slip. Alors elle s'installa sur le lit par-dessus lui et introduisit son pénis en elle. Puis elle amorça un lent mouvement de va-et-vient.

— Tu te souviendras de ce que nous faisons, n'est-ce pas ? tu t'en souviendras, souffla-t-elle comme un leitmotiv à son oreille. Graduellement, elle accéléra le rythme jusqu'à ce que le corps de l'homme se contracte brusquement au paroxysme de la jouissance ; puis Mercier retomba avec un soupir sur l'oreiller.

Chapitre 6

Thérèse Saint-Rémy relut la description dans le *Guide Michelin* : « Les Trois Frères, Malville, vingt kilomètres au nord-est de la N-75, entre Grenoble et Bourg. » Ce n'était sûrement pas cela. Elle fronça les sourcils en apercevant ce qui ressemblait à un chalet à étages avec un toit de tuiles rouges.

— Les Trois Frères a la réputation d'être parmi les vingt meilleurs restaurants de France, dit Antoine de Luzt, en stationnant sa Peugeot dans le parking couvert de neige.

— J'espère que vous n'avez pas fait un détour de cent kilomètres pour prendre un déjeuner de paysan, ronchonna la jeune femme.

— Paris vous a gâtée ma chère, dit-il en lui ouvrant la portière.

De Luzt avait invité Thérèse à l'accompagner dans un voyage d'affaires au Liechtenstein puis ils étaient allés faire du ski à Chamonix une semaine au temps du jour de l'An. Sur le chemin de retour vers Paris, il avait eu subitement l'idée de faire un détour vers le sud pour manger aux Trois Frères, un restaurant qui avait été récemment coté trois étoiles dans le *Michelin*.

Comme l'extérieur, l'intérieur du restaurant ne payait pas de mine. Les tables étaient groupées autour d'une vieille meule, sous un plafond bas. Les murs blanchis à la chaux faisaient ressortir les vieilles poutres noircies et le bois rugueux du plancher. Quelques plantes en pots ajoutaient une note de couleur dans la salle. De Luzt remarqua non sans étonnement qu'aucune table n'était occupée, même s'il était déjà treize heures. Un homme ventripotent, avec une moustache à la gauloise et un crâne dégarni, sortit de la cuisine.

— Ah ! bonjour. Monsieur de Luzt n'est-ce pas et Madame ? Nous avons une table pour vous près de la fenêtre.

Il prit trois menus écrits à la main, et les conduisit jusqu'à leur table. L'absence d'un buffet froid éveilla la curiosité de de Luzt.

— Les affaires sont difficiles, Monsieur ?

Le gros homme haussa les épaules :

— Janvier, au milieu de la semaine, vous savez. C'est mieux le soir. Madame prendrait un apéritif ?

Il nota les commandes d'alcool et s'éloigna. De Luzt examina le menu et se demanda ce qui avait poussé le *Guide Michelin* à donner la cote suprême à cet établissement.

— Ça ne casse rien, fit remarquer Thérèse. Poulet rôti, bifteck sur le gril et noisette de veau. Êtes-vous sûr que c'est le bon endroit ?

L'homme revint avec les apéritifs.

De Luzt fit reculer brusquement sa chaise et demanda :

— Un restaurant trois étoiles a sûrement mieux à offrir que cela !

Les moustaches de l'homme eurent comme un frémissement.

— Je suis désolé, Monsieur. C'est tout ce que nous avons au menu.

— Où est le propriétaire ? Je veux lui parler.

— C'est moi le propriétaire, Monsieur.

— Mais vous n'avez pas de personnel, de garçons ? De Luzt fit un geste de la main comme pour embrasser toute la salle.

Le gros homme jeta un regard au ciel comme pour y implorer quelque secours.

— Je suis seul avec ma femme. Elle fait la cuisine, la vaisselle, et moi, le service. Je vous le concède, Monsieur, les affaires ne sont pas bonnes.

— C'est plutôt mort ici en effet, repartit Thérèse.

— Mais, ajouta de Luzt, vous devriez faire de bonnes affaires maintenant que vous avez les trois étoiles.

— Eh oui, ça marchait bien voilà deux mois. Mais les affaires ont mal tourné. Mes deux frères sont partis travailler dans des hôtels de Lyon. Et j'ai dû laisser partir le reste du personnel.

— Mais qu'est-ce qui est arrivé ?

— La conjoncture économique, Monsieur, répondit le tenancier en faisant un geste vague de la main.

— Il y a toujours des gens qui mangent bien, même lors des crises économiques, répliqua de Luzt. Quelle est la véritable raison ?

— Monsieur, on m'a fait jurer de ne rien dire.

— Qui « on » ?

— Les gens du gouvernement, Monsieur. Ils sont venus ici et ont demandé aux fermiers d'enterrer toutes leurs cultures. Maintenant nous n'avons plus de légumes frais.

— On a ordonné de détruire toutes les cultures ?

— Oui et de tuer tout le bétail, les chevaux, les porcs et le reste. Les agriculteurs ont reçu des compensations pour cela selon les prix du marché, mais comment voulez-vous faire marcher un restaurant sans viande ni légumes frais ? Tout ce qui est vendu dans les marchés locaux est congelé. C'est terrible. L'État m'a ruiné.

— Mais comment se fait-il que nous n'en n'avons pas entendu parler à Paris ? demanda de Luzt.

— On nous a enjoints de ne pas en parler, Monsieur. C'était la condition pour recevoir des compensations. Mais qui me remboursera pour la perte de ma réputation ?

— Mais pourquoi ont-ils dû abattre tous les animaux ? demanda Thérèse.

L'homme se fit évasif encore. Il s'était rendu compte qu'il en avait déjà trop dit.

— L'ordre est venu de Paris ? interrogea de Luzt. Mais quel secteur exactement cela touche-t-il ?

— Une superficie de cinquante kilomètres carrés environ. On dit qu'il s'agit du projet Super-Phénix.

Super-Phénix. Le nom n'était pas étranger à de Luzt. Il s'excusa et demanda au propriétaire s'il pouvait téléphoner à frais virés. Dans une pièce contiguë à la cuisine et qui servait dans de meilleurs temps de bureau au propriétaire, de Luzt téléphona à Roger Quesnel à Paris.

— Roger, ici de Luzt. Dis-moi, le Super-Phénix, n'est-ce pas le nom du projet de surrégénérateur du gouvernement ? Il s'agit bien du prototype de piles couveuses dont nous discutions l'autre jour ?

— Oui, c'est le premier réacteur qu'on installe pour produire du plutonium à partir des déchets d'uranium. J'ai trouvé pour vous tous les lieux d'implantation des usines. Je vous attendais justement.

— Est-ce que le Super-Phénix est près de Malville ?

— Près d'où ?

— De Malville, c'est en retrait de la N-75 près du Rhône.

— Il y a une usine prévue à soixante kilomètres à l'est de Lyon.

— Très bien, je vous rappelle quand je serai de retour à Paris, Roger. En attendant trouvez-moi tout ce que vous pouvez sur ce projet.

De Luzt revint à table de meilleure humeur.

— J'ai commandé deux noisettes de veau, lui annonça Thérèse.

— Merveilleux ! jeta de Luzt.

Mais son esprit était déjà ailleurs. Le projet Super-Phénix était le pivot du programme du gouvernement français de conversion massive de l'énergie conventionnelle en énergie nucléaire. Le président Valéry Giscard d'Estaing avait déclaré quelques années auparavant que l'énergie nucléaire allait littéralement propulser l'indépendance de la France, à la fois en matière de défense et d'énergie. Depuis lors, le gouvernement avait investi des milliards de francs dans la construction d'une quarantaine de centrales nucléaires, grâce auxquelles le gouvernement se faisait fort de réduire les coûts d'importation d'énergie de 75%. Le succès de tout le programme dépendait du Super-Phénix. Mais le grand problème demeurait l'approvisionnement en uranium. L'Australie insistait pour surveiller l'utilisation de l'uranium qu'elle exportait, une condition que la France ne pouvait pas accepter. Quant à l'Afrique du Sud, ses réserves étaient affectées principalement à la consommation intérieure, et ce qu'elle exportait arrivait avec peine à suffire aux besoins d'un seul générateur français. Les États-Unis et l'U.R.S.S., pour leur part, ne voulaient rien vendre à la France. Enfin, les tentatives répétées pour accéder aux ressources canadiennes et pour utiliser l'énorme courant électrique de la baie James pour la production d'uranium enrichi s'étaient heurtées à une fin de non-recevoir à Ottawa.

La France avait donc parié sur le Super-Phénix, un surrégéné-rateur très controversé, lequel employait un procédé au sodium dont les preuves n'étaient pas encore faites et qui fonctionnait à des températures dangereusement élevées. Si le Super-Phénix mar-chait, alors les autres générateurs pourraient produire en chaîne toute l'énergie nucléaire dont la France avait besoin.

Les plats servis, de Luzt joua un peu dans son assiette rêveuse-ment. Peut-être venait-il de trouver la raison de la discrétion d'Hilaire Noël ? Une fuite avait dû se produire à l'usine du Super-Phénix. Les déchets radioactifs avaient contaminé le secteur et le gouvernement avait essayé d'étouffer l'affaire. Un scandale exploité par les défenseurs de l'environnement pourrait entraver tout le programme nucléaire de la France, ce que le gouvernement voulait éviter à tout prix.

Le tenancier revint voir si le repas était au goût des clients.

— Dites-moi, s'informa de Luzt, est-ce que les gens du gouver-nement vous ont vaccinés ?

— Oui, Monsieur, répondit-il en retroussant sa manche pour leur montrer la marque. Ils ont piqué tout le monde, même les bébés. Bon appétit, Monsieur-Dame !

Antoine de Luzt ne pensait déjà plus à manger. Il fixait les champs de neige qu'il voyait par la fenêtre.

— Qu'est-ce que vous me racontiez l'autre jour ? dit Thérèse. Une fille qui se délecte à table jouit au lit ?

Au cours des semaines, Monique Gravelle éprouvait de plus en plus de répugnance pour sa chambre de motel à Trois-Rivières. Elle avait hâte de partir. Étendue sur le lit, cigarette aux lèvres, elle fixait le plafond, alors que Raymond Mercier dormait à ses côtés. Elle rêvait de s'envoler pour les mers du Sud et de s'étendre au soleil sur le sable blanc des plages. L'enseigne au néon du motel venait jeter sa lueur intermittente sur le corps nu de Mercier près d'elle ; étendu ainsi sur le lit, il lui rappelait une méduse géante qu'elle avait déjà trouvé, rejetée par la marée sur la plage. Elle se demanda pourquoi elle n'avait pas marqué d'une encoche le châlit chaque fois qu'elle avait subi les ineptes ébats sexuels de son employeur. Combien de fois depuis Noël ? Cinq, six, peut-être ? Elle ne se souvenait plus.

Elle écrasa sa cigarette dans le cendrier. Mercier avait l'ennuyeuse habitude de tomber endormi aussitôt qu'il avait obtenu satisfaction. Mais il en irait autrement ce soir, elle avait quelques questions à lui poser.

Monique se leva et alla accrocher bruyamment ses vêtements sur des cintres, mais Mercier ne broncha pas. Elle alluma une autre cigarette et vint s'asseoir sur le lit à côté de lui. Avec détermination, elle plaça la cigarette entre ses lèvres et l'y maintint jusqu'à ce qu'il se réveille en toussant.

— Quoi, qu'est-ce qu'il y a, Monique ?

— J'ai pensé que tu aimerais fumer, chéri, dit-elle avec un sourire. Tu le fais toujours d'habitude... après.

Mercier se mit sur son séant. La cendre brûlante tomba sur sa poitrine. Il l'écarta vivement, en essayant de ne pas paraître trop ridicule en face de cette femme extraordinaire.

Monique prit un verre sur la table de chevet.

— Tu en veux encore ?

— Quelle heure est-il ?

— Pourquoi te préoccupes-tu toujours de l'heure ? Tu t'inquiètes d'elle ?

— Non, ce n'est pas cela, dit Mercier qui mentait visiblement. Ma femme sait que je dois travailler tard.

— Tu prendras bien un autre verre alors.

— Bien, je ne dis pas non si tu m'accompagnes. Mais je devrai partir bientôt.

Il la regarda se lever et aller chercher des bouteilles dans l'armoire. La lumière découpait la courbe harmonieuse de ses seins et la ligne gracile de sa taille. Il sentit le désir l'envahir de nouveau.

— J'ai entendu dire que les résultats du dernier sondage n'étaient pas épatants, dit-elle mine de rien en lui versant une large rasade de scotch.

— Qui t'a dit ça ?

— Oh, j'ai mes sources d'information.

— Eh bien, garde ça pour toi, ma belle. Je fais tous les efforts pour que rien n'affecte le moral de l'équipe. Je ne veux pas qu'on ait vent de ce sondage.

— Est-il de si mauvais augure ? demanda-t-elle en lui apportant le verre de scotch tout en évitant habilement une caresse furtive.

Elle s'assit dans le fauteuil en vinyle déchiré. Mercier cala un oreiller contre le mur pour mieux s'y adosser et dit en soupirant :

— Ce n'est pas bon. Il ne s'agit pas tellement des chiffres eux-mêmes qui sont plutôt mauvais mais, en terme de délégués, Lacroix mène par 3 contre 2. Il reste encore plusieurs délégués à choisir dans les circonscriptions rurales, et c'est là que réside notre force. Les gens de la campagne sont très conservateurs. Ils ne seront pas enclins à voter pour un radical comme Lacroix. La partie n'est donc pas encore perdue. Mais la bataille va être rude. J'ai l'impression que tout va se décider finalement au moment du congrès.

— Est-ce que je peux te faire déclarer ça ?

— Mais bien sûr, ma belle.

— Raymond, commença Monique sur un ton doucereux, pour vous être pleinement utile à toi et à monsieur Belmont, je dois être bien informée. Si je ne sais pas ce que vous avez en tête, je peux difficilement orchestrer la publicité comme il faut. Que faisons-nous maintenant ?

— Eh bien, il s'agit de travailler beaucoup. De s'assurer que nos gens seront choisis au moment de l'élection des délégués. De maintenir l'image de Jean-Claude comme Premier ministre intérimaire et successeur désigné. Et puis j'ai quelques autres idées.

— Comme quoi ?

— Tu es trop curieuse. Je ne les ai pas encore élaborées.

— Mais, Raymond, je suis là pour t'aider.

Il déposa son verre sur la table de chevet et se glissa hors du lit. Avant qu'elle n'ait pu faire un geste, il l'avait entourée de ses bras.

— En tout cas, j'ai de bonnes nouvelles pour toi, lui murmura-t-il en lui bécotant le cou.

— Quoi donc ? lui demanda-t-elle en essayant de se dégager, mais ses mains maintenaient fermement le fauteuil et ses genoux travaillaient déjà à lui écarter les jambes.

— Nous déménageons le quartier général, de la campagne à Québec la semaine prochaine. Nous serons ainsi plus près du centre des activités. Tu vas loger au Hilton. C'est fini les motels de seconde classe.

Il pesait maintenant de tout son corps sur elle, qui abandonna toute résistance.

131

Dans la chambre noire de Roger Quesnel, les photographies commençaient à s'imprimer dans le bassin. Antoine de Luzt fixait avec attention les images qui apparaissaient.

— Voilà ! Ça y est, Antoine !

— Bien joué, Roger, vous avez bien réussi.

— Une fois que vous m'avez mis sur la piste du Super-Phénix, le reste était un jeu d'enfant.

Quesnel retira les feuilles du bassin avec une paire de pinces et les suspendit à sécher.

— Et voilà le rapport ultra-secret sur le désastre du Super-Phénix. Il y a même les noms de ceux qui en sont morts. Sept décès et neuf personnes hospitalisées pour exposition aux radiations.

— Mais qu'est-ce qui s'est passé au juste ?

— Il semble que le réacteur était à la veille d'entrer en opération lorsqu'on a découvert une petite fuite de vapeur radioactive. Il y en avait assez pour contaminer cinquante kilomètres à la ronde. Le gouvernement n'a fait ni une ni deux. Sur cette affaire, il a empêché toute nouvelle de filtrer et il a dépêché des agents spéciaux pour tuer tout le bétail et détruire les cultures dans le secteur.

— Eh bien, ils sont efficaces parfois, observa de Luzt. On n'en a pas entendu parler.

— Vous avez ici les recommandations des inspecteurs, dit Quesnel en indiquant une seconde photographie. Le programme des surrégénérateurs doit être suspendu indéfiniment.

— Cela veut dire que tout le réseau des centrales nucléaires françaises sera à cours de carburant. Comme nous ne pouvons le fabriquer chez nous, nous devrons aller sur le marché international. Et tout cela pourrait compromettre notre politique en matière d'énergie ainsi que notre projet d'un système de défense nucléaire indépendant. Ce n'est pas étonnant qu'Hilaire Noël ait été si discret.

— Cette rumeur au sujet de la compagnie anglaise Intcon et de la découverte d'un important gisement d'uranium au Québec, cela pourrait vouloir dire quelque chose, n'est-ce pas ? suggéra Quesnel. On dit qu'il pourrait s'agir du plus grand gisement d'uranium découvert jusqu'à ce jour.

De Luzt émit un long sifflement. Les pièces du puzzle commençaient à s'ordonner. L'uranium du Québec, l'énergie hydro-électrique de la baie James pour alimenter l'usine d'enrichissement : tout cela en un moment où la France avait un besoin soudain, désespéré de ressources illimitées. Et seul le gouvernement d'Ottawa faisait obstacle. Il comprit à quel point les enjeux étaient graves dans cette compétition impitoyable à laquelle se livraient des pays prétendument amis.

Il plaça les photographies encore humides entre les pages de son journal qu'il glissa dans sa serviette.

— Puis-je me servir de votre appartement pour une heure ou deux ? demanda-t-il. Allez prendre un verre à ma santé, Roger. Et ne perdez pas le filon. Vous me prévenez aussitôt que vous trouvez autre chose.

Une fois seul, De Luzt fit deux appels téléphoniques. Le premier à son avocat du Liechtenstein qui surveillait les intérêts des entreprises de Luzt. La conversation se résuma essentiellement à ceci : achetez toutes les actions d'Intcon que vous trouverez sur le marché.

Le second appel fut pour le Canada, et la conversation dura plus d'une heure.

De la fenêtre de sa chambre, Taylor Redfern contemplait la vue magnifique qu'il avait de Vancouver. Au premier plan, une agglomération d'immeubles à appartements de couleur blanche, qui semblait flotter au-dessus des eaux bleues du port. À l'horizon, il pouvait voir la courbe gracieuse du pont Lion's Gate et, plus loin, une chaîne d'îlots verts. La ville était ceinte de trois côtés par les montagnes du Coast Range qui formaient comme un bouclier de pierre. Derrière elles se profilait déjà la prodigieuse épine dorsale des Rocheuses.

La vue était superbe en toutes saisons, mais en ce matin frisquet de janvier le soleil jetait des éclats d'or dans le paysage.

— T'es encore en train d'admirer ma ville, hein !

Lois venait d'entrer dans la chambre, lui apportant un jus d'orange frais pressé. Redfern mis le bras autour de sa taille et l'attira à lui.

— Tes parents sont chanceux de se réveiller dans ce décor tous les matins. Tu m'as toujours dit que c'était comme cela mais je n'ai jamais voulu te croire. C'est comme toi d'ailleurs, tu n'a jamais voulu me croire quand je te parlais des Laurentides en octobre.

— Tu ne peux pas t'empêcher de penser au Québec, hein, Taylor ?

C'était la première fois qu'il mentionnait le Québec depuis qu'il était arrivé pour passer les fêtes avec sa famille. Ce voyage avait été pour lui l'occasion d'une régénération physique et mentale. Il ne s'était pas rendu compte à quel point il était épuisé. Son enquête sur l'assassinat du Premier ministre lui avait pris toutes ses énergies et sa rencontre avec Holbrook Meadows à Londres avait miné son moral au point qu'il avait perdu confiance en son propre jugement. Il avait appelé Cameron Craig à Montréal pour lui dire qu'il prenait deux semaines de vacances. Cela fait, il avait balayé de son esprit toute cette affaire de meurtres, de conspirations et de manigances politiques. Il s'était enfin abandonné aux bons soins de sa femme et de sa belle-mère.

Ses vacances lui avaient fait du bien. La journée de Noël avec ses enfants enjoués et heureux ; les repas exquis dans les restaurants typiques du quartier chinois de Vancouver ; les grasses matinées et les réveils dans un cadre enchanteur ; le champagne dégusté en famille la veille du jour de l'An : c'était exactement ce qu'il lui fallait pour se remettre sur pied. Même la température lui avait été favorable : il avait fait soleil presque tous les jours.

— Taylor ?

— Oui ?

— As-tu pensé à la proposition de papa ?

Le père de Lois voulait qu'ils déménagent à Vancouver. Il possédait quelques terrains en haut de la rue et il les avait offerts à Taylor pour y construire une maison. Lois était enchantée de l'idée et pressait son mari d'accepter. Même si elle n'en avait jamais fait mention, Redfern savait qu'elle ne voulait pas retourner dans la maison de Pointe-Claire depuis la découverte du cadavre de Touraine.

— Je ne sais pas, Lois. C'est très alléchant. Mais tu sais que mes racines sont au Québec. Je suis né là, j'y ai vécu toutes mes expériences, je me sentirais un étranger ailleurs.

Il sentait combien elle était désappointée même si elle ne disait rien.

— Écoute, je dois retourner à Montréal pour vérifier une autre possibilité à propos de cette histoire de complot...

— Tu n'en as pas eu assez, Taylor ? Tu t'exposes pour rien.

— Non, je dois le faire. Par acquit de conscience. Mais, écoute-moi, je te promets que si je donne encore dans un cul-de-sac, je laisse tomber. Je dirai à Cam que je me retire de ce noeud de vipères. Je prendrai un congé sabbatique et je viendrai ici explorer les possibilités. D'accord, chérie ? Tu comprends ?

Elle lui lança un regard oblique.

— Tu parles sérieusement ? Tu tenterais vraiment ta chance à Vancouver ?

— Oui, c'est ce que je t'ai dit.

— Eh bien, marché conclu !

Elle se dressa sur la pointe des pieds pour l'embrasser. La porte de la chambre s'ouvrit derrière eux.

— Excusez-moi, intervint le père de Lois. C'est pour toi, Taylor, un appel interurbain de Montréal. Va le prendre dans mon bureau, tu y seras plus tranquille.

Taylor mit sa robe de chambre et suivit son beau-père dans le corridor.

— Taylor ! Ici Cam Craig. D'après mon calendrier, vos deux semaines de vacances sont déjà écoulées.

— Salut, Cam. Sauf votre respect, vous ne m'avez pas beaucoup manqué. Je n'ai même pas pensé à envoyer une carte postale.

— Très drôle, Taylor. Prenez le prochain avion. Je n'ai plus personne ici. La campagne à la direction du parti bat son plein au Québec, la Grande-Bretagne est en train de s'écrouler et Ottawa et Québec se lancent des invectives à qui mieux mieux. Pendant tout ce temps, il n'y a que Morgan ici. Comme un fait exprès, tout le monde a attrapé la grippe ou est parti en vacances. J'en suis rendu à m'occuper de tout, ici.

— C'est pas mauvais pour vous.

— Je vous revaudrai ça, Taylor.

— Bon, ça va, Cam. J'allais vous appeler de toute façon. Je prends l'avion samedi. Et je me présente au bureau, reluisant comme un sou neuf, lundi.

— Parfait, vous pourrez remplacer Morgan à la nécrologie. J'en ai plein le dos. Chaque fois que ce type prend un dossier, les gens crèvent. Il aurait dû être croque-mort, pas journaliste.

— Eh bien, ne le laissez pas patauger dans mes affaires. On se revoit lundi.

— Un moment, j'ai quelque chose qui peut vous intéresser en rapport avec vos amis de l'Intcon.

— De quoi s'agit-il ?

— Je viens de recevoir une note de notre service des finances. Il paraît que leurs actions sont montées en flèche à Zurich et à Londres. Il y a quelqu'un qui achète tout là-bas. Personne ne sait pourquoi. Est-ce que cela vous dit quelque chose ?

— Oh, oh ! Y a-t-il autre chose sur le fil ?

— Non.

— Surveillez ça pour moi, voulez-vous ?

— Ça va, c'est assez bavardé maintenant. L'appel coûte cher. Au revoir !

— Salut, Cam !

— Ce n'est pas très fort.

Le secrétaire d'État Lawrence Wilde, les pieds posés sur le bureau, tenait un rapport de deux pages entre le pouce et l'index comme s'il s'agissait d'un torchon. Le jeune attaché de l'ambassade des États-Unis à Paris, qui avait participé à la rédaction du document et qui était venu le porter lui-même à Washington, tressaillait nerveusement sur sa chaise.

— Vous vous appelez comment, déjà ?

— Grogan, Monsieur. Frederick O. Grogan. Le troisième du nom.

— Eh bien, Frederick O. Grogan III, pensez-vous que je vais recommander au Président des États-Unis une politique basée sur un rapport de presse et des commérages d'ambassade ?

— Puis-je vous dire, Monsieur, que l'ambassadeur Dunford avait prévu une réaction mitigée de votre part ? Il m'a prié de vous dire que le gouvernement français faisait régner le plus grand secret sur toutes ses relations avec le Québec.

— Mais de quoi parlez-vous, Grogan ?

— Comment ?

— Vous dites que c'est la consigne du silence en France ?

— Oui, Monsieur.

— Personne ne veut parler ? Pas même nos amis ?

— Non.

— Pas même pour de l'argent ?

— Non, Monsieur.

Le secrétaire d'État hocha la tête. Il connaissait Dunford personnellement. Ils avaient travaillé dans le même bureau d'avocats et avaient joué au squash ensemble. S'il y avait quelqu'un qui pouvait fournir les informations demandées au gouvernement, c'était bien lui. La Maison Blanche devait savoir ce que la France faisait au Québec et pourquoi elle le faisait. Wilde reprit le rapport et le relut.

À l'attention de :
Secrétaire d'État Lawrence Wilde
De la part de :
Milton Dunford, ambassadeur

Suite à votre demande d'informations relative à l'engagement de la France au Québec en liaison avec les derniers événements, il ne semble pas y avoir de preuve d'une action française directe. Sur le plan diplomatique, le gouvernement français dit ignorer l'évolution de la situation dans la province et nos contacts à un niveau plus officieux n'ont rien apporté de plus. La seule déclaration publique faite récemment sur ce sujet émane du Président de la République, lors de la conférence de presse qu'il a donnée au nouvel an. Répondant à un journaliste canadien-anglais qui lui demandait quel candidat la France désirait voir élu Premier ministre du Québec, le Président a dit : « Nous ne voulons pas nous immiscer dans les affaires intérieures d'un autre pays. »

Cependant, certains indices démontrent que le gouvernement français appuie en coulisse Guy Lacroix. Le réseau de télévision français, l'O.R.T.F., qui est vous le savez une société d'État, a récemment montré un documentaire sur le Québec qui comprenait un long reportage sur Lacroix au détriment de son rival. Cette émission a été commentée notamment dans Le Monde. *D'autre part,* France-Soir, *dont le directeur est proche de l'Élysée, a publié un éditorial dernièrement (voir copie annexée) affirmant que le Québec est à un point tournant de son histoire et qu'il doit faire le choix politique qui s'impose pour assumer son destin. On ne précise pas cependant de quel destin il s'agit. Bien que n'appuyant pas ouvertement Lacroix, l'éditorial laisse supposer son appui en employant un genre de rhétorique semblable à celle qu'utilise Lacroix dans ses déclarations publiques.*

Je vous fais part aussi de quelques commentaires provenant des milieux diplomatiques, et qui valent ce qu'ils valent. Nous avons fait parler plusieurs fonctionnaires français de second plan, qui dans l'ensemble ont affirmé que Lacroix avait la faveur de la France. Mais je répète qu'il s'agit là d'opinions de subalternes.

En somme, les Français sont plus discrets que d'habitude à ce sujet, ce qui en soi suscite chez moi des soupçons. Vous savez que la France a eu longtemps pour politique de favoriser l'indépendance du Québec. À un moment donné, cet appui est devenu plus discret pour des raisons politiques. Mais, selon moi, la position française reste la même : on appuie le candidat qui peut faire l'indépendance le plus tôt possible. Ce candidat, c'est, selon toute apparence, Lacroix. Voilà, ce ne sont encore que des conjectures non corroborées par des faits, mais je vous tiendrai informé de tout nouveau développement de la situation.

« Sacré Milton, pensa Wilde. Toujours sa même prudence d'avocat. » Il jeta le rapport dans son panier.

— Très bien, Grogan. Retournez à Paris immédiatement. Vous saluerez l'ambassadeur de ma part et vous lui direz de m'informer du moindre développement dans cette affaire.

— Oui, Monsieur, dit l'attaché se levant pour partir.

— Oh ! une chose encore, Grogan.

— Oui, Monsieur.

— Un petit conseil. Si vous voulez réussir en diplomatie, laissez tomber le chiffre III, ça pourrait finir par énerver les gens.

Taylor Redfern observait la clientèle du Coq d'Or, une taverne de Pointe-Saint-Charles. Un brouillard chaud et humide, mis en relief par la fumée des cigarettes, semblait monter du plancher de béton. Une odeur âcre de bière éventée, de sueur et de tabac flottait au-dessus de tout cela. Dans un coin, un juke-box dispensait les derniers airs à la mode et dans un autre coin, juché sur une étagère, un téléviseur couleur attirait l'attention de quelques solitaires attablés devant leurs verres de bière. Même si certains étaient assis ensemble, à deux ou à trois, il ne semblait pas y avoir de conversation. Les yeux étaient rivés sur le petit écran et les oreilles absorbées par la musique du juke-box. Sûrement, Kevin Reilly n'aurait jamais amené une femme dans un endroit comme cela. Mais Redfern se devait d'inspecter tous les bars du voisinage. Il déboutonna son manteau et alla voir le barman qui lavait les verres derrière le comptoir. Puis ce fut le scénario habituel : la photographie de Reilly, quelques questions et le hochement de tête prévisible. Il avait l'habitude maintenant, c'était le onzième bar qu'il faisait. Quelques instants plus tard, il était dehors à nouveau, dans la rue couverte de neige, respirant l'air glacial qui était cependant préférable à l'atmosphère viciée qui régnait à l'intérieur du bar.

Il s'arrêta sous un lampadaire, retira un de ses gants et sortit la liste de sa poche. Il traversa la rue. Le bar suivant était à trois pâtés de maisons de là. Il eût été inutile de prendre un taxi même s'il en trouvait un. Il enfonça les mains dans ses poches et se mit à marcher dans la neige fraîche tombée. Depuis combien de temps errait-il ainsi de bar en bar pour poursuivre son enquête ? Cela faisait quatre soirs maintenant qu'il faisait le tour des restaurants et des tavernes de Pointe-Saint-Charles à la recherche de quelqu'un qui se souviendrait de Reilly et de la fille qui était avec lui. C'était la seule chance qu'il lui restait de découvrir le fond de l'histoire. Il y avait sûrement quelqu'un qui se rappelait d'eux. Mais plus il visitait d'endroits, plus il se rendait compte que l'assassinat du Premier ministre perdait de l'intérêt pour le public. Les gens commençaient à s'en ficher. Ceux qu'il questionnait n'étaient vraiment intéressés que par la lutte entre Lacroix et Belmont.

Il était attentif au bruit de ses bottes foulant la neige dans la rue déserte. Il fit une pause à l'intersection et regarda le nom de la rue pour se repérer. Il crut percevoir un mouvement derrière lui. Il se retourna et ne vit rien. Il n'y avait que l'ombre allongée des réverbères qui balisait la trace de ses pas dans la neige.

Il prit à droite, cherchant des yeux l'enseigne du Chanteclerc, qui était le prochain endroit sur sa liste. Il trouva amusant que tous les bars portent des noms d'animaux et d'oiseaux comme pour s'investir d'une fraîcheur campagnarde. Encore une fois, il sentit comme une présence derrière lui. Il s'arrêta mais tout ce qu'il entendit, ce fut la rumeur de la ville et une sirène d'ambulance au loin. La peur commençait à s'insinuer en lui. Lui revinrent à l'esprit les images de Touraine à la gorge tranchée, de l'homme à la caméra et de la femme qui avait pointé un index vers lui. Il accéléra le pas. Le bruit de ses bottes dans la neige contribuait encore à augmenter sa frayeur. Il jeta des regards apeurés autour de lui, convaincu maintenant qu'on le suivait. Chaque fois qu'il se retournait, il ne voyait que son ombre derrière lui. Il se mit à courir, sentant malgré le froid la sueur couler sur son front.

Mais la neige semblait de plus en plus engluer sa course. Les battements de son coeur répondant au martèlement assourdi de ses pieds résonnaient dans sa tête. « Oh ! mon Dieu, je deviens fou », pensa-t-il. Il regarda autour pour se réfugier éventuellement dans un autobus ou un restaurant mais il n'aperçut que des façades ternes d'immeubles. Les mannequins dans les vitrines des magasins lui semblaient de plus en plus sinistres à mesure qu'il avançait. L'air froid qu'il aspirait toujours plus vite lui écorchait les poumons et son coeur commençait à demander grâce. Il n'osait plus maintenant regarder derrière et courait de plus en plus lourdement vers une rue importante où il y aurait des passants. Il aperçut un autobus au coin de la rue et redoubla d'efforts pour le rejoindre. Le véhicule repartit comme il arrivait. Il eut beau frapper des poings sur la carrosserie et crier au chauffeur d'arrêter, l'autobus s'ébranla lentement et inexorablement sur le macadam glacé. Avec l'énergie du désespoir, il s'accrocha au pare-chocs arrière et se laissa traîner, ses bottes glissant comme des patins sur le sol gelé. Il tint bon, se félicitant intérieurement de se délivrer ainsi d'un poursuivant sans visage. Le plus difficile fut de se protéger du gaz d'échappement ; quand l'autobus fit halte à nouveau, il s'empressa de monter à bord, sûr d'avoir maintenant semé l'invisible présence qui le poursuivait. Il prit le temps de reprendre haleine avant de descendre à une station de métro où il eut soin de correspondre deux fois avant de sortir à l'intersection de Peel et de Maisonneuve. Rassuré par le va-et-vient du centre de la ville, il marcha quelques minutes jusqu'à son appartement rue de la Montagne.

C'est avec un soupir de soulagement qu'il entra dans l'immeuble et monta l'escalier. La perspective d'une bonne rasade de scotch le soulageait déjà d'une partie de sa fatigue. Heureux de se retrouver dans ses meubles, il introduisit la clé et ouvrit la porte.

— Inutile d'allumer, Redfern, dit une voix qui le figea sur place. Il y a un revolver pointé sur vous, je vous conseille de ne pas vous énerver. Venez vous asseoir, nous allons causer un peu.

« *Salon des Portraits (Québec) ltée* », indiquait l'enseigne sur la porte. Les photos de jeunes mariés bien astiqués et d'enfants souriants semblaient dévisager Raymond Mercier alors qu'il cherchait à voir par la vitrine. Il ignora l'avis « *Fermé* » sur la porte et tourna la poignée. La porte n'était pas fermée à clé comme il l'avait prévu. Dans l'obscurité, une odeur de poussière et de produits chimiques lui parvint du studio. Il jeta un regard derrière lui pour voir s'il n'avait pas été suivi. Il n'y avait pas de raisons de penser qu'il l'avait été, mais Raymond Mercier était un homme prudent. Il avait fait arrêter le taxi à deux rues du studio et il avait pris un chemin détourné pour y parvenir, flânant dans les rues du Vieux Québec comme un touriste. Trop de précautions valaient mieux que pas assez.

Un rai de lumière sous la porte au fond du studio lui signala qu'il était attendu. Il ouvrit la porte sur une pièce remplie d'équipement photographique : des appareils sur trépieds, des lampes de studio, des piles de papiers de tirage, des projecteurs, des écrans de carton et un fouillis de fils électriques. Il n'y avait personne dans ce studio mais une lueur rouge sous une seconde porte adjacente indiquait qu'il y avait quelqu'un dans la chambre noire. Il frappa pour signaler sa présence. Une voix aiguë le pria d'attendre un moment. Mercier prit une chaise et alluma une cigarette. Il se sentait un peu mal à l'aise. Durant toutes ses années d'activités politiques, il n'avait jamais rien fait qu'il n'aurait pu dévoiler publiquement. « Mais aux grands maux les grands remèdes », se dit-il cherchant à se déculpabiliser. Jean-Claude Belmont devait l'emporter et tous les moyens étaient bons pour parvenir à cette fin. Et si Belmont gagnait, lui, Raymond Mercier, serait en quelque sorte le bras droit du Premier ministre du Québec.

La lumière rouge s'éteignit et la porte de la chambre noire s'ouvrit. Mercier se leva de sa chaise pour accueillir un petit homme vif, aux cheveux noirs luisants et à la moustache fine, qui sortait avec une pile de photographies.

— Comment ç'a été, Émile ?

Le photographe répondit presque sans regarder Mercier.

— Bien, bien.

— Ça va, toi ? Et ta famille ? s'enquit tout à coup Mercier.

Émile Doucette, concentré sur son travail, avait entrepris déjà d'examiner les clichés un par un.

— Ça va bien. Et ma sœur, comment se porte-t-elle ?

— En pleine forme, et elle t'embrasse.

Mercier mentait car sa femme ne savait pas qu'il était venu voir son frère. Il voulait éviter des questions embêtantes. Il s'attacha à regarder les photos que Doucette étendait soigneusement sur la table.

— Ce sont elles ?

Doucette fit oui de la tête, et Mercier s'approcha pour mieux voir.

— C'est formidable, Émile ! Je te félicite. Comment as-tu fait ? Si je ne savais pas, je jurerais...

Le photographe haussa les épaules.

— C'est un travail très simple pour un professionnel. As-tu apporté l'argent ?

— Oui, bien sûr.

Mercier fouilla dans sa poche et en retira une enveloppe. Il la remit à Doucette qui la décacheta et compta les billets. Mercier n'avait jamais aimé son beau-frère et ce manque de confiance manifeste accentuait encore le mépris qu'il avait pour lui.

— Tu n'a rien à craindre, tout y est.

Doucette faisait un bruit de succion entre ses dents en comptant chaque billet. Mercier examina les photos encore.

— Remarquable ! Je n'aurais jamais cru que c'était possible, dit-il.

Il ne faisait pas de doute dans sa tête que son plan réussirait.

— Oui, tout y est, dit Doucette en replaçant l'élastique autour de la liasse avant de l'empocher.

Il rassembla les photographies et les glissa dans une enveloppe de papier brun.

— Voilà, Raymond. Je n'ai pas envie de savoir ce que tu veux en faire. Si ça prête à conséquence, évidemment je nie toute participation. Si je n'avais pas eu besoin d'argent, je n'aurais jamais accepté.

— Oui, oui, bien sûr. Cela reste entre nous.

— Maintenant, si tu veux m'excuser, j'ai du travail à finir.

Mercier glissa l'enveloppe dans son manteau et salua son beau-frère.

— Bonne nuit, Émile, et embrasse Hortense de ma part.

Le clignotement d'une enseigne au néon en face de l'appartement de Redfern éclairait par intermittence un homme vêtu d'une lourde pelisse et brandissant un 38. L'homme fit signe à Redfern de s'asseoir. Le journaliste obéit le coeur battant. Comme ses yeux s'habituaient à l'obscurité, il vit que l'homme ne le regardait pas. Il semblait attendre.

— On ne fait que s'asseoir alors ? demanda Redfern. Sinon je peux sortir les cartes.

— Monsieur Redfern, nous ne sommes pas venus ici pour rire. On pourra peut-être causer en paix maintenant que vous ne risquez pas de nous échapper.

Il replaça son revolver dans un étui sous l'aisselle et fit de la lumière.

— Puis-je savoir à qui j'ai l'honneur ?

— Un petit moment.

La porte de la chambre s'ouvrit et un deuxième homme apparut. Derrière lui, Redfern put apercevoir ses vêtements qui pendaient des tiroirs ouverts de sa commode.

— C'est ça, faites comme chez vous, lança Redfern d'un air dégoûté.

— Permettez que je me présente, dit le premier homme. Je suis le lieutenant Charles Watson, de la Gendarmerie royale. Et voici mon collègue Frank Stubbs, de la C.I.A.

Redfern sentit tout à coup fondre sa peur.

— Puis-je voir vos cartes d'identité ?

Les deux hommes retirèrent de leur poche des cartes plastifiées qu'ils lui tendirent. Redfern les examina, elles lui parurent authentiques.

— Vous savez que vous m'avez donné la trouille. Je pensais bien que ma dernière heure était arrivée.

— Relaxez, monsieur Redfern, dit l'Américain.

— Relaxez ! c'est beau à dire mais je voudrais bien vous voir à ma place.

— J'ai un mandat de perquisition en bonne et due forme, monsieur Redfern, si vous voulez voir, reprit Watson.

Redfern secoua la tête.

— Oui, j'en suis sûr. Et maintenant que voulez-vous de moi ?

— Des renseignements, répondit Stubbs. Nous vous avons à l'oeil depuis quelque temps. Pour votre propre sécurité.

— Il semble que vous êtes mieux renseigné que quiconque ici, fit remarquer Watson.

Son ton était devenu plus amical, presque confidentiel.

— C'est drôle, taquina Redfern. Je croyais que c'était vous les professionnels.

— Il vaudrait mieux nous faire confiance, monsieur Redfern, dit Watson. Je vais être franc avec vous.

— Je vous écoute.

— Nous sommes très désavantagés ici, continua Watson. La Sûreté du Québec, ai-je besoin de vous le dire, ne coopère pas beaucoup.

— Dites plutôt qu'elle fait carrément obstruction, coupa Stubbs.

— Laissez-moi continuer, Frank. La Gendarmerie s'est vu refuser l'accès à toute information relative au meurtre du Premier ministre. La police provinciale ne bouge pas et nous savons de source sûre, que les autorités font tout pour tenir la chose morte selon des ordres émanant directement du cabinet du P.Q. Plus particulièrement du clan Lacroix. Si nous n'arrivons pas à percer l'énigme de ce meurtre, Lacroix pourra continuer à éclabousser Ottawa pour son profit personnel.

— Oui, je comprends tout cela. Mais qu'attendez-vous de moi ?

— Nous voulons savoir ce que vous connaissez exactement de l'affaire. Au sujet de Touraine et des pots-de-vin. Au sujet de l'Int-con, au sujet de Reilly et de tout ce qui peut vous venir à l'esprit. Et puis nous aimerions vous voir reprendre le premier avion pour Vancouver ; autrement, mon ami, vous allez vous retrouver rapidement à la morgue municipale.

— Ou dans un garage quelque part, comme Touraine ?

— Nous n'avons rien à faire avec cela, intervint Stubbs. Ce n'est pas notre façon de travailler.

— Mais qu'est-ce que la C.I.A. vient faire ici de toute façon ? demanda soudain Redfern. C'est une affaire canadienne, après tout ?

Le lieutenant Watson soupira.

— Dans des affaires d'intérêt commun, nous travaillons de concert avec la C.I.A. et le F.B.I.

— Et il s'agit ici d'une affaire d'intérêt commun, ajouta Stubbs.

— Vous voulez que je vous dévoile mes sources, n'est-ce pas ? La belle affaire !

— Écoute, l'ami...

Frank Stubbs avait fait un pas en avant, mais Watson le retint.

— Écoutez, Taylor, vous ne vous en rendez peut-être pas compte, mais si vous êtes encore en vie, c'est un peu grâce à nous. Et si vous avez obtenu bien des informations, ç'a été aussi un peu notre faute. Comment pensez-vous que votre journal a été mis au courant des antécédents de Reilly à la Gendarmerie royale ? Et qui pensez-vous vous a conduit jusqu'à madame Touraine ?

— C'est vous qui avez remis l'enveloppe à mon fils ?

Watson fit signe que oui.

— Nous l'avions trouvée mais nous ne pouvions pas entrer en contact avec elle. La Sûreté du Québec aurait crié au meurtre et on nous aurait accusé de nous mêler des affaires intérieures du Québec. Vous étiez donc notre intermédiaire tout désigné auprès d'elle.

— Bon Dieu ! s'écria Redfern qui semblait faire un effort de mémoire. Est-ce vous qui preniez les photos le jour des funérailles du Premier ministre ?

— Pourquoi nous demandez-vous cela ?

— Pour rien. Et Touraine dans tout cela ?

— Ce n'est pas très gai, repartit Stubbs. C'est lui qui aurait pu nous dire qui était derrière toute cette affaire. Vous ne nous avez pas rendu service, Taylor, en divulguant cette histoire de pot-de-vin. Il était devenu trop gênant ; on l'a éliminé.

— Mais qui, qui se trouve derrière tout cela ?

— C'est justement ce que nous essayons de trouver, dit Watson. Et c'est pourquoi nous avons besoin de votre aide.

Redfern s'adossa dans son fauteuil. Il commençait à avoir chaud. Il ferma les yeux mais ne fit aucun geste pour enlever son manteau. Il essaya de faire le point rapidement. Il vaudrait mieux qu'il mette ces types de son côté plutôt que contre lui. Il devait leur fournir assez d'informations pour les satisfaire, mais pas assez pour qu'on l'écarte de l'affaire.

— Très bien, dit-il enfin, que voulez-vous savoir ?

Durant les deux heures qui suivirent, il fut soumis à un barrage de questions, conçues habilement, pour découvrir de nouveaux faits sur l'assassinat et ses multiples ramifications. Redfern chercha à paraître le plus calme et le plus collaborant possible, tout en prenant soin de divulguer seulement ce qu'il croyait que les deux hommes savaient déjà. Ils en arrivèrent bientôt à la fin de l'interrogatoire.

— Mais pourquoi donc faisiez-vous la tournée des bars de Pointe-Saint-Charles ? demanda Watson.

— Reilly avait un cousin ou un oncle avec qui il allait à la chasse quand il était à l'école. J'essayais de le retrouver. Il aurait peut-être pu m'apprendre des choses.

— Vous passez beaucoup de temps à chercher quelqu'un qui pourrait vous apprendre quelque chose, fit remarquer Stubbs, qui était assis sur le bras du fauteuil de Redfern.

— C'est probablement lui qui a enseigné à Reilly à se servir d'un fusil, répondit le journaliste en fixant la figure ronde, empourprée, de Stubbs. « Il a l'air d'un diabétique », pensa-t-il. J'avoue que c'est plutôt mince comme piste, mais on ne sait jamais.

Les deux agents échangèrent un regard et Watson haussa les épaules.

— Ça va, Taylor, dit-il en se levant. Maintenant vous feriez bien de suivre mon conseil. Quittez Montréal et oubliez cette histoire.

— C'est un ordre ?

— Appelez cela plutôt un conseil d'ami, lui dit ironiquement Stubbs en lui tapotant l'épaule.

— Et si je ne marche pas ?

Watson eut un sourire, le premier de toute la soirée. Il prit un morceau de papier et y inscrivit un numéro de téléphone.

— Appelez-moi à ce numéro si vous tombez sur quelque chose que vous voudriez nous faire connaître.

Il jeta un coup d'oeil circulaire dans l'appartement.

— Nous nous excusons du désordre. Nous aurions aimé vous aider à tout remettre en place mais notre temps est compté.

Les deux agents sortirent et Redfern mit la chaîne sur la porte. Il sortit une bouteille de scotch et s'en versa une généreuse rasade. Il était assez fier de lui-même. Ils ne connaissaient pas l'existence de la fille. Il avait encore une bonne avance sur eux.

En reconnaissance du talent d'hôtesse politique de sa femme, Lawrence Wilde avait commandé un gâteau en forme de Capitole. Au sommet, on voyait une inscription en glaçage rose : « Bon anniversaire, Madeleine. » Une chandelle avait été très diplomatiquement placée à l'endroit du drapeau. Ce gâteau, qui figurait au centre de la table à hors-d'oeuvre, était le thème central des conversations. Wilde, rompu depuis longtemps aux subtilités de ces soirées officielles, savait fort bien que si ses invités n'avaient rien d'autre en commun, au moins ils pourraient parler du gâteau dont la présence leur donnait l'occasion de quelques épigrammes...

Le secrétaire d'État se sentait tout à fait dans son élément alors qu'il allait d'un groupe à l'autre, échangeant des anecdotes et des on-dit, offrant ses hommages à quelques femmes de diplomates et s'assurant, en fin de compte, que les représentants de Washington s'abouchaient avec les délégués commerciaux et les ambassadeurs, dont l'amitié pouvait favoriser les intérêts américains dans le monde.

Leur réception allait être un grand succès. On pouvait voir le premier secrétaire de l'ambassade d'Israël converser poliment avec l'attaché commercial de Syrie devant le buffet. Peut-être bien qu'on arriverait à s'entendre sur quelque chose, là.

Il se dirigea vers le bar pour remplir son verre, serrant des mains et lançant des mots de bienvenue aux derniers arrivés. Il aperçut l'ambassadeur d'Iran — il se rappela qu'il devait lui parler plus tard — et puis à la porte, l'ambassadeur de France, Maurice de Couvelles, qui confiait son manteau et son chapeau au portier. La femme en manteau de zibeline qui l'accompagnait n'était pas son épouse, mais, pensa-t-il, les Français pouvaient s'accommoder de ces choses tellement mieux que les Américains. Il s'entretiendrait avec de Couvelles plus tard, à la fin de la soirée. De toute façon, il fallait absolument qu'il lui parle ce soir.

Alors que le barman noir lui préparait un whisky, Wilde embrassa la salle du regard. Près de trois cents personnes, y compris tous les principaux diplomates en poste à Washington, avaient été invitées à fêter le quarantième anniversaire de naissance de Madeleine et très peu avaient décliné l'invitation. La satisfaction qu'il en ressentait s'accompagnait de fierté pour les talents d'hôtesse accomplie de sa femme. Il croisa son regard, à travers la salle déjà remplie : elle était lancée dans une conversation animée avec la femme de l'ambassadeur d'Italie, avec laquelle elle devait essayer son exécrable italien, pensa-t-il.

— Une autre soirée triomphale pour Maddy, hein, Larry ?

C'était David Dwyer, l'ambassadeur d'Australie, un ami de longue date qui attendait près de lui que le barman remplisse son verre de champagne.

— On dirait, oui ! Mais ce qui me dépasse, c'est comment elle a fait sortir tout ce monde à la mi-janvier pour venir la voir souffler ses chandelles d'anniversaire.

— C'est une femme qui a beaucoup de persuasion, reprit le diplomate australien. Vous devez bien le savoir.

Lawrence Wilde sourit. Il le savait bien, trop bien.

— Dites donc, allez-vous être à Nassau, le mois prochain, pour notre week-end annuel de golf ?

Wilde secoua la tête.

— Je ne sais pas, Dave. De la façon dont les choses se déroulent au Canada et en Grande-Bretagne, il est fort possible que je ne puisse pas y aller cette année. Vous comprenez, avec ces deux épines dans le pied...

— Comment, deux épines ?

— Oui, la canadienne et la britannique.

— Ah oui, très piquant, Wilde ! dit en souriant l'Australien.

Les week-ends de golf avec Wilde n'étaient pas seulement amusants, mais ils fournissaient aussi l'occasion de connaître les dernières évolutions de la politique étrangère américaine.

— Eh bien ! poursuivit l'ambassadeur, vous me ferez savoir si vous le pouvez. Au fait, j'ai quelque chose d'intéressant à vous dire.

— Ah ?

— Il paraît que la France sonde actuellement les reins et les cœurs, pour voir dans quelle mesure nous serions disposés à desserrer nos contrôles sur l'exportation de l'uranium. Elle est intéressée à passer un contrat d'approvisionnement à long terme.

— Vraiment ?

— Le plus grand secret entoure encore l'affaire, mais elle semble sérieuse. Selon ce que j'ai pu savoir de mon gouvernement, les Français n'auraient pas la moindre chance d'obtenir ce qu'ils veulent. Mais, par contre, ils menacent de hausser les droits d'importation du beurre et du mouton.

— La France, dit Wilde en fronçant les sourcils, n'a pas acheté d'uranium sur le marché international depuis des années. Sauf quelques ventes d'appoint. Qu'est-ce qui se passe d'après vous, Dave ?

— Je me le demande. J'ai pensé que l'information t'intéresserait.

— Oui, beaucoup, Dave. Merci. Je te ferai savoir au sujet de Nassau.

Les deux hommes s'éloignèrent et se mêlèrent aux invités.

Il était déjà minuit passé lorsque Lawrence Wilde put inviter Maurice de Couvelles à le rejoindre pour un cognac, dans la bibliothèque à l'étage.

— J'ai acheté une encre de Matisse chez Parke-Bernet à New York et j'aimerais connaître votre opinion, dit-il à l'ambassadeur français en guise d'introduction, et aussi pour le soustraire à deux diplomates soviétiques.

Il prit le vieil ambassadeur sous le bras et le conduisit à l'étage.

— Votre réputation de connaisseur en matière d'art vous avait précédé à Washington, Monsieur, dit Wilde flatteur.

De Couvelles eut un sourire circonspect.

149

— Quand un Américain fait allusion à ma réputation de connaisseur, je m'attends au pire.

La bibliothèque était l'endroit désigné pour parler en paix, loin de la musique et des conversations. On y avait allumé un feu de bois, et disposé une carafe de Courvoisier avec deux ballons dans un plateau d'argent, sur la table à café. Wilde versa des portions généreuses dans les verres, alors que de Couvelles examinait discrètement l'oeuvre d'art, qui avait été placée sur le manteau de la cheminée.

— Belle acquisition, je vous félicite, dit-il à Wilde qui lui tendait le cognac. Puis-je avoir l'indiscrétion de vous demander combien vous l'avez payée ?

— 17 000 dollars.

— Mais c'est une bonne affaire ! Vous avez un oeil d'expert, Lawrence.

L'ambassadeur se retourna vers lui. Il paraissait bien ses soixante-douze ans, songea Wilde. Sa figure était marquée profondément par l'ambiguïté de son rôle. L'ironie avait creusé des rides autour de sa bouche, alors que le regard restait solennel. Il avait un port qui dénotait son ascendance aristocratique, bien qu'il eût laissé tomber son titre. C'était, avait-il expliqué, par déférence à l'endroit des jeunes nations africaines.

— Votre Matisse est remarquable, mais j'ai depuis longtemps passé l'âge de croire que l'on m'arrache à une réception pour me montrer seulement un dessin. Qu'avez-vous derrière la tête ?

Son anglais était impeccable, sans la moindre trace d'accent.

Le secrétaire d'État fit asseoir l'ambassadeur d'un signe.

— On ne peut rien vous cacher, Maurice. Venons-en au fait. Le Président m'a fait part de son inquiétude au sujet de l'ingérence de votre gouvernement dans les affaires du Québec. S'il vous plaît, laissez-moi terminer. Je ne vous ai pas fait venir seulement pour une discussion théorique sur le sujet. J'ai l'espoir que nous pourrons résoudre la chose avant qu'elle devienne un peu gênante pour tout le monde.

De Couvelles fronça les sourcils mais laissa Wilde continuer.

— Cette question préoccupe beaucoup le Président. Il m'a chargé de faire en sorte que le gouvernement français en soit informé.

L'ambassadeur français avait une expression d'étonnement répandue sur tous ses traits. Si Wilde n'avait pas connu l'attitude remarquable de l'homme à masquer ses émotions, il aurait pu jurer que de Couvelles n'avait aucune idée de ce qu'il racontait.

— Excusez-moi, Lawrence, mais je ne suis pas sûr de bien comprendre. Évidemment, la France s'intéresse au Québec. Nos liens historiques remontent à quatre cents ans. Nous partageons le même héritage culturel mais c'est une politique bien définie de mon gouvernement de ne pas s'ingérer dans les affaires canadiennes comme c'est aussi la politique de votre gouvernement, je présume. Je puis vous assurer que nous n'avons rien fait pour compromettre cette position.

Le secrétaire d'État fit pivoter le verre de cognac dans sa main et fixa les flammes du foyer. L'entretien allait être plus difficile qu'il ne le croyait.

— Maurice, nous nous connaissons depuis longtemps. Nous sommes tous deux au fait des règles du jeu. Mais il ne s'agit pas ici d'un jeu. Le Président n'a jamais été aussi sérieux au sujet du problème québécois. Mon département a fait préparer un rapport détaillé sur l'indépendance du Québec et ses répercussions possibles sur les États-Unis, à la fois aux plans économique et géopolitique. Sur la base de ce rapport, j'ai informé le Président que les États-Unis ne pouvaient tolérer un tel changement politique.

— Je vois, dit de Couvelles en fixant son verre de cognac.

— Nous avons aussi entrepris une étude analogue sur les effets de l'indépendance du Québec pour votre pays. Vous en seriez bénéficiaire de plusieurs façons : un nouveau marché s'ouvrirait pour vos produits manufacturés, vous auriez accès à un vaste réservoir de richesses naturelles, notamment le fer, l'amiante, le cuivre et... l'uranium.

— L'uranium ?

— Cessons de jouer, Maurice. Nous sommes au courant autant que vous de la découverte d'un gisement d'uranium à la baie d'Hudson par l'Intcon. Mais je n'ai pas fini. Un Québec indépendant fournirait aussi à la France un levier politique de grande importance en Amérique du Nord pour la première fois depuis deux siècles, et cette influence pourrait même s'étendre jusqu'à la Louisiane, sait-on jamais. Inutile de vous dire que le gouvernement américain envisage cette perspective d'un très mauvais oeil. Est-ce assez clair ?

— On ne peut plus.

— Je vous ai dit que je n'irais pas par quatre chemins, Maurice. Selon nos sources d'information au Québec, si Guy Lacroix prend la direction du Parti Québécois le mois prochain, une déclaration unilatérale d'indépendance sera faite dans les semaines suivantes. Nous ne pouvons accepter cela, comme nous ne pouvons tolérer la moindre ingérence d'une puissance étrangère agissant dans ce dessein. C'est clair, n'est-ce pas ?

— Monsieur le Secrétaire, c'est d'une clarté aveuglante ; mais pourquoi toutes ces histoires ? Quelles preuves avez-vous que mon gouvernement s'est écarté de sa politique de non-intervention ?

Wilde desserra le col de sa chemise. Il sentait la chaleur du foyer.

— Ce n'est pas la question. Nous avons des raisons de croire que vos agents sont à l'oeuvre au Québec. Je vous avertis, Maurice, que nous ne voulons pas de cela. Les États-Unis n'accepteront jamais d'ingérence étrangère au Québec. Voulez-vous l'entendre de ma bouche ou de celle du Président ?

L'ambassadeur de France déposa lentement le verre de cognac encore intact sur la table.

— Eh bien, la doctrine Monroe est revenue en force à ce que je vois.

Le ton de sa voix cachait à peine le cynisme de la remarque.

— Si vous voulez considérer la chose de cette façon, reprit Wilde.

L'ambassadeur se leva de son fauteuil.

— Je vous sais gré de votre cognac et de votre hospitalité, monsieur le Secrétaire, dit-il avec déférence. J'espère que votre Matisse vous donnera bien de la joie. Vous m'excuserez, je dois partir maintenant.

Le corps et les jambes des danseurs et danseuses de la Discocave semblaient se fondre aux pulsations frénétiques de la musique et des lumières changeantes. Alors que les silhouettes sur la piste passaient du vert au rouge et au bleu, Taylor Redfern se frayait un chemin dans la foule des jeunes Canadiens français qui se pressaient au bar. L'épaisse fumée qui remplissait la salle comme un brouillard matinal lui piquait les yeux. Il les essuya délicatement avec son mouchoir en prenant soin de ne pas déplacer ses verres de contact.

Après les bars, il faisait maintenant la tournée des discothèques pour trouver la petite amie de Reilly. Un copain de Reilly dans une taverne de Pointe-Saint-Charles s'était souvenu d'avoir vu l'assassin en compagnie d'une séduisante fille aux cheveux noirs à la Discocave, rue Saint-Denis. Il n'avait pas rencontré la fille lui-même, Reilly ne la lui ayant pas présentée. Mais quelqu'un sûrement devait la connaître dans cette boîte. Peut-être avait-elle fréquenté l'endroit avec Reilly ?

Redfern s'approcha du bar. Le barman était très affairé à remplir les commandes de trois serveurs. Il n'y avait pas de tabouret libre, mais Redfern s'inséra entre deux blondes qui mâchaient du chewing-gum et qui lui lancèrent des regards outragés. Lorsqu'il put avoir enfin l'attention du barman, Redfern lança :

— Une 50, s'il vous plaît ! et je voudrais quelques renseignements, dit-il en glissant à l'homme un billet de cinq dollars.

Le barman lui jeta un regard soupçonneux. Redfern sortit une photographie de sa poche.

— Vous connaissez cet homme ? Il est déjà venu ici ? Avec une fille aux cheveux noirs ?

— Pourquoi voulez-vous savoir cela ? Vous êtes de la police ?

— Non, il s'agit de ma fille. Elle s'est enfuie de la maison.

Le barman prit la photo et alla l'examiner à la lumière près de la caisse.

— Oui, je l'ai vue quelque part. Mais attendez, euh... attendez une minute. N'est-ce pas le gars qui a tué le Premier ministre ?

— Oui, vous le connaissez ?

Redfern sentait qu'il allait trouver quelque chose. Le barman rejeta la photo sur le bar comme si elle était infecte.

— Non, j'ai rien à voir avec cet écoeurant.

Il allait s'éloigner, mais Redfern l'arrêta d'un cri.

— Attendez ! Dites-moi s'il est déjà venu ici.

— Qui sait ? répondit le barman désignant d'un geste la foule des danseurs qui encombrait la piste. Comment peut-on bien voir les figures dans un endroit comme ici ?

— Et les serveurs ? demanda Redfern qui sentait le poisson lui échapper. Ils se souviennent peut-être de lui, eux. Ou de la fille.

L'homme revint, la figure menaçante. Il se pencha au-dessus du bar et approcha sa figure si près du journaliste que celui-ci put discerner les pores de sa peau jaunâtre.

— Écoute-moi bien, l'ami. Tu vas sortir d'ici tout de suite. On n'a pas besoin d'emmerdeur comme toi dans nos jambes. T'as compris ? Maintenant décampe.

Le barman avait déjà tourné le dos. Redfern remarqua que son cinq dollars était disparu.

— Tu peux garder la monnaie, lança-t-il en se dirigeant vers la sortie.

Il n'avait pas vu que le barman avait fait un signe à deux robustes videurs à l'arrière de la salle.

Dehors, dans la nuit froide, Redfern aspira une bonne bouffée d'air frais. Le barman connaissait Reilly, il en était sûr. Il chercha des yeux un taxi qui pouvait l'amener au *Chronicle*. Soudain, il sentit la présence d'un homme derrière lui sur le trottoir.

— Excusez-moi, Monsieur. Vous demandiez des renseignements sur Reilly et une jeune femme, n'est-ce pas ?

Redfern examina la figure de l'étranger. Il avait dû lever la tête car l'homme mesurait près d'un mètre quatre-vingt-dix et sa carrure semblait cacher toute la rue derrière lui. Il avait le type parfait du lutteur professionnel avec le nez cassé et les oreilles en chou-fleur.

— Que savez-vous de lui ? demanda aussitôt Redfern, qui était sur ses gardes et jetait des regards circulaires pour voir comment il pourrait s'échapper éventuellement.

— J'ai des petites informations que je pourrais vous donner moyennant...

— Combien ?

— Cinquante dollars.

— C'est beaucoup. Est-ce que ça les vaut ?

— Ça dépend de vous, si vous voulez vraiment savoir.

Redfern n'avait guère le choix. Quel autre moyen avait-il de savoir ? Et d'autre part, s'il refusait, cette espèce d'armoire à glace qu'il avait devant lui pouvait très bien ne pas rester aussi poli.

— Bon, ça va.

Il sortit son porte-monnaie.

— Pas ici, s'empressa de dire l'homme. Pas sous les réverbè-res. Allons plus loin.

Il fit signe à Redfern d'entrer dans une ruelle à côté de la discothèque. Le journaliste hésita un moment, puis il commença à marcher lentement dans l'ombre épaisse de la ruelle. Son coeur battait à tout rompre, alors qu'il allait rejoindre la lourde masse humaine qui l'avait devancé.

— Jésus-Christ !, s'exclama Cameron Craig au téléphone.

Le soleil se levait au-dessus du Saint-Laurent, jetant des reflets éblouissants dans la fenêtre.

— Deux côtes cassées ? Et combien de dents ? Oui, je com-prends. Il n'est pas vraiment en danger, vous dites ? Bon, tant mieux. Non, sa famille est à Vancouver. Je vais la joindre. Très bien. Entendu. Merci d'avoir appelé.

Il raccrocha et appela sa secrétaire.

— Julie, venez ici. Taylor Redfern a été battu dans une ruelle hier soir. Il est à l'hôpital Royal Victoria. On vient d'appeler.

— Bonté divine ! Est-ce grave ?

— Taylor est un peu secoué mais ce n'est pas très grave à ce qu'il semble. On l'a examiné et il n'y a pas de lésions internes. On va le garder deux jours par mesure de précaution.

— Est-ce qu'on lui envoie des fleurs de la part du bureau ?

Julie ne pouvait pas dissimuler son faible pour Redfern.

— Le journal ne peut se permettre d'aller couper des fleurs en hiver. Il aurait dû attendre au printemps.

— Au moins, je vais lui apporter des magazines. Ne craignez rien monsieur Craig, je vais les payer de ma poche, dit la fille en tournant les talons.

— Eh bien, apportez-lui ça en même temps ! lança Craig.

Il avait pris un tabloïd francophone qu'il avait l'intention de lire plus tard. Julie était déjà sortie. Il rejeta le journal sur son bureau mais son regard resta accroché à la une, qui montrait une photo de Guy Lacroix. Il était accompagné de deux hommes et les trois montaient à bord d'un avion de l'Aeroflot. Le titre s'étalait en caractères géants : *LACROIX, AGENT SOVIÉTIQUE ?*

Chapitre 7

À l'aide de pinces, Hilaire Noël déposa un insecte mort sur une feuille de sa dionée et regarda la plante l'engloutir.

— Voilà pour vous, ma chère ! dit-il en s'adressant à la plante, semblant oublier la présence d'Antoine de Luzt, qui était assis de l'autre côté de la table à café. C'est de la nourriture d'hiver, spécialement pour toi, dit-il déposant les pinces et se tournant vers de Luzt. Il n'y a pas beaucoup de nourriture pour elle dans les parages à cette époque de l'année. J'en garde en réserve dans le congélateur.

— Vous ne la mettez pas avec vos glaçons j'espère, Hilaire !

De Luzt commençait à s'impatienter, car le vieil homme cherchait encore à noyer le poisson. Il n'était pas venu voir Noël pour encaisser une démonstration sur l'entretien des plantes insectivores.

— Eh bien, quelle est votre réponse ? demanda de Luzt alors que Noël se penchait sur la table pour aller chercher un autre insecte décongelé avec ses pinces.

Le vieux fonctionnaire se renfonça dans son fauteuil avec un soupir de résignation.

— 10 000 000 de dollars, c'est beaucoup, Antoine. Nous avons convenu d'un prix, c'était marché conclu, n'est-ce pas ? 750 000 dollars si l'entreprise réussit. C'était, à mon avis, une offre très généreuse. Mais 10 000 000, je trouve cela un peu fort.

— Ce n'est pas trop fort quand on sait ce qui est en jeu au Québec. Si vous aviez été honnête avec moi dès le départ, Hilaire... Et puis, peu importe ! Maintenant que je me rends compte de l'importance de la chose pour la France, je fais monter les enchères. Ou disons plutôt que je vais vous offrir des services supplémentaires.

— Vous, la chose vous profite déjà beaucoup, Antoine, mieux en tout cas que vous n'étiez en droit d'attendre.

Noël avait changé d'attitude, il était devenu plus alerte, plus tranchant.

— Je crois que votre compagnie a acheté une énorme quantité d'actions de l'Intcon. C'est très astucieux. Si la situation évolue au Québec comme nous le souhaitons, vous pourriez bien frapper un grand coup.

Il eut un petit air ironique qui semblait laisser pointer une menace. De Luzt réfléchit un moment. Le gouvernement français menait évidemment son enquête de son côté.

— Toute spéculation que je puis faire sur le marché des valeurs n'entre pas en question ici, répliqua-t-il. Mais puisque nous sommes venus sur le sujet, je n'ai pas à vous rendre compte de cela. Vous avez fait tout votre possible pour me cacher les informations.

Noël parut froissé.

— Je n'avais pas le choix, Antoine. Question de sécurité.

— Sécurité, mon oeil ! explosa de Luzt. J'ai des gens à mon service qui risquent leur vie dans cette affaire. Le moins que je puis attendre, c'est d'être pleinement et convenablement payé pour les risques encourus. Maintenant, me donnez-vous l'argent ou non ? Si c'est non, je vous avertis que vos amis de l'Élysée peuvent s'asseoir sur leurs fesses et regarder comment je fais de Jean-Claude Belmont le prochain Premier ministre du Québec.

— Êtes-vous en train de faire chanter le gouvernement ?

Noël jeta un autre insecte à la plante, qui l'engloutit aussitôt. Le vieil homme se tourna vers de Luzt en souriant.

— La partie est serrée, Hilaire. On ne peut se permettre de jouer mal. Tout le monde doit veiller au grain en ces temps d'inflation. Seulement, j'aurais bien aimé que vous me parliez du Super-Phénix.

— La chose ne s'était pas produite avant notre première rencontre, je vous le jure, Antoine. Il y avait alors d'autres raisons d'agir au Québec. L'affaire du Super-Phénix n'a fait que rendre l'opération plus urgente.

— Cela importe peu, dit de Luzt. Ce qui compte maintenant, c'est que le gouvernement a besoin plus que jamais de réussir au Québec. Mon tarif est toujours de 10 000 000 de dollars.

Hilaire Noël ferma les yeux, apparemment pour réfléchir. Il y eut plusieurs minutes de silence. De Luzt se demandait si le vieil homme ne s'était pas laissé aller au sommeil.

— Hilaire ?

— Ça va, Antoine. Vous aurez l'argent.

— Je veux obtenir la moitié tout de suite, en dépôt dans ma banque du Liechtenstein pour mercredi prochain. L'autre moitié sera payable à la fin de l'opération.

— Entendu.

— Bon, maintenant j'ai les coudées franches.

De Luzt se leva et tendit la main à Hilaire Noël. Le vieil homme hésita un instant avant de la prendre.

— Vous êtes dur en affaires, Antoine.

— C'est ma façon de survivre, repartit de Luzt.

De son lit, dans son appartement, Taylor Redfern pouvait apercevoir la ligne morne du ciel au-dessus des immeubles d'en face. Le moindre mouvement qu'il faisait provoquait une grande douleur dans sa poitrine et son cou. Il devait être l'heure de prendre un autre cachet de Demerol. Il regarda sa montre sur la table de chevet : 8 h 05 du matin. Il avait mal dormi. Il y avait maintenant cinq jours qu'il avait été battu dans la ruelle, et deux depuis qu'il était sorti de l'hôpital. Il aurait dû se sentir mieux maintenant mais la douleur était toujours là.

Il se glissa lentement hors du lit et traversa avec peine l'appartement jusqu'à la cuisine. Il ouvrit le réfrigérateur et prit une boîte de jus d'orange. Involontairement, il passa la langue sur les alvéoles dont les dents avaient été arrachées. Il transporta le jus d'orange jusqu'au comptoir et s'en versa un verre ; il prit un cachet dans une bouteille dans l'armoire. En s'étirant légèrement il réveilla la douleur de son côté droit. Il passa la main sur l'épais bandage. « Dieu ! pourvu que le médicament fasse effet rapidement », pensa-t-il.

Redfern arrivait difficilement à se rappeler ce qui était arrivé dans la ruelle derrière la Discocave. En arrivant près de l'homme qui l'attendait dans l'obscurité, il avait éprouvé comme une explosion de lumière et avait senti le sang chaud couler de son nez sur sa bouche et dans son cou. Il était allé frapper contre un mur et puis ne se souvenait plus de rien, jusqu'à ce qu'il eût repris conscience à l'hôpital.

Il se versa un autre verre de jus d'orange et marcha en clopinant vers le living-room. Les médecins lui avaient dit qu'il n'était pas gravement blessé. « Si c'était le cas, se disait-il, je ne voudrais pas savoir ce qu'est la vraie douleur. » Avec mille précautions, il posa les pieds sur un pouf et se cala dans son fauteuil, écoutant le trafic matinal sous ses fenêtres. Le Demerol commençait à faire effet. La douleur s'engourdissait et ses paupières se faisaient lourdes.

Il allait s'endormir lorsqu'il fut réveillé brusquement par la sonnerie du téléphone. Il fit un geste brusque pour se lever et la douleur revint. Le téléphone s'entêtait à sonner dans le coin. En pestant contre Graham Bell, il se dirigea vers l'appareil en s'appuyant sur les meubles.

— Allô !

— Taylor, c'est Cam. Comment allez-vous ?

— Ah, c'est vous.

Même parler lui était douloureux.

— Comment vous sentez-vous ?

— Comme si je venais d'obtenir le second prix dans un concours de laideur. Et vous, Cam ?

— Eh bien, je voulais seulement prendre de vos nouvelles. J'aurais aimé vous voir plus tôt mais je déteste les hôpitaux. Ça me rend malade.

— Ça va. Merci pour les fleurs, au fait. Elles ont égayé la chambre.

— Ce n'est rien. Puis-je vous être utile ?

Redfern réfléchit un moment. Dans l'état où il se trouvait, il ne pourrait sortir de son appartement avant quelques jours. Mais il avait du pain sur la planche. S'il avait été battu, c'est qu'il devait être proche de quelque chose.

— Cam, dit-il, ce dont j'ai le plus besoin, c'est de l'aide. Une autre paire de jambes ou quelqu'un qui puisse partir en chasse pour moi.

— En chasse, pourquoi ?

— De quoi voulez-vous que je parle, Cam ? L'affaire sur laquelle je travaille depuis trois mois. Et ce type qui m'a battu: je pense que je suis vraiment sur une bonne piste.

Il y eut un silence à l'autre bout du fil.

— Vous êtes toujours là, Cam ?

— Ouais. Écoutez, Taylor, je vais être franc avec vous. Je vous ai déchargé de cette affaire. Plus d'enquête. Les choses sont déjà allées trop loin comme ça.

— Qu'est-ce qui se passe ? Ils vous ont rejoint aussi ? Ils veulent vous museler, n'est-ce pas ?

— De quoi parlez-vous ? C'est de vous et de votre famille qu'il s'agit.

— Mais je suis presque arrivé au but. Je ne peux pas m'arrêter là. Pourquoi croyez-vous que j'ai fait tout cela ? Qu'est-ce que cela m'aura donné si je laisse tout tomber ?

Redfern se sentit la tête lourde.

— Inutile de discuter, je ne reviendrai pas sur ma décision. Si ça continue, vous allez finir comme Touraine, et je ne veux pas en prendre la responsabilité. Vous êtes comme un fils pour moi. Je vous retire de ce dossier dans votre propre intérêt. Cette histoire n'est pas digne que vous mourriez pour elle, Taylor. Il est écrit dans la Bible : « Car pour l'homme qui est parmi les vivants, il y a de l'espérance ; mieux vaut un chien vivant qu'un lion mort. » Et vous n'avez que trente-huit ans, bon Dieu !

— Voyons, Cam.

— Je ne veux pas en discuter davantage, Taylor. Rappelez-moi si vous avez besoin de quelque chose.

Il raccrocha, laissant Redfern le combiné à la main. Celui-ci raccrocha à son tour rageusement.

— Maudit hypocrite ! s'écria Redfern, indigné. Me citer la Bible alors qu'il doit seulement s'en servir comme butoir de porte.

Il revint s'installer dans son fauteuil, frappant du poing de rage sur le bras de cuir. « La Bible ! » Mais il songea tout à coup que ce mot avait une portée qui dépassait sa conversation avec Cameron Craig. Oui, c'était cela. La Bible dans la chambre de Reilly. La citation soulignée et le numéro de téléphone.

Oubliant du coup sa douleur, il s'arracha brusquement de son fauteuil et traversa la pièce jusqu'à la table de jeu qui lui servait de bureau. Ses calepins de notes étaient tous empilés dans un coin. Il repoussa la machine à écrire portative et se mit à les feuilleter un par un. Il trouva enfin : la citation était là et le numéro de téléphone. Il avait complètement oublié ces indices. Avec une sorte de fébrilité, il attrapa le combiné du téléphone et composa. Au quatrième coup, on répondit.

— Hôtel Bellavista, bonjour.

Redfern eut un moment d'hésitation.

— La chambre de M. Reilly, s'il vous plaît.

— Un instant, Monsieur

Puis après un long intervalle :

— Est-ce R.I.L.E.Y ?

— Non, R.E.I.L.L.Y.

— Désolé. Il n'y a personne de ce nom ici.

— Mademoiselle, s'il vous plaît, c'est une affaire urgente. Avez-vous eu quelqu'un de ce nom ces cinq ou six derniers mois ?

— Je suis désolée, Monsieur, je ne peux fournir une information de ce genre.

— Écoutez, c'est très important.

— Je m'excuse, c'est le règlement

Redfern savait qu'il était inutile d'insister.

— Très bien, merci.

Il raccrocha. Il devait quand même y avoir un lien. Pourquoi donc Reilly aurait-il écrit ce numéro de téléphone dans la marge de la Bible familiale ?

Il revint dans sa chambre marchant d'un pas plus alerte que jamais depuis qu'il avait été battu. Douleur ou pas, il ne lâcherait pas. Il enleva son pyjama, le jeta sur son lit et s'habilla. « Un lion mort, grommela-t-il. Je vais lui en montrer, moi, un lion mort. »

Plus tard, ce jour-là, sous un beau ciel bleu d'hiver, à la station de ski du lac Beauport, à une trentaine de kilomètres au nord de Québec, Monique Gravelle s'apprêtait à quitter le remonte-pente. Rendue au sommet, elle évita la piste principale, en préférant une autre à travers les pins. Raymond Mercier la suivit. La piste était trop étroite pour lui permettre de regarder derrière, mais Monique s'étonnait qu'un homme de son âge et de sa corpulence puisse skier si adroitement. Elle ouvrait un chemin dans la fine neige poudreuse et le soleil la frappait par intermittence à travers les arbres à mesure qu'elle descendait. Elle sentait Mercier derrière elle bien plus

162

qu'elle ne l'entendait. La sensation exaltante de la descente dans le vent et le soleil la rendait légère, presque aérienne.

Passée la pinède, la piste s'ouvrait sur un paysage de neige éblouissante. Loin au-dessous d'elle, elle pouvait percevoir le Manoir Saint-Castin et le village de Beauport au bord d'un lac gelé qui semblait blotti au creux de la massive chaîne des Laurentides. Quelle idée formidable Raymond avait eu de venir ici passer un week-end avant le sprint final pour le congrès !

Profitant d'une pente large et dégagée, elle se laissa glisser en serpentant d'une façon plus relâchée sur la neige. Elle se sentait prête à s'envoler comme un oiseau des neiges au-dessus de cette féerie hivernale.

L'instant d'après, ses skis heurtèrent un obstacle imprévu et elle fut projetée sur le sol gelé. La chute lui coupa le souffle ; elle se retrouva enfoncée dans la neige se demandant si elle s'était blessée. Mais seul son amour-propre l'était.

Mercier fit voler un nuage de neige en freinant près d'elle. Monique se mit à rire en voyant son air inquiet.

— Rien de grave ? T'as fait toute une culbute. Mais qu'est-ce qu'il y a de drôle ?

Monique était secouée de fou rire en se voyant ainsi empêtrée dans la neige.

— J'étais justement en train de penser combien il serait agréable de m'envoler. J'ai l'impression que quelqu'un m'a pris au mot.

Elle retira ses lunettes de soleil et secoua la neige de ses cheveux.

Mercier rit de bon coeur. Il ne l'avait jamais vue comme cela, aussi vulnérable, aussi gamine. Il lui tendit la main. Elle l'attrapa et se laissa tirer jusqu'à lui qui la reçut dans ses bras. Elle pressa sa joue humide et fraîche contre la sienne.

— Ah ! je m'amuse, Raymond. C'est vraiment bien d'être venus ici.

— Hé ! attention où tu vas avec tes skis, avertit-il sur un ton ironiquement protecteur.

— Allons-y, alonzo, lança-t-elle. Le dernier en bas paie l'apéritif.

Elle pointa les skis en droite ligne et plia les genoux. Le vent la fouettait à mesure qu'elle prenait de la vitesse. Elle arriva au bas de la pente avant lui.

163

— Tu en as mis du temps ! le taquina-t-elle alors qu'il arrivait près d'elle.

— Tu m'accordes une revanche ? demanda-t-il. Je te parie cette fois que tu ne m'auras pas.

— Oui, je vais te laisser la chance de te reprendre, dit-elle en se dirigeant déjà vers le remonte-pente.

— Savais-tu, ma jolie, que je skiais avec des planches de tonneau quand tu n'étais pas encore née ?

C'était déjà la fin de l'après-midi. Les skieurs se faisaient moins nombreux devant le remonte-pente. Ils se retrouvèrent donc en quelques minutes assis côte à côte dans le télésiège, admirant le paysage qui défilait sous eux. Pour la première fois, Monique se prit sincèrement à regretter ce qu'elle faisait à Mercier. Mais elle chassa vite cette pensée de son esprit : elle avait une tâche à accomplir et le temps déjà pressait.

— Quand on est ici, on a envie d'oublier les campagnes politiques et tout, n'est-ce pas ?

Elle désignait le panorama qui s'offrait à eux.

— Pourquoi ne resterions-nous pas quelques jours, Raymond ? Cette affaire russe a porté un coup fatal à Lacroix. On pourrait peut-être se reposer un peu ?

Raymond secoua la tête tristement. Elle lui prit la main.

— Il n'y a rien que j'aimerais davantage que de passer l'hiver ici avec toi, chérie. Mais nous ne pouvons lâcher maintenant. Lacroix a du plomb dans l'aile, mais il n'est pas fini. Il possède encore beaucoup d'atouts.

— J'aimerais bien connaître celui qui a eu l'idée géniale de faire paraître cette photo dans les journaux, dit Monique en balançant ses skis au-dessus du vide. Je ne peux m'empêcher de penser que tu as eu quelque chose à voir là-dedans. Je parierais même que c'est toi.

Elle sentit Mercier se rengorger de fierté. Personne d'autre que son beau-frère ne connaissait le secret des photos retouchées, et il avait toutes les raisons de taire la chose. Il ne l'avait même pas dite à Belmont, connaissant son honnêteté scrupuleuse, trop scrupuleuse pour lui permettre de réussir en politique, à son avis. Mais Mercier souffrait de ne pouvoir partager son triomphe avec personne. Il lui était difficile de ne pas se confier à Monique. Garder ce secret en sa présence, c'était comme retenir sa respiration.

— Comment peux-tu dire que c'était moi ?

Il essayait de paraître le plus détaché du monde.

— C'était toi alors, Raymond ? Mais comment as-tu fait ?

Le remonte-pente arrivait au sommet. Ils rapprochèrent leurs skis pour se préparer à descendre.

— Dis donc, Monique. Ce chalet là-bas au sommet. Pourquoi n'irions-nous pas y prendre un bon rhum chaud avant de descendre ? Je m'y sentirais mieux pour tout t'avouer.

Ils détachèrent leurs skis et les plantèrent dans la neige à l'extérieur du chalet. À l'intérieur, plusieurs skieurs étaient assis à même le plancher en face d'un feu de bois ; certains avaient délacé leurs chaussures pour laisser reposer leurs chevilles. Dans un coin, une fille vêtue d'un costume folklorique se tenait derrière un bar et distribuait des chopes de grog fumant. Un jeune homme aux cheveux longs grattait une guitare dans un autre coin en chantonnant. L'atmosphère était chaude et accueillante.

— C'est charmant ici, dit Monique en ouvrant sa veste de ski.

Mercier l'amena à une petite table en bois de pin, près d'une fenêtre qui donnait sur la pente. Il tira la chaise pour elle et fit signe à la fille derrière le bar d'apporter deux consommations. Puis il s'assit en face d'elle et prit ses mains dans les siennes. Monique attendait qu'il commence, mais il resta à la regarder dans les yeux en souriant jusqu'à ce que les grogs soient arrivés.

— Vous allez tout me raconter sur cet espion russe nommé Lacroix, lui dit-elle d'un air facétieux quand la fille se fut éloignée.

— Eh bien, commença-t-il en se penchant vers elle d'un air confidentiel et en prenant bien soin que personne ne les entende, je me suis dit qu'il fallait faire quelque chose. La popularité de Lacroix montait en flèche. Et je voyais venir le moment où il serait trop tard pour l'arrêter. Je jonglais avec plusieurs idées quand je me suis rappelé que Lacroix était allé en vacances à Cuba l'hiver passé, en simple touriste.

— J'aimerais bien y aller, moi aussi, un de ces jours.

— Ce voyage en fit sourciller quelques-uns mais on ne lui accorda pas plus d'importance qu'il ne fallait. On publia quelques photos dans les journaux : Lacroix à l'aéroport de La Havane, Lacroix prenant le soleil sur la plage. Cela n'allait pas plus loin. Mais les gens du Québec, et particulièrement dans les zones rurales, ont encore très peur des communistes. C'est probablement un reliquat du temps où l'Église était toute-puissante. Une idée tout à coup m'a traversé l'esprit. Si je pouvais associer Lacroix aux communistes, peut-être par le biais de ce voyage à Cuba, nous pourrions détourner tout le vote rural en notre faveur.

— Mais comment as-tu fait ? demanda Monique, avide de savoir.

— Je me suis rappelé que nous avions gardé quelques clichés de ce voyage à Cuba dans les dossiers du parti. Je les ai sortis. Il y avait une photo de Lacroix prenant un vol nolisé d'Air Canada. C'était ce qu'il me fallait. Tout ce qui me restait à obtenir, c'était une photo d'un appareil de l'Aeroflot.

— Je ne comprends pas.

— J'ai un beau-frère qui travaille comme photographe à Québec. Il est très habile pour retoucher des photos. C'est lui qui s'est occupé de mes photos de mariage. Il a même réussi à faire paraître ma femme sexy, c'est tout dire.

— Raymond !

— Bon, tout ça pour te dire qu'il prit l'habitude de truquer les photos pour nous faire rire. En guise de poisson d'avril, il en donna une de moi à ma femme. C'était ma tête sur un corps de poisson. C'était tellement bien fait qu'on aurait pu jurer que ce n'était pas truqué. J'ai donc apporté des photos de Lacroix pour qu'il les retouche. Il a fait un travail formidable. J'ai inventé une histoire au sujet de Lacroix qui aurait profité de son voyage à Cuba pour aller en secret à Moscou conférer avec les dirigeants soviétiques. Il ne s'agissait plus alors que de faire paraître la chose dans un journal sympathique à Jean-Claude. Tu connais la suite.

— Génial, absolument génial ! s'exclama Monique en dégageant ses mains comme pour applaudir.

Puis elle se prit à souhaiter intérieurement que Mercier ne lui eût jamais confié ce secret. Mais il était trop tard maintenant.

— Je pense qu'un peu d'air frais nous ferait du bien maintenant, dit-elle. Allons skier.

Ce même soleil étincelant sur les pentes enneigées du Québec faisait plisser les yeux au secrétaire d'État Lawrence Wilde et au directeur de la C.I.A. Warren Cummings, alors qu'ils en étaient au dernier tee du parcours de neuf trous de la Maison Blanche de Floride.

— Bonne chance, Larry, plaisanta Cummings en voyant le coup de son adversaire aller atterrir dans une mare voisine du neuvième trou.

— Il me faudrait un meilleur bâton, grommela Wilde assez fort pour distraire Cummings qui s'élançait pour frapper la balle. Mais le directeur de la C.I.A. ne se laissa pas déconcentrer : sa balle alla se loger à deux cents mètres au centre du parcours.

— Je me demande pourquoi je joue avec toi, Warren.

— Tu jouerais mieux, Lawrence, si tu te servais plus de ton bâton et moins de ta langue, surtout quand j'essaie de me concentrer.

Cummings remit son driver dans son sac de golf.

— Mais, malgré tout, tu n'arrives pas à m'avoir.

Les deux hommes montèrent dans la voiturette, Cummings au volant. D'habitude, Lawrence Wilde aimait jouer sur ce parcours difficile que le Président avait lui-même conçu. Mais aujourd'hui son esprit était ailleurs. Lui et Cummings avaient été appelés d'urgence en Floride, où le Président passait de plus en plus de temps en hiver. Il fallait arrêter de toute urgence un plan d'action pour le Québec. Le Président était venu l'accueillir à sa descente d'hélicoptère. Sans même un mot de bienvenue au secrétaire d'État, il s'était lancé dans une violente sortie contre le Québec.

— Cummings est ici, Larry, il a des informations détaillées sur ce fils de pute de Lacroix qui envisage de proclamer unilatéralement l'indépendance du Québec aussitôt après avoir été assermenté comme Premier ministre.

Le Président avait alors laissé percer sa colère contre Lacroix et contre le gouvernement canadien, ce dernier semblant incapable de quoi que ce soit pour empêcher le Québec de glisser vers l'indépendance.

— Et cela ne doit pas se faire !

En disant cela, le Président avait serré fermement le bras de Wilde comme pour souligner davantage sa détermination alors que les deux hommes approchaient de la résidence de style rustique.

— Vous m'avez déjà dit que vos meilleures idées vous viennent sur un parcours de golf, Larry. Eh bien, je vous prends au mot.
Allez jouer avec Lawrence Cummings et ne revenez pas avant
d'avoir une solution.

Alors que les deux hommes endossaient leurs vêtements de
golf, le Président était venu dans le vestiaire : il avait continué de les
haranguer sur le sujet :

— Il faut trouver le moyen. Et, s'il vous plaît, plus d'assassinat
d'amateur !

Cummings stoppa la voiturette au bord de l'étang, à l'endroit présumé où la balle de Wilde avait disparu.

— Tu peux la lancer ici sur le bord du parcours, Larry, dit-il.

Mais le secrétaire d'État ne bougeait pas de son siège.

— Qu'allons-nous lui dire, Warren ? Il voudrait peut-être que
nous fassions un tour de passe-passe avec un bâton magique.

— Je ne sais pas. C'est difficile à admettre mais il semble que
nous n'ayons aucune prise sur le cours des événements au Québec.
Si c'était au Chili...

— Ouais, c'était la belle époque, dit Wilde en souriant.

— En tout cas, celui qui a eu l'idée de ce truc communiste a
plus fait pour bloquer Lacroix que quiconque. Ça sort tout droit
des années 50, mais c'est encore efficace.

Le soleil qui plombait dur faisait perler la sueur au front de
Wilde. Il mit sa main en visière sur ses yeux pour contempler le
vert impeccable du gazon qu'on avait transplanté sur le sable.

— Il doit y avoir une machination quelque part, Warren.
Qu'est-ce que c'est, cette histoire au sujet de l'Intcon ?

— J'attends justement un rapport là-dessus, dit-il en regardant sa montre. Il devrait être arrivé à l'heure qu'il est. Finissons
le dernier trou et j'irai voir.

— Pas la peine, je te concède la partie. Allons-y.

Un steward en veston blanc attendait, une enveloppe à la
main, lorsqu'ils arrivèrent au pavillon de service.

— Pour vous, Monsieur. Cela vient d'arriver.

— Merci, dit Cummings.

Il s'empressa d'ouvrir l'enveloppe. Elle contenait un télex. Il le
parcourut rapidement et le tendit à Wilde.

— Voilà peut-être la machination dont tu parlais.

Lawrence Wilde lut le message rapidement. Il s'arrêta à un passage clé qu'il relut attentivement.

« *Nous possédons des indices sûrs qui montrent que l'Intcon a financé et finance toujours substantiellement la campagne de Lacroix à la chefferie du parti. Cette contribution est reliée, selon toute évidence, à la récente découverte d'uranium par l'Intcon dans la région de la baie d'Hudson. Il apparaît aussi, mais nous n'en n'avons aucune preuve, que l'Intcon est engagée dans des pourparlers secrets avec le gouvernement français au sujet d'un accord à long terme pour l'approvisionnement en uranium. L'information a dû transpirer, parce qu'il y a eu des transferts importants d'actions de l'Intcon à Zurich et à Londres, ces dernières semaines.* »

Wilde remit le message à Cummings.

— Cette affaire de contribution de l'Intcon à la campagne de Lacroix, crois-tu que c'est vrai ?

— Je ne sais pas. C'est la première fois que j'en entends parler. Mais Anderson est un homme de confiance. Il n'aurait pas parlé d'indices sûrs s'ils ne l'étaient pas à cent pour cent.

— Très bien, je pense que nous avons maintenant quelque chose à dire au Président. Warren, tes agents pourraient peut-être nous trouver qui achète les actions de l'Intcon en Europe. Quelqu'un tire profit des fuites. Je vais informer le Président de l'affaire et lui apporter quelques suggestions. Sans l'argent de l'Intcon, le tableau pourrait changer.

Il descendit de la voiturette.

— Tu sais, Warren, si j'étais joueur, je miserais sur nous. Reviens-tu à Washington avec moi ?

Taylor Redfern commençait à regretter d'avoir quitté le confort de son appartement. Sa visite à l'hôtel Bellavista avait exigé des efforts douloureux : prendre un taxi, monter des escaliers et passer dans les portes tournantes. Sa figure contusionnée attirait l'attention et, d'un air penaud, il avait dû expliquer au chauffeur de taxi qu'il avait été victime d'un accident. Il s'assit un instant dans le hall de l'hôtel pour reprendre haleine. Il s'était donné beaucoup de peine pour venir là, mais cette démarche semblait devoir n'aboutir encore à rien. Kevin Reilly n'avait jamais été enregistré là, comme il l'avait appris d'un commis qui avait bien voulu vérifier les registres de l'année précédente. La photographie de Reilly n'avait pas suscité de lueurs de reconnaissance dans les yeux des employés de l'hôtel, même avec la gratification d'un billet de cinq dollars. Personne ne semblait l'avoir jamais rencontré.

Il attendit que la principale femme de chambre eut fini sa ronde. Mais une fois qu'il lui eut montré la photo dans un petit bureau, il vit qu'il faisait encore une fois fausse route.

— Je vous remercie beaucoup, Madame, dit-il en se relevant péniblement.

Il allait sortir lorsque la porte du bureau s'ouvrit, laissant entrer une petite femme de race noire en uniforme de service. Elle prit un air confus en apercevant Redfern et fit un mouvement de retraite en marmonnant des excuses.

— Non ! attendez un instant !

Redfern fit un geste dans sa direction, pour lui montrer la photographie. Mais il vit une expression de frayeur dans les yeux de la fille, qui se retourna pour partir.

— Marie, reste là !

La voix impérieuse de sa patronne cloua la fille sur place. Elle se retourna, et Redfern vit qu'elle tremblait.

— Je suis désolé. Je n'ai pas voulu vous effrayer, dit Redfern.

— Elle ne parle pas anglais, repartit la patronne.

— Je m'excuse, Mademoiselle, mais...

— Elle ne comprend pas beaucoup plus le français. C'est une Haïtienne. Elle parle créole. Il en passe beaucoup comme elle ici.

La femme parla brièvement à la jeune Noire dans un mélange de français et de créole que Redfern put à peine comprendre.

La fille s'apaisa un peu mais elle gardait les yeux fixés au sol.

— J'ai dû apprendre leur patois pour que le travail se fasse ici, dit la chambrière en guise d'explication. Il n'y a personne d'autre que ces Haïtiennes qui accepte de travailler au salaire que l'hôtel leur offre.

— Pourquoi est-elle si effrayée ?

— Elle pensait que vous travailliez pour l'Immigration. Elle est entrée dans le pays illégalement, comme la plupart des siens. Comme ils ne jouissent à peu près d'aucun droit, ils prennent ce qu'on leur offre.

Redfern eut une grimace de dégoût, mais il avait d'autres chats à fouetter pour le moment.

— Ça vous ennuie que je lui montre la photo ?

— Non, pas du tout.

La chambrière adressa quelques paroles à la fille, qui fit un signe de tête affirmatif. Redfern lui tendit la photo. Elle l'examina et murmura quelque chose que Redfern ne put entendre.

— Que dit-elle ?

— Elle dit qu'elle a déjà vu cet homme. Et qu'elle ne veut pas en parler.

— Mais elle doit en parler ! Pourquoi ne veut-elle pas ?

La chambrière traduisit la question. La fille commença à s'agiter, et les paroles jaillirent d'elle comme si le mur du silence s'était enfin brisé. La chambrière fit une moue significative. Redfern tira une liasse de billets de sa poche et les fit voir à l'interprète.

— Ce fut une mauvaise expérience pour elle. Un jour qu'elle nettoyait les appartements, elle arriva dans un qui n'était pas désert comme elle le croyait. Il y avait un homme à l'intérieur.

La fille laissa échapper une exclamation et fit descendre ses paumes de chaque côté des hanches en tournant lentement la tête de gauche à droite.

— Qu'est-ce que c'est ?

— L'homme était nu. Elle dit qu'elle ne peut pas oublier ça. Ça l'a un peu scandalisée. Vous savez, ces filles sont très catholiques.

Malgré la vive curiosité qui l'étreignait, Redfern ne put s'empêcher de sourire mais il dissimula sa bouche en feignant de tousser.

— C'est bien cet homme qu'elle a vu ? demanda-t-il en exhibant de nouveau la photo. Se souvient-elle du numéro de l'appartement ?

À cette question traduite, la fille répondit aussitôt. Puis la chambrière lui dit quelque chose et la jeune Noire partit sur-le-champ sans regarder Redfern.

— Quel était le numéro de la chambre ?

— Vous tenez beaucoup à le savoir, n'est-ce pas ?

La femme fixait la poche où Redfern avait glissé ses billets.

— Oui, oui... bien sûr, j'oubliais !

Il sortit l'argent et déplia lentement deux billets de cinq dollars. Il les déposa sur le bureau en face de la femme. Elle ne fit pas un geste pour les prendre. Il en déplia un autre, puis un autre.

— C'était le numéro 1416. Si vous êtes encore généreux, je pense que je pourrais me souvenir du nom du locataire.

Redfern déposa un autre billet sur le bureau. La femme le joignit aux quatre autres, puis elle égalisa soigneusement les billets avant de les plier et de les glisser dans son corsage.

— C'était une demoiselle Gravelle, avoua-t-elle dans un murmure. Une très jolie fille !

— Désolé, je ne puis divulguer d'informations personnelles sur notre clientèle.

Le gérant du Bellavista, un établissement réputé pour sa discrétion et qui louait des chambres à l'heure, fit signe à Taylor Redfern de sortir de son bureau.

— Inutile d'insister, Monsieur. Au revoir.

Le journaliste ne broncha pas.

— Monsieur Ducharme, vous savez que si cet hôtel était obligé de fermer ses portes, vous devriez vous trouver un autre emploi ?

— Rien ne m'empêche de vous mettre à la porte, vous savez.

— Je suis un homme obstiné, monsieur Ducharme.

— Je le vois bien.

— Je sais que vous employez plusieurs femmes de chambre haïtiennes dans cet hôtel, à des salaires qui contreviennent aux lois provinciales sur le salaire minimum. Je crois que les autorités ne seraient pas très heureuses d'apprendre cela. De plus, un petit coup de fil au ministère de l'Immigration, et toute votre main-d'oeuvre servile serait rapatriée du jour au lendemain en Haïti. Qu'est-ce que vous en dites ?

Le gérant commençait à s'agiter derrière son bureau, mettant mécaniquement de l'ordre dans ses stylos.

— Je n'ai même pas à informer les gens de l'Immigration, continua Redfern. Tout ce que j'ai à faire, c'est d'écrire un article sur un certain hôtel qui fait de... l'argent, sur le dos de... son personnel noir...

— Je n'aime pas me faire marcher sur les pieds, monsieur Redfern.

— Et vos femmes de chambre, elles aiment cela sans doute ?

— D'accord, vous avez gagné. Mais tout ce que je vais vous dire ne vient pas de moi, vous m'avez bien compris ?

— Je ne dévoile jamais mes sources, monsieur Ducharme. J'irais même jusqu'à faire de la prison pour vous, dit Redfern avec un petit air de persiflage.

— Nous avons des gens importants dans notre clientèle, vous comprenez. C'est pour cela que je ne veux pas avoir de problèmes.

— Juré craché !

Ducharme ouvrit un tiroir et en retira un trousseau de clefs retenu par une chaînette dorée. Il se leva et se dirigea vers un classeur. Il essaya quelques clefs avant de trouver la bonne. Dans le tiroir du centre, il prit un cartable attaché avec un ruban brun. Il en sortit plusieurs feuilles qu'il tendit à Redfern. Il s'agissait d'un bail de six mois au nom de Monique Gravelle pour la chambre 1614. Redfern laissa échapper un léger sifflement. Monique Gravelle avait indiqué le Parti Québécois comme employeur ; selon toute apparence, elle avait travaillé en dehors de Montréal. Le bail laissait supposer qu'elle avait quitté l'appartement à la mi-novembre, un mois et demi avant l'échéance. Elle avait cependant payé le reste du loyer. Il n'était fait mention d'aucune adresse subséquente.

Redfern parcourut les autres documents annexés. L'hôtel avait fait les vérifications de routine sur sa solvabilité. Redfern put remarquer qu'elle jouissait d'en excellent crédit : elle n'avait jamais fait défaut dans ses paiements. Il prit note mentalement du nom de sa banque.

Le dernier document était une lettre de références portant l'en-tête du Parti Québécois. La lettre était signée par le ministre de l'Éducation du Québec, monsieur Jean-Claude Belmont.

Les journalistes s'entassaient dans une salle à dîner privée de l'hôtel Radisson, dans le Vieux Montréal. Sous l'éclairage cru des projecteurs de télévision, les photographes et les caméramen cherchaient à se faire une place. Une atmosphère de suspense régnait dans la salle : pourquoi Guy Lacroix, au mépris de toutes les règles de relations avec la presse, avait-il convoqué une importante conférence de presse un samedi soir ?

L'hôtel Radisson n'était pas tout à fait l'endroit idéal pour une telle occasion. La salle à dîner était la plus vaste pièce de l'hôtel, mais elle était encore beaucoup trop petite pour recevoir la foule des journalistes qui étaient venus au rendez-vous. En outre, les prises de courant dans ce bâtiment centenaire ne répondaient pas du tout aux besoins du journalisme électronique. Mais le Radisson avait toujours été le lieu favori de Lacroix à Montréal depuis ses débuts comme chef syndical, alors qu'il utilisait l'hôtel pour ses conférences de presse périodiques et peu fréquentées où il dénonçait, comme un leitmotiv, les valets du capitalisme au pouvoir à Québec. Devenu ministre, il confia à un journaliste que s'il avait adopté un endroit plus approprié comme l'hôtel Bonaventure ou le Château Champlain, ses vieux amis et partisans l'auraient traité de snob.

Aussi le ministre des Affaires sociales continuait-il à tenir ses conférences de presse au Radisson, une habitude qu'il garderait probablement même Premier ministre.

Les journalistes avaient été convoqués pour 20 heures. Il était maintenant 20 h 40 et les équipes de télévision se demandaient avec inquiétude si elles pourraient faire les nouvelles de 23 h. Lacroix attendait dans une pièce attenante, sachant qu'il lui faudrait couper au plus court pour laisser le temps nécessaire au développement des films de télévision. Il avait déjà convenu qu'il n'y aurait pas de questions, afin que les journalistes de la télévision puissent partir dès la fin de sa déclaration. Il jeta un coup d'oeil impatient à sa montre.

Une photocopieuse défectueuse avait occasionné ce retard. Lacroix arpentait la pièce, attendant qu'on lui ramène les documents dont il avait besoin. La porte s'ouvrit, livrant passage à un adjoint essoufflé et empourpré. Lacroix lui arracha presque les papiers des mains et s'empressa d'entrer dans la salle de presse improvisée.

Les conversations s'éteignirent dès qu'on vit le ministre prendre place derrière une table au fond de la salle. Il s'éclaircit la voix et jeta un regard sur l'auditoire qu'il discernait à peine derrière les projecteurs. Il entendit le ronronnement des caméras alors qu'il commençait à parler.

— Mesdames et Messieurs, je vous remercie d'être venus. Je vous présente mes excuses de vous avoir enlevés à des activités plus agréables un samedi soir, mais ce que j'avais à vous dire ne pouvait attendre plus longtemps.

Il marqua une pause pour savourer son effet : il n'entendit que le bruit des caméras et des stylos qui couraient sur les calepins.

— Comme vous le savez tous, j'ai été accusé d'avoir conspiré avec les dirigeants de l'Union soviétique pour subvertir le Québec. Je suis assez vieux pour savoir comment s'appellent des révélations de ce genre, surtout quand elles surviennent, comme par hasard, à un moment bien choisi. Mes adversaires, à leur façon un peu grossière, emploient le même genre de basses manoeuvres qui ont donné une si mauvaise réputation à la politique au Québec durant des décennies. S'ils avaient été plus subtils, ils auraient pu gêner considérablement ma campagne au leadership du parti. Mais ils ont lamentablement échoué, et je vous demande ce soir de dénoncer cette odieuse diffamation.

Une rumeur s'était élevée dans la salle. Lacroix attendit que le silence revint.

— Vous avez vu les photographies complaisamment étalées dans *Montréal Aujourd'hui*, un journal rangé du côté de mes adversaires, ainsi que dans toute la presse anglophone du Canada. De la presse anglaise, je n'en attendais pas moins. J'ai toutefois décidé de me concentrer sur *Montréal Aujourd'hui* et j'ai demandé à mes avocats d'engager des poursuites en diffamation...

— Pouvez-vous nous dire, monsieur le Ministre..., demanda une voix dans la salle.

— Pas de questions, s'il vous plaît. Je suis ici simplement pour vous faire une déclaration. Vous allez avoir tous les détails, attendez. Dès la parution des photographies, j'ai demandé à la Sûreté du Québec d'enquêter, comme c'était mon droit de le faire dans ma situation. J'ai reçu le rapport aujourd'hui.

Il montra une liasse de papiers.

— Mesdames et Messieurs, selon les résultats de l'enquête, il ne fait aucun doute que l'homme responsable de cette machination est... Jean-Claude Belmont.

Comme la rumeur d'incrédulité montait dans la salle, Lacroix haussa la voix.

— Je l'accuse d'avoir comploté avec son organisateur en chef, Raymond Mercier, pour attenter à ma réputation et indisposer la population contre moi.

— Des preuves, on veut des preuves ! lança une voix.

— Vous ne pensez pas que je serais venu ici sans preuves, n'est-ce pas ?

Lacroix montra l'épaisse enveloppe brune que son adjoint lui avait apportée.

— J'ai ici des preuves sur papier qu'on va vous distribuer. Vous aurez donc en main une copie intégrale du rapport de la S.Q., avec tous les détails sur la perquisition effectuée dans un studio de photographie de Québec. Vous aurez aussi des copies des négatifs des photos utilisées pour truquer celles qui ont paru dans la presse. Vous recevrez enfin ce qu'on pourrait appeler la « feuille de route » de l'homme à qui appartient le studio en question. Cet homme, comme par hasard, est le beau-frère de Raymond Mercier.

Les questions et les exclamations fusèrent dans la salle. Les journalistes se précipitèrent sur les documents et quittèrent la salle à la hâte. Lacroix leva la main pour imposer silence.

— Un moment, s'il vous plaît. Après avoir éventé cet odieux complot, je voudrais dire au peuple du Québec, par votre intermédiaire, que Jean-Claude Belmont s'est montré indigne de sa confiance. Il vient de prouver ainsi qu'il ne mérite pas d'être le Premier ministre d'un nouvel État en train de naître. Je le somme donc de retirer immédiatement sa candidature à la direction du parti et de laisser ses partisans voter librement. Mesdames et Messieurs, je vous remercie infiniment de votre attention.

Lacroix se leva et se dirigea rapidement vers la sortie pour éviter les journalistes qui accouraient vers lui. Un tohu-bohu indescriptible régnait l'instant d'après dans la salle, mais Lacroix n'était déjà plus là.

Monique Gravelle parcourait les journaux pour y déceler toute référence à Belmont. Elle entendit la porte de son bureau se refermer, mais elle ne leva pas la tête. Raymond Mercier avança vers elle les traits durcis par la colère. Comme elle continuait d'ignorer sa présence, il lui arracha le journal des mains.

— L'affaire des photographies a été éventée, dit-il d'une voix blanche qu'il essayait de maîtriser.

— Ah non ! Ce n'est pas possible ! dit-elle.

— Ne fais pas l'innocente avec moi. Tu es la seule personne qui savait, à part mon beau-frère et moi. Je ne l'avais même pas dit à Jean-Claude. Tu as vendu la mèche à Lacroix, n'est-ce pas ?

Monique haussa les épaules et tourna les pages de son journal.

— Pourquoi as-tu fait ça ? Quel avantage pouvais-tu en retirer ? Tu voulais ma place, c'est ça, hein ? Eh bien, tu ne l'auras pas, espèce de petite garce !

— Raymond, je n'ai pas le temps d'écouter tes divagations. Laisse-moi travailler.

— Ah ! tu t'es jouée de moi, tu t'es payée ma gueule, hein ? Tu m'as eu, mais tu vas couler avec moi, maudite pute, visage à deux faces !

— Ne crie pas. Tu veux ameuter tout le monde dans le bureau ?

— Je te préviens, c'est fini pour toi ici. Fini !

— Des menaces maintenant ?

— C'est plus que des menaces. Je te jure que tu n'auras pas ma place, parce que je vais sur-le-champ dire à Jean-Claude qui nous a vendu auprès de Lacroix.

— C'est toi qui es responsable de tout. Pas moi.

— T'es malade, non ! Mais t'as fini de jouer avec moi et avec tout le monde, tu vas voir !

— Mon cher Raymond, dit Monique d'un air faussement suave, tu ne diras rien à personne.

— Oh oui ! ma belle petite putain chérie ! Si tu penses que je vais me taire, tu me sous-estimes !

— Tu ne vas parler ni à monsieur Belmont ni à personne d'autre, parce que je n'ai qu'à prendre ce téléphone pour apprendre à ta femme le beau cadeau de Noël que je t'ai fait. Et je ne parle pas de toutes les fois qui ont suivi.

177

— Tu veux me faire chanter, s'écria Mercier, mais ça ne prendra pas. Elle ne te croira pas.

— Je n'ai qu'à mentionner la tache de vin que tu as sur la fesse gauche. Elle comprendra. Alors ta carrière et ton mariage seront tous deux à l'eau. Deux catastrophes en même temps.

— Elle ne croira pas une traînée comme toi, cria Mercier au comble de la colère.

— Eh bien, nous allons voir !

Monique décrocha le combiné et commença à composer un numéro. Mercier s'interposa presque aussitôt en posant les mains sur l'appareil.

— N'essaie pas de prouver que je bluffe, Raymond, dit Monique d'une voix soudainement froide et venimeuse. Et maintenant sors d'ici. Je ne peux supporter l'odeur de la peur.

« *Bienvenue au carnaval de Québec* ». L'inscription s'étalait sur un grand panneau chargé de glaçons, à l'aéroport de L'Ancienne-Lorette. Le petit aérodrome était bondé de gens qui étaient venus accueillir le Bonhomme Carnaval, symbole des festivités hivernales de la Vieille Capitale. Au mépris des règlements du ministère des Transports, de jolies filles vêtues de blanc passaient de main en main des verres de caribou, un mélange particulièrement corsé de vin rouge et d'alcool.

Taylor Redfern essayait de se frayer un chemin dans cette foule joyeuse jusqu'à la station de taxi. Une fois qu'il en eut trouvé un, il se cala sur la banquette arrière avec un soupir de satisfaction pendant que la voiture dérapait sur le sol gelé. Même si ses blessures le faisaient encore souffrir, il ressentait une sorte de satisfaction profonde à voir qu'il était à la veille de résoudre l'énigme de l'assassinat du Premier ministre.

— Beaucoup de monde en ville ! lança-t-il au chauffeur.

— C'est toujours comme ça dans le temps du carnaval, répondit le chauffeur en lui jetant un coup d'oeil dans le rétroviseur. Ça va commencer pour de vrai demain. Le défilé, les duchesses, les concours... vous allez voir.

Redfern rendit grâce au *Chronicle* de réserver une chambre en permanence au Château Frontenac. Durant le carnaval, c'était aussi difficile de trouver une chambre à Québec que de chercher une aiguille dans une botte de foin. Il s'était assuré avant de partir de Montréal que personne n'utiliserait la chambre du journal dans les prochains jours.

Le taxi déboucha sur une voie rapide et fila vers le centre de la ville. Devant eux, Redfern aperçut bientôt deux énormes chasse-neige qui soufflaient à jet continu la neige sur les congères, lesquels formaient déjà deux remparts élevés le long de la route. Tout semblait exagéré au Québec, l'hiver y était plus long et plus froid qu'ailleurs et la neige plus abondante. Redfern pensa à la chanson de Vigneault : « Mon pays, ce n'est pas un pays, c'est l'hiver. »

Le taxi sortit de la voie rapide et se mêla au trafic de la basse-ville. Redfern songeait à ce qu'il ferait. Il avait découvert que la mystérieuse Monique Gravelle avait été employée par le Parti Québécois à Montréal comme relationniste. Dans les bureaux du parti, une réceptionniste lui avait appris qu'elle avait pris un congé de trois mois pour travailler à la campagne de Belmont. Elle avait d'abord oeuvré à Trois-Rivières, mais le quartier général de la campagne venait de déménager à Québec pour préparer de plus près le congrès qui aurait lieu au Colisée.

Malgré ses douleurs, Redfern avait décidé qu'il lui fallait poursuivre son enquête sur place, dans la Vieille Capitale. Il avait jeté quelques vêtements dans un sac, et avait filé vers l'aéroport. En attendant son avion, il s'était demandé s'il devait appeler Cameron Craig, mais en avait finalement écarté l'idée.

La progression du taxi était ralentie par la foule qui se déversait dans les rues, admirant les sculptures de glace qui masquaient les taudis de la basse-ville. Les châteaux de glace semblaient comme la projection des rêves des familles pauvres qui habitaient ces quartiers. Des animaux géants que le gel semblait avoir saisis dans un rugissement attiraient aussi l'attention des fêtards, qui brandissaient des flacons de caribou et invitaient tout le monde à boire à la santé du Bonhomme Carnaval. Le taxi doubla des calèches remplies de touristes. Les vieux cochers, rencognés dans leurs pelisses de fourrure, le nez rougi par le froid et l'alcool, faisaient des bruits de succion entre leurs dents pour faire avancer leurs chevaux caparaçonnés dans d'épaisses couvertures. L'image du Bonhomme, symbole du carnaval avec sa toque rouge et sa ceinture fléchée, était pendue à tous les réverbères.

Redfern avait hâte de sortir de la cohue. Le taxi arriva enfin à la hauteur de ce qui semblait être un magasin vacant, dans le centre commercial de la basse-ville. Au-dessus de la porte, une inscription presque effacée : « *Meubles-Furniture* ».

— C'est ici, Monsieur, le bureau de monsieur Belmont.

On ne pouvait pas s'y tromper, c'était bien là le quartier général de la campagne. Toutes les vitrines étaient placardées de photos géantes de Belmont, pipe en main, avec le slogan : « Jean-Claude Belmont, l'homme qu'il nous faut. » Redfern sentit son coeur battre alors qu'il payait le chauffeur ; il lui fit signe de garder la monnaie et attrapa sa valise pour sortir dans l'air glacial de février. Le taxi s'éloigna en dérapant sur la glace. Redfern s'aperçut que dans sa hâte il avait laissé ses gants dans la voiture.

Le bruit des machines à écrire et des sonneries de téléphone l'assaillit dès son entrée dans le quartier général de Belmont. La salle était divisée par des cloisons mobiles. Redfern eut l'impression d'une armée de fourmis complètement absorbées par leurs tâches. Pour couvrir le bruit d'une photocopieuse qui recrachait sans arrêt la progagande de la campagne, il cria à une fille qui portait le macaron « Votez Belmont » :

— Monique Gravelle, s'il vous plaît ?

— Au fond. Derrière la distributrice de café. Dans l'ancien bureau de monsieur Mercier, lui répondit-elle sans même le regarder.

Redfern se fraya un passage à travers les divisions modulaires. Mercier avait démissionné immédiatement après la conférence de presse de Lacroix. Selon toute apparence, Monique Gravelle avait pris sa place. Le bureau était désert. Redfern regarda autour pour se renseigner.

— Monsieur Redfern ! Je suis ravi de vous voir ici !

Jean-Claude Belmont était là dans le corridor, l'air aussi bonhomme que sur sa photo dans la vitrine.

— À quoi dois-je le plaisir de votre visite ? dit-il sans l'ombre d'une ironie.

Redfern l'avait interviewé à plusieurs occasions.

— Eh bien ! je suis venu voir l'une de vos adjointes, Monique Gravelle.

— Monique ? Ah, c'est une femme remarquable ! Elle a été pour nous une bénédiction du ciel. Elle a pris les choses en main complètement lorsque Raymond est parti. C'est malheureux cette histoire, tout de même ! Je ne peux pas y croire encore, dit-il en secouant la tête d'un air triste. Vous savez, monsieur Redfern, avec les années vous pensez connaître quelqu'un, puis soudain pof ! Il a agi comme un idiot. Ça m'a fait quelque chose, je l'avoue.

— Je vous comprends.

— J'ai été atteint plus personnellement que politiquement. Il avait toute ma confiance. Quand c'est sorti, il a pris sur lui tout l'odieux de l'affaire. Mais c'est dommage, dommage...

— Ce sont des choses qui arrivent en politique, dit Redfern, impatient de mettre fin à la conversation.

— J'ai l'impression que vous me soupçonnez un peu d'avoir eu vent du projet avant son exécution. Mais je vous assure que non. Ce n'est pas du tout dans mes méthodes.

— Je vous connais assez pour vous croire. Mais savez-vous où est mademoiselle Gravelle ?

— Oui, elle est absente pour le reste de la journée. Je ne pourrais vous dire où elle est. Je lui ai dit de prendre congé cet après-midi. Elle se surmène ces temps-ci.

— Savez-vous où elle loge ?

— Au Hilton, comme la plupart d'entre nous.

— Merci, monsieur Belmont, je vais essayer de la rejoindre là-bas.

Il serra la main du ministre.

— Un instant, monsieur Redfern, j'ai quelque chose pour vous, l'arrêta Belmont, en fouillant dans sa poche.

Il tendit au journaliste un macaron « Votez Belmont ».

Voilà, si vous voulez promouvoir la bonne cause.

« Il a bien besoin d'aide », pensa Redfern en épinglant le macaron au revers de son manteau et en gagnant la sortie.

Le Premier ministre du Canada était assis au bout de la longue table feutrée du cabinet, jouant avec son anneau d'un air absent. Il attendit que tous les ministres fussent arrivés, y compris l'éternel retardataire, André Lafontaine. Ils avaient pris place de chaque côté de lui par ordre d'importance. Les regards étaient fixés sur lui, attendant qu'il commence. Il avait sous la main un dossier intitulé : *Emergency Cabinet Meeting — Réunion extraordinaire du cabinet.* C'était l'une des rares réunions du genre qu'il avait dû convoquer depuis son élection. Il avait engagé ses ministres au secret, parce que la moindre rumeur au sujet d'une telle réunion prendrait immédiatement dans la presse les dimensions d'une crise nationale — ce qui était en fait le cas. Mais ses précautions avaient été vaines. La presse avait eu vent de la réunion et les caméras de télévision attendaient déjà à la porte de la salle du cabinet. Le Premier ministre avait eu beau prendre l'air le plus dégagé du monde pour désamorcer les questions, les journalistes étaient restés là, comme des chiens à l'affût d'un bon morceau. Mais ce qu'il avait devant lui dans cette chemise, pensait-il, était au-delà de ce que les journalistes pouvaient imaginer.

Trois heures plus tôt, il avait reçu un message du Président des États-Unis, que lui avait remis personnellement l'ambassadeur américain Ralston Bishop. En lisant le message en présence de l'ambassadeur, un homme qu'il connaissait depuis longtemps, il s'était rendu compte que le Président ne bluffait pas et qu'il faisait lui-même face à la plus grave crise de son mandat. C'était, selon ce qu'il projetait d'écrire dans ses mémoires, la plus grande crise de l'histoire du Canada.

— Je vous remercie d'être venus dans un délai aussi bref. Vous allez voir que je ne vous ai pas convoqués pour rien, dit-il en guise d'introduction dans une atmosphère tendue. Je viens de recevoir une lettre du Président des États-Unis que je vais vous lire à l'instant.

Il retira la lettre de la chemise et lut à haute voix :

Mon cher Premier ministre,

Je dois vous faire part de ma vive inquiétude au sujet de la situation au Québec. Après avoir examiné à fond le dossier avec mes principaux conseillers, je pense que se développe dans cette province une conjoncture politique qui menace la paix et la stabilité de tout le continent et qui, par conséquent, va à l'encontre des intérêts vitaux des États-Unis.

Nous avons en main la preuve incontestable que l'un des candidats à la direction du parti au pouvoir à Québec, monsieur Guy Lacroix, projette de pro-

clamer unilatéralement l'indépendance de la province, aussitôt qu'il aura été porté à la tête du Parti Québécois.

Le plan de Lacroix contient plusieurs points qui nous inquiètent. Il s'agit notamment :

1. de rompre les liens économiques avec le reste du Canada ;

2. de permettre à la France d'accroître son influence politique et culturelle en Amérique du Nord ;

3. de forcer les États-Unis à reconnaître rapidement un Québec indépendant en exerçant des pressions à la fois sur les capitaux américains investis dans la province et sur le droit de passage dans la Voie maritime du Saint-Laurent ;

4. de demander à la France et à l'Union soviétique de garantir conjointement la souveraineté du nouvel État.

Vous comprendrez facilement, mon cher Premier ministre, que les États-Unis ne pourraient tolérer pareille situation. Je demande donc expressément à votre gouvernement d'intervenir énergiquement, afin de ne pas nous obliger à le faire dans un pays qui demeure notre meilleur allié politique et économique. Vous pouvez considérer que l'appui des États-Unis vous est acquis et que nous mettrons, à cet effet, à votre disposition tous les moyens auxquels vous jugerez bon de recourir.

Je ne doute pas que vous et vos ministres comprendrez l'urgence de la situation et agirez en conséquence. Je ne vous cache pas cependant que si votre gouvernement décide de ne pas intervenir pour empêcher Lacroix de proclamer l'indépendance du Québec, les États-Unis se verront forcés de prendre les mesures qui s'imposent afin de protéger leurs intérêts.

Je vous prie, monsieur le Premier ministre, d'agréer l'expression de ma plus haute considération.

Un silence religieux tomba sur l'assemblée. Le Premier ministre se mit à pianoter sur la table comme un aveugle qui cherche nerveusement sa voie.

Bill McVee, le pêcheur de Nouvelle-Écosse, brisa le silence.

— Ce foutu yankee voudrait qu'on bombarde les *frogs* pour les mettre à genoux. Mais bon Dieu !, on peut pas faire ça, peu importe ce qu'on pense d'eux !

Il sentit tout à coup peser sur lui les regards des ministres canadiens-français.

— Excusez mon franc-parler, mais vous savez bien ce que je veux dire, monsieur le Premier ministre.

183

— Ce que vous dites, Bill, ne manque pas de vérité. Le Président nous demande d'agir, si possible politiquement, sinon par la force, pour arrêter Lacroix. Et si nous ne le faisons pas, il le fera. Le message est bien clair.

— Une intervention politique de ce genre serait un précédent dans l'histoire du Canada, dit André Lafontaine. Il nous faudrait d'abord trouver le moyen de suspendre le gouvernement de la province et de placer le Québec sous la tutelle fédérale, un peu comme les Britanniques ont fait en Irlande du Nord en 1972. Mais je ne crois pas que notre Constitution nous offre cette possibilité.

— Est-ce que Lacroix peut encore perdre ? Quelles sont les chances de Belmont à l'heure actuelle ? demanda Avery Walton.

— Lacroix est tellement en avance qu'il a presque déjà gagné, répondit Lafontaine. L'affaire des photos truquées a fait du tort à Belmont. Lacroix le dénonce comme un politicien corrompu dans toute la province, et ça produit de l'effet.

— Peut-on agir au niveau politique, André ? demanda le Premier ministre.

— Je ne vois pas comment, répondit Lafontaine en secouant la tête. Pas avant le congrès, en tout cas. Je pense que nous devons laisser courir les événements jusque-là, puis ensuite tâcher d'isoler Lacroix et le forcer à déclencher des élections anticipées qui pourraient le renverser.

— Y a-t-il d'autres avis politiques ?

Le leader fédéral regarda ses ministres l'un après l'autre. Il lut sur les visages un mélange de colère et de frustration lié à un sentiment d'impuissance.

— Bon ! Il semble que nous devons écarter pour l'instant toute intervention politique. Examinons maintenant l'inconcevable : une intervention militaire ou la proclamation de la Loi des mesures de guerre, à la suite d'une insurrection appréhendée au Québec. Trudeau a eu recours à cette solution lors de la crise engendrée par le F.L.Q. en 1970.

Les ministres autour de la table restaient silencieux, cherchant à éviter les regards du Premier ministre.

Jim Hanson, le bouillant ministre de la Défense nationale, prit enfin la parole.

— Ce n'est pas possible, Monsieur le Premier ministre.

— Pourquoi ?

— On n'est plus en 1970. La situation a changé. Nous avions eu alors quelques problèmes avec les troupes canadiennes-françaises. On leur demandait d'occuper leur propre province. Elles n'ont pas aimé cela. Aujourd'hui nous serons aux prises avec une rébellion ouverte. Et je ne voudrais pas pour tout l'or du monde me voir obligé de fusiller personne pour désertion. Nos forces armées sont maintenant composées à 25% de Canadiens français. La plupart de ces soldats sont concentrés dans des bases au Québec. En outre, un grand nombre d'unités stratégiques essentielles à une telle opération est stationné au Québec. Notre force mobile a son quartier général à Saint-Hubert, près de Montréal. Elle contrôle toutes les forces terrestres. Il y a ensuite une brigade importante à Val Cartier, près de Québec. Et la plus importante station de commandement aérien de l'est du pays est située à Bagotville. Ces bases ont toutes une importance stratégique de premier ordre, et elles sont occupées principalement par des Canadiens français, parmi lesquels le Parti Québécois compte de très nombreux sympathisants. Je ne peux donc pas, en toute franchise, me porter garant de la loyauté de ces hommes, dans des circonstances comme celles que nous évoquons. Il y a là un véritable danger de guerre civile qu'il faut envisager sérieusement.

Le Premier ministre se sentit très las tout à coup. La situation semblait lui échapper totalement. Il n'y avait rien que le gouvernement d'Ottawa puisse faire dans ces circonstances. Un passage d'un livre qu'il était en train de lire lui revint en mémoire, au sujet de l'Histoire conçue comme une série de vagues régulières et irrésistibles. Il se sentit entraîné dans une de ces vagues, ne pouvant qu'attendre le moment où il serait projeté inexorablement contre les rochers.

— Y a-t-il d'autres avis ?

Seul le silence lui répondit.

— Très bien. En résumé, une action militaire, selon Jim, est trop dangereuse pour être envisagée. Je voudrais ajouter une autre chose à ce propos. Les sondages que nous avons faits indiquent que le reste du pays ne favorise pas le recours à la force. On n'est pas prêt à employer les armes pour maintenir le Québec dans la Confédération. L'attitude qui prévaut est de laisser les Québécois partir si c'est là leur désir. D'autre part, une intervention politique à ce stade serait plus nuisible qu'utile. Mais pourquoi ne nous concentrerions-nous pas sur une politique à long terme, dans l'hypothèse où les événements ne joueraient pas en notre faveur ?

— Il semble qu'il ne nous reste guère d'option, intervint John Penny avec lassitude.

— Et le Président ? interrogea Avery Walton. Pourrons-nous l'amener à cette idée ?

— Je ne sais vraiment pas, répondit le Premier ministre. Tout ce que je puis faire, c'est d'essayer. En tout cas, je vous jure une chose : je ne serai pas celui qui aura mené ce pays à la guerre civile ! Abraham Lincoln n'a jamais été l'un de mes héros.

Des fêtards du carnaval encombraient l'ascenseur du Hilton, à Québec. Taylor Redfern prit une bonne respiration avant d'entrer à son tour dans la cabine. Curieusement, il se sentait le coeur aussi léger que ces joyeux drilles qui plaisantaient et riaient à gorge déployée à ses côtés. Il sortit au quatorzième et chercha le numéro de la chambre de Monique Gravelle. Il avait pensé l'appeler d'en bas, mais s'était finalement ravisé. Cela aurait pu la mettre sur ses gardes. Il trouva la chambre et frappa doucement, à la manière d'une femme de ménage. Il attendit un moment, il n'y avait pas de réponse. Il revint vers l'ascenseur et redescendit dans le hall.

Il se retrouva une fois de plus au milieu d'une foule de « carnavaleux » qui sentaient l'alcool à plein nez et braillaient des chansons de folklore. Il s'assit dans le hall. Des banderoles rouges et blanches flottaient, agitées par de gais lurons et luronnes portant la toque et la ceinture fléchée du carnaval. L'hôtel offrait une tournée gratuite, dans des coupes de papier, à tout ce monde. Au milieu de cette agitation, Taylor Redfern se demandait comment s'y prendre pour aborder Monique Gravelle. En attendant son arrivée, il décida d'employer son temps à trouver tout ce qu'il pouvait à son sujet. Il se rendit à la réception et attendit d'avoir l'attention de la préposée.

— S'il vous plaît, je travaille pour la campagne de monsieur Belmont. Il y a ici une personne de notre équipe qui loge à la chambre 14, mademoiselle Monique Gravelle. Elle a été malheureusement rappelée d'urgence à Montréal. On m'a autorisé à régler la note. Pouvez-vous me la donner, s'il vous plaît ?

— Un instant !

La jeune femme avait vu le macaron de Belmont à la boutonnière de Redfern. Elle se tourna vers l'ordinateur-caisse derrière elle, composa quelques chiffres, et la machine émit la note. La préposée la tendit au journaliste.

— Comptant ou crédité ? demanda-t-elle.

— Crédité, dit Redfern sans hésitation, en parcourant les chiffres : services à la chambre, taxes, repas, soins de beauté.

Toutes ces dépenses étaient banales. Mais ce qui attira son attention, ce fut le nombre inusité d'interurbains très coûteux. Deux d'entre eux s'élevaient à plus de cent dollars.

— Dites-moi, s'il vous plaît, ces frais de téléphone ici, mademoiselle Gravelle m'a dit qu'elle n'avait fait qu'un seul interurbain. Il y en a plusieurs sur la note. Voulez-vous vérifier, s'il vous plaît ?

— Je vais aller voir au standard. Voulez-vous patienter un instant, Monsieur.

La femme disparut dans une pièce attenante. Redfern poursuivit l'examen de la note. À qui Monique Gravelle avait-elle bien pu parler aussi longtemps ?

— Voilà, Monsieur.

La préposée lui tendit la fiche téléphonique sur laquelle la standardiste avait soigneusement enregistré le numéro et la destination de chaque appel interurbain, en cas de controverse. Redfern vit immédiatement que tous les appels avaient été pour Paris. Et tous au même numéro. Il le mémorisa et remit la fiche.

— Je regrette, je n'ai l'autorisation de payer que pour un seul appel interurbain. Je dois vérifier avec nos bureaux. Je vous remercie de votre aide.

Il tourna le dos à la préposée stupéfaite et se fraya un passage dans la foule du hall jusqu'à la sortie.

Au Château Frontenac, la chambre était déjà prête pour lui. Après avoir payé son écot au chasseur, il referma la porte derrière lui en prenant soin de mettre la chaîne de sûreté. Seul enfin, il décrocha le téléphone et demanda le service interurbain.

— Je voudrais appeler Paris, s'il vous plaît.

Il donna le numéro et n'eut que quelques instants à attendre. À l'autre bout de la ligne, un appareil sonnait quelque part à Paris. Il y eut un déclic :

— Bonjour, Les Entreprises de Luzt. Un instant, s'il vous plaît.

D'un geste délibéré, Taylor Redfern raccrocha le combiné.

Chapitre 8

Taylor Redfern, qui n'avait pas encore pris la peine d'enlever son manteau, était assis sur le bord du lit dans sa chambre d'hôtel. Il fit un appel interurbain à Londres. Il pianota nerveusement sur la table de chevet en attendant que Brian Windsor vint répondre.

— Brian, ici Taylor Redfern. Écoute-moi bien, je n'ai pas beaucoup de temps. J'ai besoin de ton aide.

— Bien sûr, Taylor. Ça fait plaisir de t'entendre. Que puis-je faire pour toi ?

— Tu te rappelles cette affaire que je t'ai racontée, l'assassinat du Premier ministre ? Eh bien, je suis en train de découvrir le pot aux roses !

— Formidable !

— Oui, mais il me manque quelques détails. Il y a une compagnie à Paris nommée Les Entreprises de Luzt. Il me faut obtenir le plus de renseignements possible sur elle. De quoi elle s'occupe, sa situation financière, son capital, ses actionnaires, ses directeurs, ses administrateurs et ses succursales, enfin tout.

— Ça s'écrit comment ?

— Je ne sais pas trop, ce peut être LUSTE ou LUZT. Je présume qu'il s'agit d'un nom de personne. Si c'est le cas, pourrais-tu trouver tous les détails possibles sur cette personne ?

— O.K. ! Mais en ce moment je suis plongé jusqu'au cou dans une série d'articles sur les syndicats. Je pourrais toujours envoyer Madge à Paris si ton journal paie les dépenses.

Redfern réfléchit un moment. Il était exclu qu'il puisse demander de l'argent au *Chronicle* en ce moment.

— Je vais t'envoyer un chèque personnel : trois cents dollars, est-ce que ce serait suffisant ?

— Je vais dire à Madge d'apporter ses sandwiches! Farce à part, ça devrait aller. La marmite doit bouillir drôlement si tu es prêt à vider tes poches.

— Ce sera le plus gros scandale de la décennie, Brian.

— C'est trop dommage que je ne puisse y aller moi-même.

— Quelle heure est-il chez vous, en ce moment ?

— Presque 16 heures.

— Bon, peux-tu demander à Madge de prendre l'avion ce soir même ? Et puis j'aimerais bien que tu sondes un peu tes relations financières à Londres.

— Je vais faire de mon mieux.

— Je suis au Château Frontenac, à Québec, chambre 913. Je serai probablement sorti la plupart du temps. Pourrais-tu m'envoyer un télex ici ?

— Entendu. Laisse-moi vingt-quatre heures. Je pense que je n'ai pas besoin de te dire de faire attention.

— Merci, Brian.

— Prends un bon verre de caribou à ma santé, Taylor.

La Silver Cloud déboucha sur Whitehall, passa le Cénotaphe et tourna vers la barrière de Downing Street. Le chauffeur échangea quelques mots avec le policier de garde, qui, après avoir jeté un regard au gros homme assis sur la banquette arrière, permit à la Rolls-Royce de franchir la barrière.

Sur sa banquette, Holbrook Meadows s'interrogeait sur cette brusque convocation au 10 Downing Street. Trois jours seulement auparavant, il avait conversé amicalement avec la Première ministre lors de la réception qui avait suivi son discours annuel devant la Confédération des Industries Britanniques. Qu'est-ce qui était donc devenu si urgent ? Le gouvernement de coalition avait tout mis en oeuvre pour ne pas inquiéter les multinationales dont le siège était à Londres. L'Intcon avait versé généreusement dans les caisses des Travaillistes et des Conservateurs au cours des années ; les impôts étaient payés scrupuleusement. D'autre part, s'il y avait eu la moindre irrégularité dans les transferts de fonds, ce serait la Banque d'Angleterre qui serait intervenue, et on serait venu le voir au lieu de le convoquer, *By God !*

La Rolls arriva à la hauteur de la fameuse porte noire frappée du numéro 10. Un *bobby* était de faction sur la marche supérieure. George, le chauffeur, descendit de voiture et ouvrit la portière à Meadows. Il tenait un parapluie pour protéger son patron du crachin. Meadows l'écarta d'un geste et monta les marches de la résidence. Le policier fit un bref salut et pressa la sonnette. La porte s'ouvrit presque immédiatement.

— Commandant Meadows ?

Un portier portant des gants blancs se tenait sur le seuil.

— Oui.

— Madame la Première ministre vous attend.

Meadows eut envie de décharger sa mauvaise humeur par une remarque fielleuse mais il se contint. Il remit sans mot dire son manteau et son chapeau au portier.

— Prendrez-vous du thé ou du whisky, Monsieur ?

— Du thé, je vous prie. Du Lapsang Souchong avec une rondelle de limette ou, s'il n'y en a pas, de citron.

— Très bien, Monsieur.

Le portier le conduisit dans un bureau confortable. La Première ministre était assise à un secrétaire, le dos à la porte.

— Le commandant Meadows, Madame.

La Première ministre britannique se retourna avec un sourire accueillant. Elle ressemblait de plus en plus aux caricatures qu'on faisait d'elle, pensa Meadows, une maîtresse d'école plus qu'une femme d'État.

— Entrez, monsieur Meadows, je vous prie. Je suis ravie de vous revoir.

Il remarqua qu'elle avait laissé tomber son titre de commandant mérité durant la guerre. Il se raidit un peu. L'avait-elle fait délibérément pour l'insulter ? Il avança vers elle qui lui tendait la main. Depuis qu'elle avait accédé au pouvoir, ses cheveux étaient passés du noir au gris. Elle avait adopté récemment des lunettes en demi-lune. Le fardeau de l'État semblait avoir épaissi davantage les traits sans grâce d'une femme que Meadows avait évitée socialement durant des années. Son tailleur Chanel lui donnait l'air d'une bibliothécaire vêtue au-dessus de ses moyens.

— Tout le plaisir est pour moi, madame la Première ministre, dit Meadows sur le ton conventionnel des salutations entre puissants.

— Asseyez-vous, je vous en prie, dit-elle en se levant et en se dirigeant vers le canapé. Est-ce que Fulford vous a offert un whisky ?

— Merci, Madame, un thé me suffira.

— Ah ! c'est la seule chose qui me redonne un peu de nerf ! Je comprends maintenant un peu mieux Winston Churchill avec son brandy.

— Je suis un peu intrigué par cette convocation, Madame. Votre secrétaire n'a voulu donner aucune indication.

Meadows voulait aller tout de suite au but.

— Je vous arrache à votre bridge, n'est-ce pas ?

— Non. En fait, j'avais rendez-vous avec mon armurier chez Purdy's et je dois prendre le vol pour Paris ce soir.

— Eh bien, je ne vous le ferai pas manquer. Je vais être la plus brève possible.

Elle réfléchit un moment avant de poursuivre.

— J'ai reçu un appel aujourd'hui du secrétaire d'État américain. Sans entrer dans les détails, nos alliés d'outre-Atlantique ne sont pas très contents de ce que vous cherchez à remuer au Québec.

Elle baissa la tête pour l'observer par-dessus ses lunettes.

— Je ne comprends pas tout à fait... dit Meadows.

— Laissez-moi finir. Les Américains ont été très explicites. Ils ne toléreront plus que vous vous mêliez des affaires du Québec. Si vous continuez à vous immiscer dans la vie politique là-bas, ils menacent d'user des pires représailles.

Meadows clignait des yeux sous le coup de l'étonnement. Comment les Américains pouvaient-ils savoir ce que l'Intcon faisait au Québec ? Et de quoi se mêlaient-ils, après tout ? Tout ce qu'il voulait, c'était vendre de l'uranium à la France, une alliée de l'O.T.A.N. Il allait protester quand la Première ministre lui enleva les mots de la bouche.

— Oui, oui, je sais ce que vous allez dire. Ce n'est pas leurs affaires. Ils n'ont aucune directive à donner à une compagnie britannique. Dans des circonstances normales, vous auriez raison. Mais, malheureusement, les circonstances sont loin d'être normales.

— Madame, je vous assure que...

— Monsieur Meadows, je puis vous dire que je ne prends pas d'ordres de Washington. Je trouve des plus odieux de me voir dicter ma conduite par leur secrétaire d'État. Mais nous sommes dans une situation désespérée, je n'ai pas besoin de vous le dire. Ce n'est pas un secret d'État, mais plutôt de polichinelle que notre pays fait face à une grave crise économique, même avec le pétrole de la mer du Nord. Je n'insisterai pas davantage devant quelqu'un qui connaît aussi bien que moi les réalités économiques. Quant aux réalités politiques, eh bien, notre pays est devenu la foire d'empoigne des radicaux de gauche et des réactionnaires de droite. Le centre est en train de s'effondrer. À moins d'un coup de barre énergique pour arrêter ce glissement vers l'anarchie, nous courons le risque de voir, à brève échéance, la dictature du fusil supplanter le gouvernement constitutionnel.

Meadows se sentait de plus en plus mal à l'aise sur le canapé. Il allait parler mais se retint en apercevant Fulford qui apportait le thé. La Première ministre et le président de l'Intcon attendirent que le garçon ait déposé le plateau et quitté la pièce.

— Nous n'avons pas de limette, Monsieur.

— Peu importe, grommela Meadows sous le regard interrogateur de la femme en face de lui.

— Vous alliez dire ? lui demanda-t-elle une fois le garçon sorti.

— J'allais dire que je suis bien au fait du climat politique. Mais où veulent en venir les Américains ?

— Le Président doit présenter au Congrès la semaine prochaine un nouveau programme de politique étrangère. Ce sera la plus ambitieuse initiative américaine en Europe depuis le Plan Marshall. Le programme vise à redresser l'économie chancelante de l'Europe de l'Ouest par une aide technique substantielle et des crédits à long terme. Il comprend aussi des propositions audacieuses concernant le partage de l'énergie et la stabilisation des devises. Mais l'aspect le plus révolutionnaire de ce plan, c'est que les États-Unis vont laisser tomber toutes leurs barrières tarifaires vis-à-vis des pays participants.

— *Good Lord !* s'exclama Meadows. Une zone de libre échange entre les pays occidentaux ?

— Encore plus original que cela, dit la femme d'État. Les États-Unis vont faire tomber leurs barrières unilatéralement.

D'autres pays compris dans le plan pourront protéger leurs propres industries, si nécessaire.

— C'est ce qui s'appelle manger à tous les râteliers ! s'exclama Meadows enthousiaste. Libre accès au marché américain sans que ce pays réclame des avantages en contrepartie ? C'est formidable. Nous pourrons lui vendre à des prix défiant toute concurrence.

— Tout à fait, et quand ces mesures prendront effet on peut s'attendre à une hausse prodigieuse des investissements dans les industries qui emploient une main-d'oeuvre nombreuse.

— Je pense que je prendrais bien un whisky, dit Meadows.

La Première ministre se leva et tira un cordon de sonnette.

— Comme vous le voyez, monsieur Meadows, c'est un plan très audacieux et très dangereux aussi pour le Président. Les syndicats et les milieux d'affaires américains vont évidemment tout faire pour l'empêcher de passer. C'est un pari énorme pour le Président. Il devra mener une dure bataille au Congrès, et les élections présidentielles approchent.

— Pourquoi le fait-il alors ?

— Quel autre choix a-t-il ? Nous sommes sur le bord du chaos économique et politique. L'Italie a peut-être déjà glissé dans l'abîme. L'Espagne et le Portugal vont suivre. Quant à l'Allemagne de l'Ouest, la montée d'un parti néo-nazi met leur économie en péril. La France a un problème analogue avec la gauche. Aussi, du point de vue de Washington, le choix est clair : se retirer dans la forteresse américaine et laisser les hordes barbares submerger l'Europe.

— Comme dans les années 30.

— Exactement. Ou encore, ils peuvent faire un geste audacieux pour essayer de sauver la social-démocratie. On peut dire ce qu'on veut de l'homme qui est au pouvoir actuellement à la Maison Blanche, mais il n'a pas froid aux yeux.

— En effet, convint Meadows.

— Mais c'est un jeu qui se joue à deux. Il y a des conditions, avertit la Première ministre.

— Je m'en doute fort.

— Pour que notre pays puisse être admis à participer au plan, nous devrons refouler la marée montante de la gauche dans les syndicats. Washington nous a fait quelques propositions. Elles ne sont pas de mon goût, je l'avoue, mais nous pouvons nous en accommoder. En outre, il nous faudra neutraliser le Front National, ses récentes déclarations au sujet d'alliances éventuelles avec des groupes allemands semblables ayant mis Washington sur les dents. Cela exigera une action policière énergique. Nous allons devoir essuyer des pleurs et des grincements de dents, dans les prochains mois, au sujet de l'État policier et de la perte des libertés civiles. Mais c'est le prix à payer.

— Cela ne sera pas des plus faciles. La presse...

— Oui, la presse. Comme je l'ai dit, il faut payer le prix. Washington ne donne rien pour rien. Mais songeons plutôt à ce que nous pouvons gagner à long terme. Naturellement, le Président n'ira pas mettre sa tête sur le billot s'il n'a pas des garanties solides de notre part au sujet de l'avenir. Chaque pays participant fera face à des exigences semblables.

— Je vois.

— Voilà, grosso modo, de quoi il s'agit. Mais, en ce qui vous concerne, et c'est la raison pour laquelle je vous ai fait venir ici, le secrétaire d'État a ajouté aujourd'hui deux conditions nouvelles à notre participation au programme. Les deux se rapportent à vous, monsieur Meadows. Premièrement, l'Intcon doit cesser immédiatement d'appuyer la candidature de Guy Lacroix. Deuxièmement, vous devez suspendre toute négociation avec la France au sujet de futurs approvisionnements en uranium.

— Mais ce n'est pas possible ! s'écria Meadows.

— Possible n'est pas le mot, Monsieur : c'est impérieux.

— Madame, je vais vous parler franchement. L'Intcon est en sérieuses difficultés. La principale source de revenus de la compagnie, une mine d'or d'Afrique du Sud, est en train de s'épuiser. Sans elle, nous allons faire face à de graves problèmes de liquidités. Si nous arrivons à négocier cette affaire d'uranium avec la France, je suis sûr que nous pourrons sortir du pétrin. Sinon, je vous préviens que nous seront probablement acculés à la faillite. Et cela entraînerait la perte d'au moins mille deux cents emplois en Grande-Bretagne seulement. Je me demande comment la chose sera accueillie au Parlement.

La Première ministre prit une gorgée de whisky avant de répondre.

— Une telle perspective ne m'est pas plus agréable qu'à vous. Mais je suis devant une alternative : la faillite d'une grande compagnie ou celle d'un pays tout entier. Si le plan américain n'est pas mis sur pied, nous serons condamnés pour défaut de paiement auprès du Fonds Monétaire International. Dans les circonstances, monsieur Meadows, je regrette de vous dire que je n'ai pas le choix.

Holbrook Meadows sentit la respiration lui manquer. Sa vue se troubla et il ressentit une vive douleur dans la région du coeur. Il craignit un moment une angine de poitrine. Il s'adossa sur le canapé et ferma les yeux. Une condamnation à mort venait d'être prononcée contre la compagnie qui était l'oeuvre de sa vie, et il ne pouvait rien faire pour y parer.

La Première ministre se pencha vers lui et sourit.

— J'entends Fulford venir. Je pense que le whisky vous fera du bien, monsieur Meadows.

— Je regrette, Monsieur, mademoiselle Gravelle n'est pas là. Est-ce que quelqu'un d'autre pourrait vous aider ? demanda la secrétaire au quartier général de la campagne de Belmont, avec l'air absent de ces personnes à qui on semble toujours demander la lune.

— Pouvez-vous me dire où je puis la trouver ? C'est très important, insista Redfern.

La jeune femme consulta un agenda sur son bureau. Monique Gravelle avait été jusqu'ici plutôt inatteignable.

— Est-ce qu'elle vient travailler parfois au bureau ? demanda Redfern. Je suis venu hier et elle était absente aussi.

— Elle a un horaire très chargé, Monsieur, répondit la secrétaire sans le regarder. Le congrès commence dans moins d'une semaine, aussitôt que le carnaval sera fini. Ah voilà ! Monique Gravelle, Radio-Canada, studio 2. Elle supervise une interview télévisée de monsieur Belmont.

— Est-ce que je peux la rejoindre là ?

— Ils doivent rester en studio jusqu'à midi. Il vous reste trois quarts d'heure pour les attraper.

— Merci. Je vais essayer de la rejoindre là-bas.

Redfern sortit pour prendre un taxi et filer en vitesse vers Radio-Canada.

La station de télévision occupait un immeuble moderne dans Sainte-Foy. Redfern connaissait l'endroit pour y être venu alors qu'il était correspondant de son journal à Québec. Le studio 2, une pièce de forme carrée traditionnellement vouée aux interviews avec les politiciens, était situé au rez-de-chaussée. Redfern aperçut tout de suite le petit signal rouge sur la porte du studio. Il entra dans la salle de contrôle. L'interview avec Belmont était déjà bien engagée. Sur les appareils témoins, la figure en gros plan du candidat était en train de disparaître derrière un nuage de fumée de pipe. Redfern reconnut immédiatement les trois journalistes qui interrogeaient le ministre : un reporter du *Soir,* partisan notoire de Belmont ; un animateur de Radio-Canada, plus à l'aise avec des starlettes que des hommes politiques ; et le correspondant du *New York Times* au Québec, qui parlait français avec l'accent de Paris. Belmont avait la partie belle avec ces trois-là, pensa Redfern.

Il salua de la tête le réalisateur qu'il connaissait depuis plusieurs années.

— Ça ne fait rien si je m'assois ici ? demanda le journaliste.

— Sans problème. Mais n'attends rien de spectaculaire. Les gars sont trop gentils avec lui. Tu veux une cigarette ?

— Oui, merci.

Redfern essayait de se rappeler de son nom : Yves quelque chose, Cloutier peut-être ? Il ne pouvait s'en souvenir.

— C'est qui l'organisateur en chef de la campagne ? demanda Redfern.

— L'organisatrice, tu veux dire. On ne peut pas la voir actuellement. La caméra deux nous la cache.

Redfern essaya de voir. Le plateau apparaissait comme une oasis de lumière dans l'obscurité du studio, où les caméramen et les techniciens n'étaient que de vagues silhouettes. Il ne pouvait apercevoir la jeune femme.

Comme l'enregistrement se poursuivait, Redfern fuma une autre cigarette. La fumée et l'effort qu'il faisait pour voir dans l'obscurité lui donnaient mal aux yeux. De l'autre côté du panneau vitré, Belmont avait l'air détendu et capable de répondre à toutes les questions avec aisance. « Sa technique télévisuelle est impeccable », pensa Redfern en l'observant sur les appareils témoins. Il s'adressait directement au téléspectateur, son regard était franc ; il parlait d'abondance et avec conviction. Le véritable symbole du père. Le genre d'homme que les Québécois aimeraient en temps normal.

Le réalisateur pressa un bouton sur le tableau en face de lui et parla dans un petit microphone.

— C'est bien. Donnez le signal de la fin. Thème et générique. À vous, caméra trois.

Les voix s'éteignirent dès que l'indicatif de l'émission commença à s'imposer. Belmont et ses trois interviewers n'apparaissaient plus maintenant qu'en plan éloigné, derrière le générique qui défilait.

Taylor Redfern sentit son coeur battre alors qu'on allumait les lumières du studio et que le réalisateur remerciait chacun des participants. Comme on déplaçait les caméras, Redfern put enfin voir celle qu'il cherchait. Elle était de profil, debout, un bloc de scripte à la main : une très belle femme avec des cheveux d'un noir de jais qui tombaient sur ses épaules et dans son dos. Elle tourna le visage vers la salle de contrôle. Redfern plissa les yeux dans son effort pour bien la voir. Il sentit sa pression monter. C'était la femme qu'il avait vue dans la galerie de l'Assemblée nationale. Il ressentit alors le même frisson de peur qu'il avait eu ce jour de novembre où elle avait attiré l'attention du photographe vers lui.

— Est-ce... est-ce elle... Monique Gravelle ? demanda-t-il au réalisateur, d'une voix troublée.

— Oui, c'est elle. Pas mal, hein ?

Redfern ne la quittait pas des yeux. Le signal lumineux à la porte du studio passa du rouge au vert.

— Si vous voulez la rencontrer, vous êtes mieux de faire vite, dit le réalisateur. Je les ai entendus dire qu'ils devaient se rendre en vitesse à une autre réunion.

— O.K., merci, lança Redfern qui entra aussitôt dans le studio.

Monique Gravelle prenait des notes sur son bloc, Redfern marcha vers elle.

— Mademoiselle Gravelle...

Ses yeux noirs se posèrent sur lui et il crut y discerner une lueur de reconnaissance.

— Oui ?

Sa voix riche et profonde ne laissait rien percer.

— Je m'appelle Taylor Redfern. Je pense que nous avons un ami en commun.

— Ah oui ?

— Oui. Kevin Reilly. Pouvons-nous aller en parler ailleurs ?

Elle regarda par-dessus l'épaule du journaliste comme pour chercher une échappatoire. Redfern savait qu'il avait frappé juste.

— Bon, ça va, mais pas maintenant. Où voulez-vous ?

— Je loge au Château Frontenac, chambre 913.

— Non. Je préfère un endroit public. Que diriez-vous du Bar des Amis, Place Royale ? Je serai là à 20 heures ce soir.

— Venez, Monique, le Club Rotary va nous attendre.

Jean-Claude Belmont les prenait tous deux à l'improviste.

— Ah, Monsieur Redfern ! Je suis ravi de voir que vous suivez ma campagne. C'est bien dommage, mais je dois vous enlever Monique. Vous comprenez ?

— Oui, bien sûr, Monsieur.

— Eh bien, je vous dis au revoir. Je compte sur votre présence au congrès.

Belmont se dirigeait déjà vers la porte du studio. Monique Gravelle allait le suivre, mais Redfern la retint.

— 20 heures, lui glissa-t-il à voix basse ; je vous conseille d'être là, sinon vous aurez peut-être à répondre aux questions de la G.R.C.

Elle se dégagea avec une moue de mépris.

— Je serai au rendez-vous.

Redfern s'attacha un moment au mouvement souple de ses hanches alors qu'elle se dépêchait de rejoindre le ministre.

Lawrence Wilde n'avait jamais vu le Président de si méchante humeur. Celui qui présidait aux destinées de plus de deux cents millions d'Américains faisait les cent pas dans le Bureau Ovale, lançant les pires imprécations contre les Canadiens. Et dire que c'était là l'homme qui avait parlé du « règne de la raison et de la tolérance » lors de son investiture. Il avait maintenant le doigt sur la gâchette. Le secrétaire d'État frémit.

— Monsieur le Président, votre pression sanguine.

— Pression sanguine, mon oeil ! cria le Président. Qui donc pensez-vous fait monter ma pression sanguine ? Ces foutus Canadiens, c'est pas étonnant qu'ils aient pris le castor comme symbole national. Ils frappent à grands coups de queue dans l'eau puis se cachent derrière leurs écluses au moindre signe de combat.

Lawrence Wilde ne put réprimer un sourire devant le langage coloré du Président.

— Comment pouvez-vous rester là à sourire comme un idiot ? tonna le Président.

Il attrapa une lettre sur son bureau d'un geste furieux, qui menaça de renverser l'écritoire victorien.

— Vous avez vu ça ! « Toute intervention directe en ce moment risquerait de provoquer un conflit armé », lut-il d'une voix affectée.

Il rejeta la lettre sur le bureau.

— Et que pensent-ils qu'il arrivera s'ils n'interviennent pas ? Ce corsaire de Lacroix ne joue pas à colin-maillard. Il sait ce qu'il veut. Et ces incapables à Ottawa sont assis sur leurs fesses et attendent l'explosion en se bouchant les oreilles.

— Monsieur le Président, il y a des réalités politiques et militaires dont on doit tenir compte là-bas. L'ambassadeur du Canada...

— Ne faites pas l'avocat du diable avec moi, Larry. Ils tergiversent, et soyez sûr que je ne tomberai pas dans le même panneau. Ils ont la trouille au cul, voilà ce qui en est !

Le secrétaire d'État resta coi. Il y avait peu à gagner en argumentant davantage. Lawrence Wilde comprenait la position d'Ottawa. L'ambassadeur du Canada avait passé une grande partie de la matinée à la lui expliquer. Sur l'avis de Wilde, le Premier ministre du Canada avait tenté lui-même d'expliquer les choses au téléphone au Président. Mais celui-ci était si furieux qu'il raccrocha au milieu de la conversation, au mépris de toutes les règles protocolaires. « Je n'ai pu supporter davantage ces jérémiades », répondit-il devant les protestations de Wilde.

— Vous voyez ce qu'ils font, poursuivit le Président. Ils nous disent de nous mêler de nos affaires. Un problème intérieur, mon oeil ! Si seulement c'était cela.

Wilde attendait que le Président se calme. Son langage devenait plus modéré et la rougeur de ses joues commençait à s'estomper. L'effet de la colère serait bientôt passé.

— Bon. Et que fait-on maintenant, monsieur le Président ? Ils nous ont renvoyé la balle. C'est à nous de jouer.

Le Président retourna s'asseoir à son fauteuil derrière le bureau. Ses traits étaient redevenus impassibles.

— Examinons les options que nous avons. La première est de rester assis, les bras croisés, en espérant que les Canadiens pourront régler leurs problèmes. Nous sortirons ainsi de cette histoire comme de gentils voisins qui ne vont pas mettre leur nez derrière la clôture. Les pays du tiers monde nous embrasseront sur les deux joues aux Nations Unies, et notre prestige remontera d'un cran au conseil de sécurité. Eh bien ! qu'ils aillent tous se faire voir, ça ne se passera pas comme cela !

— J'ai bien peur que nous ne puissions pas rester les bras croisés. Le temps joue contre nous, avertit Wilde.

— Option deux : éliminer Lacroix. Il faudrait mettre le paquet : la C.I.A., le F.B.I., des exilés cubains, tout ce que nous pourrions ramasser et envoyer au Québec pour avoir sa peau à tout prix. C'est tentant, mais le problème c'est qu'on ne peut compter sur personne. Et puis, il paraît que sa sécurité est mieux assurée que la mienne depuis que ce lunatique lui a tiré dessus avant Noël.

— C'est ce qu'on nous a dit, en effet.

— Voilà ; cela ne marcherait probablement pas et le temps presse. Option trois : nous envoyons un émissaire à Lacroix. Nous concluons un marché avec lui : qu'il laisse tomber sa déclaration d'indépendance en échange d'importants investissements américains au Québec, qui seraient faits par l'intermédiaire de la France.

— Cela mérite examen, Monsieur. D'autres options ?

— L'intimidation. Masser des troupes à la frontière du Québec. Les faire trembler un peu. Ça pourrait marcher, les Canadiens me semblent plutôt trouillards.

— Cela risque de provoquer l'effet opposé. Les Canadiens français peuvent être drôlement dangereux quand ils sont poussés au pied du mur.

— Et puis après ! Je vais vous dire une chose, Larry : je vais faire augmenter les effectifs à la frontière.

— Je pense que cette opération devrait se faire discrètement, monsieur le Président. Au moins pour l'instant.

— Ouais, nous verrons bien. Au fait, avez-vous réglé cette affaire de l'Intcon ?

— Oui, c'est fait. Ils ne sont plus de la partie.

— Bonne chose. Ce sont toujours les amateurs qui gâchent tout.

— Monsieur le Président, je voudrais savoir une chose. Je n'ai pas besoin de vous dire que vous avez mon appui, quelle que soit la décision que vous prendrez. Mais il y a une chose qu'il me faut savoir maintenant pour mettre au point notre stratégie.

— Oui, qu'est-ce que c'est ?

— Si l'affaire suit son cours malgré tout, avez-vous l'intention d'intervenir directement ?

— Mais absolument. Directement et massivement, je vous prie de me croire. Avec toute la puissance des États-Unis.

En débouchant sur la Place Royale à Québec, on avait l'impression d'être transporté deux siècles en arrière. Les millions de dollars que les gouvernements fédéral et provincial avaient versés pour la restauration des maisons du XVIIe et du XVIIIe siècle avaient été bien utilisés. Cet ensemble était l'une des plus belles attractions touristiques de l'Amérique du Nord, un musée des débuts de l'architecture canadienne, hébergeant des boutiques, des restaurants et des bars animés.

Taylor Redfern était arrivé à la hauteur du Bar des Amis. Il pouvait déjà entendre un choeur improvisé chanter *Chevaliers de la Table Ronde* à l'intérieur. Il avait bien connu ce bar à l'époque où il était correspondant du *Chronicle*. Un endroit confortable avec de vieux murs de pierre, des poutres de bois qui saillaient et de longues tables massives en bois. Il y avait passé bien des soirées agréables avec ses collègues de la presse. Mais ce n'était guère le lieu propice pour une rencontre confidentielle. Il attendrait Monique Gravelle et lui proposerait d'aller ailleurs. Il regarda sa montre : il ne restait plus que quelques minutes avant 20 heures.

Le bar était déjà rempli. Les serveurs en costumes de carnaval se frayaient un chemin dans la cohue en maintenant en équilibre au-dessus de leurs têtes des plateaux remplis de chopes de bière et de verres de caribou. Un homme d'âge moyen, debout sur une table, buvait des chopes à tire-larigot devant une foule qui l'applaudissait. Puis une voix de ténor entonna :

Carnaval, Mardi Gras, Carnaval
À Québec, c'est tout un festival.

On se joignit à lui, et bientôt tout le monde chantait la chanson-thème du carnaval.

Redfern sourit en observant cette fameuse joie de vivre des Canadiens français. C'est ce qui faisait du carnaval de Québec une véritable attraction internationale, malgré les températures sous zéro qui sévissaient le plus souvent. Il regarda d'un coin à l'autre de la salle, au cas où Monique Gravelle serait entrée par une autre porte. Mais elle ne se montrait pas. Il resta près du bar, là où il pouvait surveiller les deux entrées, et il commanda une bière.

Plusieurs serveurs apportaient des cannes blanches au bar pour les remplir de brandy. Redfern observait la chose avec intérêt. Ces cannes de plastique étaient devenues presque l'emblème du vrai « carnavaleux ». L'extrémité se dévissait et l'intérieur pouvait contenir un tiers de litre de brandy ou d'une autre boisson. C'était un accessoire que plusieurs jugeaient essentiel pour se garder au chaud dehors en regardant les défilés, les courses de chiens, les sauts à skis, ou en déambulant simplement dans les rues pour admirer les sculptures de glace. Redfern tournait la tête chaque fois que la porte s'ouvrait et laissait passer un courant d'air froid. Il regarda à nouveau sa montre. Il approchait déjà 20 heures 30. Monique Gravelle pouvait très bien être une excellente organisatrice, mais elle n'avait pas beaucoup de ponctualité, pensa-t-il.

Alors que Taylor Redfern attendait de plus en plus impatiemment, Monique Gravelle était en train de fouiller dans la chambre du journaliste au Château Frontenac. Elle n'avait pas allumé, se servant d'une petite lampe de poche. Elle passa rapidement la main dans la pile de linge dans les tiroirs, fouilla les poches des vestons et des pantalons dans le placard. Elle ne trouvait rien. Elle agissait avec précaution, pour ne pas laisser de traces de son intrusion. Elle vit un tas de linge sale au fond du placard ; elle le remua un peu du pied, se demandant pourquoi il attendait si longtemps pour envoyer ses affaires chez le blanchisseur.

Elle regarda sous les oreillers et même sous le matelas. Sur la table de chevet, elle vit que le réveille-matin indiquait 8 h 35. Elle n'avait plus beaucoup de temps à perdre. Sur une commode, elle remarqua, près d'une bible Gideon, une boîte d'aspirine et un carnet de notes. Elle sortit un appareil-photo miniature de son sac et photographia une à une les pages du carnet. Elle examina la machine à écrire portative et la mallette de Redfern. Cette dernière contenait des blocs-notes et du papier vierge, des coupures de presse en rapport avec la lutte entre Lacroix et Belmont. Elle feuilleta quelques pages de son carnet d'adresses et le rejeta. Dans une pochette de l'attaché-case, elle trouva un billet d'avion déjà utilisé : qu'était-il allé faire à Londres ? Dans la même pochette, il y avait, griffonné au crayon sur un bout de papier, le nom de Charles Watson et un numéro de téléphone. Elle remit les choses en place soigneusement et referma la mallette.

Il restait maintenant la salle de bains. La trousse de rasage était là sur le comptoir du lavabo, avec une eau de cologne de marque courante. À côté, il y avait une petite bouteille de gouttes pour les yeux et un étui en plastique pour des verres de contact. Il ne semblait y avoir rien de ce qu'elle cherchait. Le journaliste devait garder ses secrets dans sa tête. Elle jeta un dernier coup d'oeil dans la chambre et comme elle se dirigeait vers la porte, on vint frapper. Elle se plaqua contre le mur et chercha dans son sac le revolver de calibre 22 qu'elle traînait avec elle.

On frappa de nouveau, avec plus d'insistance.

— Un message, lança la voix d'un chasseur.

Monique entendit remuer des clefs. S'il ouvrait, il la trouverait là dans l'obscurité. Elle devrait alors ou bien l'éviter ou bien répondre à des questions embêtantes.

— Je sors de la douche, cria-t-elle. Je ne suis pas vêtue.

Elle entendit qu'on retirait le passe-partout de la serrure.

— Voulez-vous glisser le message sous la porte, s'il vous plaît ?

— C'est pour monsieur Redfern, répondit la voix mal assurée de l'autre côté de la porte.

— Il n'y a pas de problème. Je suis madame Redfern. Mon mari vous donnera un pourboire à son retour. Merci.

Une enveloppe blanche de télex apparut sous la porte. Elle attendit que la porte de l'ascenseur s'ouvre dans le hall. Elle replaça le cran d'arrêt sur son revolver et le remit dans son sac. Puis elle se pencha pour prendre l'enveloppe scellée.

À la lumière de sa lampe de poche, elle parcourut le télex, son coeur battant de plus en plus fort à mesure qu'elle avançait dans sa lecture. Elle avait joué de chance : un instant plus tard, et elle était partie. Redfern aurait trouvé le message à son retour et la partie aurait été perdue. Elle fourra le message dans son sac. Redfern ne s'apercevrait sans doute pas avant plusieurs heures que le message n'avait pas été acheminé. Elle aurait alors le temps de s'occuper de lui. Elle entrebâilla la porte et s'assura que le corridor était désert.

Il n'avait pas été facile de trouver une chambre libre à Québec, durant le carnaval. Après avoir quitté sa chambre du Hilton pour échapper à Taylor Redfern, Monique avait dû chercher à se loger dans les hôtels miteux de la basse-ville. Même l'hôtel des Touristes, un établissement des moins recommandables, affichait complet. Monique dut glisser un billet de cinquante dollars dans la main du propriétaire, un homme qui n'avait pas de dents et moins de conversation encore, pour qu'il lui cède finalement une chambre. Elle s'enregistra sous un faux-nom, sachant que Redfern téléphonerait à tous les hôtels pour la retrouver.

La clef de sa nouvelle chambre en poche, Monique Gravelle appela un taxi et se fit conduire à la gare du Palais. Elle y ramassa ses bagages dans une consigne automatique, puis elle gagna la première cabine téléphonique pour y faire un appel à frais virés à Paris.

— Les Entreprises de Luzt.

— Ici Monique, je veux parler à monsieur de Luzt immédiatement.

— Ne quittez pas, je vous prie. Il est sorti mais il a laissé un numéro pour le joindre. Je vais appeler.

Pendant qu'elle attendait, Monique sentit la sueur couler sous ses aisselles. La peur d'être filée lui avait fait sécréter de l'adrénaline, et l'exiguïté de la cabine téléphonique lui faisait sentir encore davantage cette odeur de bête traquée qui émanait d'elle.

— J'ai appelé à son club. On est allé le chercher dans le sauna. Je vais sans doute pouvoir vous le passer d'un moment à l'autre.

Le ton un peu enjoué de la standardiste tapait sur les nerfs de Monique.

— Merci, répondit-elle sèchement.

— Allô, Monique. Il y a quelque chose qui ne va pas ?

Elle se sentit aussitôt rassurée en entendant la voix de de Luzt.

— Pas encore, mais ça pourrait venir bientôt. Il y a un journaliste ici qui cherche à nous faire des ennuis. Tu sais de qui je veux parler ?

— Oui. Celui dont tu m'avais déjà parlé ? Redfern ?

— Oui. Il m'a dit que nous avions un ami en commun. Un certain Kevin Reilly.

— Je vois.

Monique sentit le mécontentement percer dans sa voix.

— C'est plus grave que tu ne penses. Il a fait cueillir des renseignements sur ta compagnie par un ami à Londres. À son hôtel, j'ai intercepté un télex qui lui était destiné. Redfern ne l'a pas encore vu, mais quand il le verra il pourra rassembler tous les fils de l'affaire. Comprends-tu bien ?

— Oui, parfaitement. Nos collègues américains sont aussi en piste, ma chère. As-tu entendu parler d'eux à Québec ?

— Non, pas encore. Mais ils ne peuvent être loin derrière Redfern.

— Où es-tu comme ça ?

— À la gare. J'ai quitté ma chambre du Hilton. Je suis maintenant dans un trou appelé l'hôtel des Touristes. Sous le nom de Suzanne Groleau. Que veux-tu que je fasse maintenant ?

— La première chose à faire demain est d'appeler ton bureau et de dire que tu es malade. Tu n'iras pas travailler pendant quelques jours. Puis tâche de te terrer quelque part. As-tu déjà fait tout le nécessaire ?

— Tout est prêt pour l'enterrement de première classe. Les livres comptables et tous les documents sont au point.

— Excellent. Maintenant ne quitte pas ta chambre et, quoi qu'il advienne, ne laisse pas ce journaliste te rejoindre. J'arrive pour te donner un coup de main dans la phase finale.

— Mais je peux..., allait-elle protester.

— Pas de discussion, Monique. Nous touchons presque le but. Nous devons agir vite et tirer notre révérence. Si ce Redfern veut interviewer quelqu'un, je serai là. Je sais comment m'occuper de ces gens-là.

André Lafontaine se sentait fort mal à l'aise depuis que le Premier ministre fédéral lui avait proposé d'être l'émissaire d'Ottawa auprès de Guy Lacroix. Il se sentit encore davantage dans ses petits souliers lorsqu'il fut assis en face du ministre des Affaires sociales du Québec, attendant que celui-ci achève un entretien téléphonique dans son bureau de campagne électorale. Il n'avait jamais eu d'estime pour Lacroix avant son ascension spectaculaire au sein du Parti Québécois ; maintenant il ne ressentait que du mépris pour lui.

Lacroix raccrocha violemment.

— Maudits incompétents !

Il regarda Lafontaine.

— Bien, que voulez-vous ?, demanda-t-il sur un ton cavalier. Je n'ai pas beaucoup de temps. Le congrès commence dans quelques jours, comme vous savez.

Lafontaine contint sa colère. Le but de cette rencontre était trop important pour qu'il se laisse aller à une querelle de coqs avec Lacroix. Le Premier ministre l'avait averti gravement que s'il ne réussissait pas à conclure un marché avec le leader radical, la situation pourrait dégénérer en bain de sang. Lafontaine s'éclaircit la voix.

— Monsieur Lacroix, j'ai une proposition à vous faire.

— De la part de qui ?

— Du premier ministre du Canada.

Ce n'était pas tout à fait vrai. La proposition avait été mise au point par le Premier ministre après consultation avec le secrétaire d'État des États-Unis. Mais il n'était pas question d'informer Lacroix de l'intervention américaine, pas pour le moment du moins.

— Eh bien, mon cher ami fédéraliste, de quoi s'agit-il ?

— Le Premier ministre est au courant de vos intentions de proclamer l'indépendance si vous remportez la victoire la semaine prochaine.

— Si ? Vous voulez dire *quand* je remporterai la victoire.

— Peu importe. Je ne suis pas venu pour discuter avec vous là-dessus.

— J'ai eu vent des rumeurs qui me prêtent de telles intentions, dit Lacroix avec condescendance. Mais je n'ai fait jusqu'ici aucune déclaration officielle à ce sujet.

— Pas officiellement peut-être. Mais nous avons toutes les raisons de croire que ce sont bien là vos intentions. Le niez-vous ?

— Je ne veux ni nier ni confirmer quoi que ce soit. Que voulez-vous que je vous dise ?

— Bon. Assumons, pour les fins de la discussion, que nos informations sont justes... Le Premier ministre m'a autorisé à dire... (Lafontaine fit une pause comme s'il cherchait ses mots)... que nous comprenons la frustration que vous inspirent les négociations. Les pourparlers n'ont pas progressé aussi rapidement que nous tous l'aurions souhaité. On m'a chargé de vous dire que si vous laissez tomber votre projet de proclamer unilatéralement l'indépendance, le Premier ministre convoquera une conférence constitutionnelle d'ici six mois. Dans ce cadre, nous pourrions en arriver à un règlement à l'amiable de tout le problème québécois.

Lafontaine attendit un moment la réponse.

— Une autre tentative de diversion, murmura Lacroix.

— Pardon ? je n'ai pas très bien compris.

— Eh bien, vous pouvez dire à votre cher Premier ministre qu'il aille se faire cuire un oeuf.

— Eh là, un instant !...

— Non, ça ne marche plus vos petits trucs à Ottawa pour noyer le poisson. Vous avez fait tout ce que vous avez pu pour renverser notre gouvernement, pour user de votre influence lors du référendum, pour faire obstacle aux négociations. Eh bien, tout ce petit jeu-là, c'est fini maintenant ! Fini ! Les Québécois savent ce qu'ils veulent et c'est pourquoi ils vont me mettre à la tête du gouvernement. Et sachez que je ne me laisserai pas mettre des bâtons dans les roues.

André Lafontaine devait se contenir pour ne pas bondir sur le ministre péquiste.

— Monsieur Lacroix, nous faisons cette offre de bonne foi. Je vous conseille de l'examiner comme il faut avant de la rejeter. La proclamation unilatérale d'indépendance n'est pas un geste anodin. Je n'ai pas à vous décrire les conséquences possibles. Vous n'avez qu'à penser à la Rhodésie. Ce que le Premier ministre vous propose, c'est une transition dans l'ordre, avec des garanties de sécurité et de stabilité des deux côtés. Je ne rejetterais pas une telle offre du revers de la main, si j'étais à votre place.

— Et pourquoi pas ? rétorqua Lacroix. Que croyez-vous donc faire ? Vous pensez que des colifichets et des miroirs vont satisfaire les sauvages que nous sommes ? Parce que c'est exactement ce que vous nous offrez : des babioles, des brimborions. La nation québécoise est sortie de l'enfance. Elle n'a plus besoin de hochets, elle réclame sa liberté, et dès maintenant !

— Gardez vos discours pour les salles paroissiales, Lacroix.

Les digues avaient sauté, Lafontaine ne pouvait plus retenir sa colère.

— Vos accents de démagogue ne m'impressionnent pas du tout. Liberté, mon oeil ! Quel genre de liberté croyez-vous sincèrement que notre peuple aura ? Oui, notre peuple. Parce que, voyez-vous, je suis Canadien français aussi, au cas où vous l'auriez oublié. Avez-vous donc des yeux pour ne pas voir ? Pour ne pas vous apercevoir où vous allez ? Vous vous êtes enveloppé par-dessus la tête dans un fleurdelisé, et vous ne voyez plus rien. Vous faites un pas de plus vers l'indépendance — le savez-vous ? — et les Américains vous arriveront si vite en pleine face que vous n'aurez pas le temps de distinguer les étoiles sur leur drapeau.

Lacroix replaça la mèche de cheveux qui lui tombait sur les yeux. La sortie soudaine de Lafontaine l'avait quelque peu ébranlé. Il semblait soudain devenu hésitant et moins sûr de sa position. Lafontaine chercha à tirer profit de cet avantage momentané.

— Vous en doutez, n'est-ce pas monsieur le candidat ? Vous en doutez ? Eh bien, je vais vous apprendre quelque chose : nous sommes en pourparlers avec les Américains. Ils concentrent des troupes actuellement dans les États de New York et du Maine. Ils ne vous laisseront pas jouer tout seul. C'est à vous de choisir : ou vous vous assoyez à la table des négociations avec nous, ou vous attendez qu'ils viennent vous dire quoi faire par la bouche des canons.

Il s'en voulait d'en avoir dit autant.Il avait mis toutes les cartes sur table, mais c'était peut-être mieux ainsi.

Guy Lacroix resta silencieux derrière son bureau pendant un long moment.

— J'avais envisagé une chose comme celle-là, commença-t-il lentement, mais je ne croyais pas que les Américains pouvaient être aussi stupides.

Son débit s'accéléra au fur et à mesure que des paroles lourdes de sens sortaient de sa bouche.

— Voici le message que vous pouvez rapporter à vos collègues fantoches d'Ottawa et à leur maître de Washington. Si jamais un soldat américain ou canadien met le pied sur le territoire québécois, après mon élection comme Premier ministre, et pour quelque raison que ce soit, je n'aurai alors d'autre choix que de faire appel à l'assistance militaire de la France et de l'Union soviétique. De plus, j'ai d'excellentes raisons de croire que cet appel entraînera une réponse immédiate. Sa voix devint soudain plus aiguë ; il se leva pour conclure :

— Si vous voulez que le Québec devienne la foire d'empoigne des super-puissances, continuez d'agir comme vous le faites. Sinon, enlevez vos maudites mains sales du Québec et laissez-nous poursuivre notre propre destinée !

Chapitre 9

Taylor Redfern était étendu sur son lit du Château Frontenac, le regard fixé au plafond. Il se sentait las et découragé. L'espèce d'exaltation qu'il avait éprouvée parce qu'il se croyait près du but était tombée au Bar des Amis où Monique Gravelle avait manqué au rendez-vous. Maintenant elle s'était évanouie comme la brume du matin. Il s'était rendu au Hilton aussitôt qu'il avait compris qu'elle ne viendrait pas. Il avait frappé avec insistance à la porte de sa chambre jusqu'à ce qu'un jeune homme en colère, une serviette autour des reins, soit venu lui répondre. Derrière lui, Redfern avait entrevu une femme dans le lit. Il avait passé la tête dans la porte pour s'apercevoir, à son grand embarras, qu'il ne s'agissait pas de Monique Gravelle. Le commis à la réception lui avait dit qu'elle avait quitté l'hôtelôtel durant l'après-midi, ce qui convainquit finalement Redfern qu'elle n'avait jamais eu l'intention de le rencontrer au Bar des Amis.

Que devait-il faire maintenant ? Il pourrait aller vérifier au quartier général de Belmont le lendemain matin, mais il savait bien qu'elle n'y serait pas. Était-elle d'ailleurs encore à Québec ? Il pouvait toujours appeler tous les hôtels et les maisons de chambre de la ville, il doutait qu'elle se soit désormais enregistrée sous son nom véritable. Et puis, il y en avait un joli nombre d'hôtels à Québec ! Enfin, elle aurait pu très bien aussi prendre le premier avion venu...

Il frotta ses yeux fatigués. Il sentait l'ombre de la défaite peser sur lui dans cette chambre d'hôtel. Pourquoi s'était-il lui-même fourvoyé de la sorte ? Il aurait pu, depuis longtemps, collaborer avec la G.R.C. et lui dire tout ce qu'il savait. La Gendarmerie avait les moyens d'attraper Monique Gravelle où qu'elle se trouve. Peut-être, après tout, venait-elle d'avoir le même destin que le sergent Touraine ? Comment savoir ? Il était peut-être lui-même le suivant sur la liste ? Il avait toujours le numéro de Charles Watson dans sa poche. Pourquoi ne pas l'appeler ? Il pourrait alors oublier toute cette pourriture et retourner à Vancouver dans sa famille. Ou simplement se taper un bon verre. Certainement, ça ne ferait pas de tort dans l'état où il était. Il roula sur lui-même, alluma la lampe de chevet et appela le service aux chambres. Il commanda deux doubles scotches. Puis il alla s'asseoir devant sa machine portative Olivetti et se mit à taper au hasard, par désoeuvrement. En regardant bien la page blanche sur le chariot, il s'aperçut qu'il avait inconsciemment écrit le nom de Monique Gravelle à plusieurs reprises. La sonnerie soudaine du téléphone le fit sursauter.

— Allô.

— Monsieur Redfern ?

— Oui, c'est moi.

— Je m'excuse de vous déranger à cette heure-ci, Monsieur, nous venons de recevoir trois paragraphes supplémentaires au télex qui vous a été adressé plus tôt dans la soirée. Il s'agit apparemment d'un retard de transmission.

Redfern était intrigué.

— Le télex, mais quel télex ?

— On l'a fait porter à votre chambre il y a plus d'une heure déjà, Monsieur.

Redfern jeta un regard rapide autour de la chambre. Il ne vit pas l'ombre d'un message.

— Je ne vois rien ici. Il y a une heure, dites-vous ?

— Oui, Monsieur. J'ai remis moi-même le message à un chasseur. C'était un assez long télex. Je suis sûr qu'il l'a apporté à votre chambre. Je vérifierais bien auprès de lui, mais il a quitté le service à l'heure qu'il est...

— En avez-vous gardé une copie ?

— Certainement, Monsieur. Nous conservons des copies de tous les messages reçus.

— Très bien. Pouvez-vous envoyer la copie avec le reste du télex qui vient d'arriver ? Dites au chasseur de me le remettre en main propre, entendu ? Il a bien pu le livrer à une autre chambre. Dites-lui bien que c'est le numéro 913.

212

— Oui, Monsieur. Je l'envoie immédiatement.

Redfern regarda sa montre. Brian Windsor lui avait promis des résultats dans les vingt-quatre heures : le télex devait être de lui. D'après ce qu'on venait de lui dire au téléphone, il pouvait deviner que lui et Madge avaient rassemblé pas mal d'informations. Il sentit à nouveau monter en lui l'exaltation des derniers jours.

En attendant le télex, il alla consulter la liste des hôtels dans les pages jaunes de l'annuaire de Québec. Il y en avait plusieurs colonnes. Il serait plutôt fastidieux d'essayer de retrouver Monique Gravelle de cette façon.

Mais on frappait déjà à sa porte. Il jeta l'annuaire sur le lit et alla ouvrir. Un garçon en livrée blanche entra avec un plateau contenant deux verres de scotch et un petit broc à glaçons. De quelques portes plus loin, parvenaient les éclats et les rires d'une soirée.

— Déposez ici, dit-il, en indiquant la table de chevet.

Le garçon lui tendit la note à signer et partit sans dire merci après que Redfern lui eut donné un pourboire plutôt modeste. « Qu'il aille se faire foutre ! », pensa le journaliste. Il allait fermer la porte lorsqu'il aperçut un autre chasseur qui arrivait.

— Monsieur Redfern ? (Le journaliste acquiesça d'un signe de tête.) Un message pour vous, Monsieur.

Redfern prit l'enveloppe et la mit dans sa poche. Il venait de donner tout ce qui lui restait de monnaie.

— Je suis désolé. Je n'ai plus de monnaie.

— Ça va, Monsieur. Ce sera pour la prochaine fois. Bonne nuit.

Une fois le chasseur parti, Redfern referma la porte et, sans vraiment y penser, mit la chaîne. Il alla s'asseoir sur le bord du lit et sortit l'enveloppe de sa poche. Avant de l'ouvrir, il décida de prendre une bonne gorgée de scotch.

Le message s'étalait sur trois longs feuillets. Il commençait par des généralités sur les Entreprises de Luzt. Brian Windsor avait découvert qu'il s'agissait d'une compagnie privée dont toutes les actions étaient concentrées dans les mains d'un seul homme, Antoine de Luzt, qui résidait à Paris. Les bureaux de la compagnie étaient enregistrés au Liechtenstein, sans aucun doute pour des raisons fiscales. Cependant, le Liechtenstein semblait n'être guère plus qu'une adresse de façade, probablement un bureau d'avocats.

L'entreprise elle-même, une petite firme de courtage, transigeait presque exclusivement des valeurs européennes et quelques titres plutôt mystérieux. Il était difficile d'avoir une idée précise des actions de la compagnie, puisqu'il s'agissait d'une firme privée, donc non tenue de publier un rapport annuel. Cette confidentialité était renforcée encore par les lois complaisantes du Liechtenstein. Parmi les relations d'affaires de Brian à Londres, peu avaient entendu parler de cette compagnie. Et ils n'en avaient en général qu'une connaissance vague. Néanmoins, un courtier avait fait affaire récemment avec un client qui avait acquis une large part des actions de l'Intcon. Ce client s'était avéré être Les Entreprises de Luzt.

« L'Intcon et de Luzt, une combinaison fascinante, » pensa Redfern. Il prit une autre rasade de scotch pour célébrer cette filière qui se dévoilait.

D'autre part, Brian Windsor avait fouillé un peu la probabilité que cette compagnie était plus qu'une simple maison de courtage. Il n'y avait rien de tangible pour étayer cette hypothèse, à part la présomption que l'entreprise servait de façade à des activités plus étendues et peut-être moins recommandables. Mais le hic était de savoir de quelles activités il s'agissait.

Les paragraphes supplémentaires contenaient les renseignements que Madge Tilwood avait pu obtenir sur Antoine de Luzt. Elle avait eu plus de veine avec ses informateurs. Parmi ses relations à Paris, il y avait un expert en politique internationale de la Sorbonne. Le nom de de Luzt lui était familier. Redfern sentit son rythme cardiaque s'accélérer en lisant le résultat des recherches de Madge.

Il appert qu'Antoine de Luzt est un agent international qui tire beaucoup de ficelles et que le gouvernement français charge présumément de missions officieuses. La rumeur veut qu'il ait ainsi fait avorter un coup d'État en Côte-d'Ivoire il y a quatre ans, mais on n'en a aucune preuve.

Redfern se souvenait de cet incident. La Côte-d'Ivoire étant un client de la France, une tentative pour renverser le Président pro-français y avait été écrasée brutalement. Des centaines de prétendus conspirateurs avaient été exécutés publiquement.

On dit aussi que de Luzt sert d'intermédiaire dans la vente des Mirage français à plusieurs pays du golfe Persique. La rumeur prétend en outre qu'il est chargé actuellement de trouver de nouvelles sources d'approvisionnement en uranium pour la France.

Sur le plan personnel, il a des antécédents militaires. Il a en effet servi dans l'armée française durant la guerre d'Algérie, avec le grade de capitaine. Il est reconnu pour être un expert des techniques de lavage de cerveau et d'interrogatoire qu'il a apprises durant cette guerre. Il a fait face à des accusations de torture, mais a été libéré par une cour martiale en France. Il avait auparavant servi en Indochine jusqu'à la chute de Dien Bien Phu. Il est revenu à Paris après le retrait de la France. Il semble avoir une fortune personnelle et fait partie des clubs les plus huppés, même s'il n'exerce pas de fonctions officielles.

Sur le plan familial, Antoine de Luzt descend d'une famille noble, qui possède de vastes domaines en Bourgogne. Son père fut un proche conseiller du général de Gaulle durant la deuxième guerre mondiale. La famille possède encore d'excellents vignobles en Côte-d'Or. De Luzt s'est marié au milieu des années 50. Il a une fille, née en 1959. La mère est morte en couches. Il ne s'est pas remarié, mais son goût pour le sexe est notoire. Par contre, on dispose de peu d'informations sur sa fille. Un dernier point : Antoine de Luzt est connu comme un homme sans scrupules et sans pitié. Il n'a pas de dossier judiciaire, mais il a la réputation de ne laisser personne se mettre en travers de son chemin. Je vous conseille donc d'être sur vos gardes, Taylor. Je vous enverrai d'autres renseignements aussitôt que j'en aurai. Amitiés. Madge.

La bise venue du nord faisait poudrer la neige sur les pelouses de la Maison Blanche. Par ce froid sibérien, peu habituel à Washington, les membres du conseil national de sécurité, convoqués par le Président, n'étaient pas fâchés d'être au chaud à l'intérieur, assis autour de la longue table de la salle des comités.

— Tout le monde y est ? commença le Président en promenant son regard sur les visages colorés par le froid.

Derrière lui, une immense carte du Québec, éclairée par derrière, occupait presque tout un pan de mur.

— Le général Webster est en Iran, monsieur le Président, dit Colin Dempster, le conseiller à la sécurité nationale. Sauf lui, tout le monde a répondu à l'appel.

Cette expression militaire fit grimacer un peu le Président, qui préférait pour sa part utiliser un jargon de football.

— Bon, bon, mettons le ballon au jeu, Messieurs ! Le point à l'ordre du jour, c'est le Québec.

215

Le Président désigna d'un geste la carte derrière lui. Un remous d'intérêt se fit sentir autour de la table. Ce ne serait pas une de ces séances de routine sur les effectifs militaires du pays ou une discussion des menus détails des pourparlers sur le désarmement.

— Je demande à Lawrence Wilde de faire le point de la situation.

Lawrence Wilde se leva et gagna la tribune derrière le Président. Après avoir fait tamiser l'éclairage, il parla pendant vingt minutes de l'affaire du Québec et de l'intérêt que Washington y trouvait. Au fur et à mesure que le secrétaire d'État avançait dans son exposé, les militaires du conseil se penchaient en avant pour redoubler d'attention, sentant qu'ils auraient à jouer un rôle crucial dans les semaines à venir.

— ... de sorte que les Britanniques se sont pliés à nos exigences, poursuivait Wilde. Ils ont resserré la vis sur leurs groupes extrémistes, et l'Intcon a été mise hors-jeu. En ce qui concerne les Français, eh bien, ils continuent d'agir comme des Français. Ils ne cessent de proclamer à tout vent qu'ils ne s'ingèrent pas dans les affaires du Québec, mais nous savons très bien qu'ils le font. En conséquence, le Président a décidé que la France serait exclue du programme d'aide internationale qui sera annoncé la semaine prochaine.

— Ces crapules nous font des pieds de nez depuis des années, lança le général Henry Wilson, chef de l'état-major. Ça dure depuis de Gaulle. Il est temps qu'on leur rende la monnaie de leur pièce.

— Vous pouvez y compter, Hank, ils vont l'avoir, interrompit le Président. Continuez, Larry.

— En résumé, Messieurs, il est hautement probable que Guy Lacroix remportera la victoire au congrès du Parti Québécois. Si j'avais à parier, je miserais à 4 contre 1 sur lui. Une fois élu au congrès, il deviendra automatiquement Premier ministre du Québec, puisque le Parti Québécois est au pouvoir. Or, nous savons de source sûre qu'il profitera de son discours inaugural pour proclamer l'indépendance du Québec. Il n'a pas voulu confirmer la chose officiellement car il veille bien à ne pas ameuter la population d'avance, mais il ne l'a pas nié non plus. D'après des informations reçues d'agents de la C.I.A. au Québec, nous sommes convaincus qu'il a l'intention de proclamer l'indépendance.

— Et s'il ne réussit pas à se faire élire au congrès ? demanda Colin Dempster.

— Nous pourrons alors respirer. Son adversaire Jean-Claude Belmont est un homme pragmatique. Nous pourrons nous entendre avec lui. Lacroix, pour sa part, se considère comme une sorte de Messie. C'est un idéaliste des plus dangereux. Nous avons essayé de nous entendre avec lui. Après consultations avec le Premier ministre du Canada, on a demandé à un ministre canadien-français d'approcher Lacroix. J'en ai pris l'initiative à la demande expresse du Président, comme il se doit. On a offert tous les avantages économiques à Lacroix s'il acceptait d'abandonner son idée de proclamer l'indépendance pour une procédure constitutionnelle plus régulière. Sa réponse a été négative.

Plusieurs fronçaient les sourcils autour de la table. Le Président demeurait impassible.

— Lacroix poursuit un objectif bien déterminé, continua Wilde, et ne s'en laissera pas distraire. En outre, et cela m'amène au sujet même de cette réunion, il a dit au ministre fédéral qui l'a rencontré que si le Canada ou les États-Unis essayaient d'intervenir militairement au Québec, il ferait appel à la France et à l'Union soviétique. De la façon dont il s'est exprimé, il ne semble pas faire de doute qu'il ait déjà eu des tractations secrètes avec les deux pays.

— Le petit salopard ! s'exclama le vice-Président. Pour qui donc se prend-il ?

— Mais peut-il vraiment réussir son coup ? demanda le général Wilson.

— À partir des données que nous avons fait analyser par ordinateur, il semble que non, à moins qu'il y ait une variable qui nous échappe, reprit Wilde. Mais je laisse ici la parole au secrétaire à la Défense.

Le secrétaire à la Défense Ronald Vaughan fouilla dans une pile de documents en face de lui et en retira deux dossiers. Il alla rejoindre Lawrence Wilde à la tribune. Il toussota d'une manière un peu solennelle avant de parler.

— Merci, Larry. D'abord, prenons le cas de la France. Ce pays, comme vous le savez, a des intérêts primordiaux au Québec. Néanmoins, nous ne croyons pas qu'une menace d'intervention militaire française doive être prise au sérieux. La force de frappe nucléaire de la France, dans l'hypothèse la plus favorable, n'est pas de taille avec la nôtre. En fait d'armements conventionnels, les Français ne souffrent pas la comparaison avec les Canadiens, et donc encore moins avec nous. Ils auraient des problèmes logistiques trop considérables pour soutenir plus qu'une escarmouche symbolique ne dépassant pas une semaine. Et puis, le pays est très vulnérable à des mesures de représailles. Il faudrait vraiment que les Français aient perdu la tête pour se mesurer à nous. Tout bavards et insolents qu'ils soient, les Français ne sont pas suicidaires. Le soutien qu'ils fourniraient au Québec ne pourrait être que purement symbolique : une escadre de Mirage mais sans pilotes français, ou peut-être un sous-marin nucléaire arborant le drapeau tricolore dans le golfe du Saint-Laurent. Un de leurs bâtiments, *Le Tonnant*, croise justement dans l'Atlantique nord. Mais si les choses se gâtent, vous pouvez être sûr qu'ils vont rentrer chez eux sans demander leur reste.

— La queue entre les jambes, ajouta le Président avec alacrité.

— Ça me paraît logique, commenta le général Wilson. Mais les Soviétiques, eux ?

— Là, les choses sont plus délicates, mon Général. Peut-on monter un peu l'éclairage ?

Le secrétaire à la Défense arrivait au coeur du sujet. Il voulait avoir l'attention de tous.

— À la différence des Français, les Russes n'ont pas d'intérêts primordiaux au Québec. Mais l'occasion peut être très tentante pour eux de créer du remous à nos frontières. Depuis que nous avons arraché l'Égypte et la Somalie à leur influence, ils rêvent de prendre leur revanche. Les nouveaux maîtres du Kremlin se sont montrés très agressifs ces derniers temps en Méditerranée, au Moyen-Orient et en Afrique. Vous savez que les Russes cherchent toujours à prouver quelque chose. S'ils décidaient de s'immiscer dans les affaires du Québec, nous serions aux prises avec une situation des plus dangereuses.

— Est-ce qu'on a pris contact avec le Kremlin ? s'enquit le général Wilson.

— Nous n'avons pas voulu mettre les Russes au courant de nos embarras. Ce serait leur tendre un revolver chargé, intervint Wilde. Nous avons laissé transpirer la chose au niveau des ambassadeurs seulement.

— Si je vous comprends bien, monsieur le Secrétaire à la Défense, nous pourrions avoir une autre crise cubaine sur les bras.

Brooks Dare, le sous-chef de cabinet du Président, avait exprimé à voix haute ce que tout le monde pensait. Doyen du conseil, il faisait partie du département d'État lorsque le président Kennedy avait dû faire face à la fameuse crise des missiles, deux décennies auparavant.

— Et peut-être pire que cela, dit Vaughan. Cela dépendra jusqu'où les Soviétiques sont prêts à aller. La quincaillerie dont ils disposent aujourd'hui fait paraître dérisoires les missiles qu'ils avaient envoyés à Cuba à l'époque. Mais je ne veux pas être alarmiste pour rien, Messieurs. Après analyse de la situation, nous pensons que l'U.R.S.S. ne risquera pas une guerre totale au sujet du Québec. Ses intérêts primordiaux ne sont pas en jeu ici. Elle va peut-être faire beaucoup de bruit, mais à la fin elle devrait se retirer aussi. J'ajouterai cependant que le pronostic est beaucoup moins certain pour les Soviétiques que pour les Français. Je pense que c'est tout, monsieur le Président.

— Merci, Ron, dit le Président. Avez-vous des questions, Messieurs ?

Wilde et Vaughan reprirent leurs places autour de la table alors que le Président scrutait les visages, avec l'air d'un homme qui a tiré tout le profit qu'il attendait de la réunion et en espérait autant de tous.

— D'après ce que nous avons entendu aujourd'hui, monsieur le Président, commença le général Wilson, les risques d'une intervention militaire des États-Unis au Québec sont acceptables... si, bien entendu, vous jugez la chose nécessaire, s'empressa-t-il d'ajouter.

Plusieurs autour de la table approuvèrent de la tête.

— Est-ce là une vue unanime du conseil ? demanda le Président.

— Un instant, Monsieur.

Lawrence Wilde était debout.

— Qu'y a-t-il, Larry ? demanda le Président avec quelque impatience.

— Je pense que nous oublions de mettre deux facteurs importants dans la balance : d'abord l'opinion mondiale, ensuite la réaction chez nous à cette invasion du territoire québécois. L'opinion internationale, pour sa part, ne pourra accepter une telle intervention. La politique de la cannonière a fait son temps. Imaginez les hauts cris aux Nations Unies si nous envoyons les *marines* au Québec. Les Soviétiques nous feront clouer au pilori pour violation de territoire, et tous ces liens que nous avons établis patiemment au cours des années avec les pays du tiers-monde seront rompus du jour au lendemain. Parce que, dans cette affaire, soyez-en sûrs, ils se rangeront en bloc du côté du Québec. Le pauvre petit Québec colonisé, exploité par les Anglais. Si nous traversons la frontière en force, nous pourrons peut-être régler le problème du Québec à notre avantage, mais nous en susciterons une série d'autres. L'Afrique noire se jettera dans les bras de l'U.R.S.S., et il nous faudra au moins vingt ans pour renverser la situation.

— C'est un point à considérer, dit le Président.

— Nous courons aussi un risque énorme chez nous. On se souvient encore du Viêt-nam ; les campus se soulèveraient si nous envahissions le Québec. Ce serait la répétition des années soixante, avec la presse qui nous tomberait dessus à bras raccourcis. Je vous rappellerai en outre, monsieur le Président, et je m'excuse d'outrepasser ici mes fonctions, que le Congrès pourrait très mal prendre la chose. Il n'aime pas beaucoup les guerres non déclarées.

— Tonnerre de Dieu ! explosa le Président, comment puis-je diriger ce pays et mener la politique étrangère si je dois toujours me soucier de la réaction de tout le monde chaque fois que j'éternue ? Comment veut-on que j'agisse si j'ai les mains attachées derrière le dos ?

Pour calmer le Président, Lawrence Wilde s'empressa d'ajouter :

— Je crois qu'il y a une façon d'éviter tous ces problèmes, Monsieur.

— Eh bien, comment ? J'ai bien hâte de l'entendre.

— Il suffit d'être appelé à l'aide par le Canada.

— Qu'est-ce que vous chantez là ? Ces imbéciles à Ottawa n'auront jamais cette initiative.

— Mais oui, Monsieur. Si les circonstances s'y prêtent. Je vous parlerai de la procédure plus tard, si vous permettez. L'essentiel ici, c'est que le gouvernement fédéral, en cas de déclaration unilatérale de l'indépendance, nous appelle pour aider les troupes canadiennes à renverser un régime illégal au Québec et à y rétablir le gouvernement constitutionnel. Nous pourrions difficilement refuser une telle requête venant d'un proche allié et d'un partenaire commercial, n'est-ce pas ? Et cela nous justifierait à la fois chez nous et à l'étranger. Les pays d'Afrique noire ont boudé la Grande-Bretagne durant des années parce qu'elle n'était pas intervenue en Rhodésie pour renverser le régime illégal d'Ian Smith. Ils seraient donc assez mal placés pour nous jeter la pierre parce que nous aidons Ottawa à faire exactement ce qu'ils exigeaient de la Grande-Bretagne. Ils ne pourront donc que se tenir cois ainsi que les Soviétiques. Et je suis sûr que le même argument vaudra aussi chez nous, particulièrement si notre intervention est massive, rapide et sans bavure.

Un sourire commençait à paraître sur les traits du Président.

— J'aime bien, c'est un bon plan, Larry. Mais comment amènerons-nous Ottawa à entrer dans nos vues ? Les Canadiens pourraient craindre comme la peste que nous ne voulions plus sortir de chez eux une fois entrés.

— Je ne pense pas. Je crois pouvoir obtenir leur collaboration là-dessus. Mais pourrais-je demander une suspension temporaire du conseil ? J'aimerais vous consulter en privé, monsieur le Président, puis nous pourrions reprendre la séance pour adopter la décision finale.

— Bon, entendu.

Le Président repoussa son fauteuil pour ajourner l'assemblée.

— Messieurs, nous nous retrouvons ici dans une heure.

— Voulez-vous attacher votre ceinture, Monsieur ? Nous commençons à descendre sur l'aéroport de Mirabel.

L'hôtesse se pencha sur Antoine de Luzt et l'aida à retrouver la boucle de sa ceinture. De Luzt jeta un coup d'oeil à sa montre. Il ne s'était écoulé que trois heures depuis que le Concorde avait quitté l'aéroport d'Orly, à Paris. De Luzt songeait au nez effilé du supersonique qui lui donnait l'air d'un gigantesque oiseau de proie : un chef-d'oeuvre de l'aviation moderne, pensa-t-il.

221

— Et votre tablette, Monsieur, il faut la replacer.

De Luzt rassembla les brochures et les dépliants sur le carnaval de Québec, qu'il avait parcourus durant la traversée de l'Atlantique.

— Vous êtes aussi sévère qu'un sergent-major, ma chère.

L'hôtesse rougit.

— Ce sont les règlements, Monsieur, je n'y peux rien.

— Bien sûr, bien sûr... Dites, j'ai retenu un avion privé à Mirabel. En avez-vous reçu la confirmation ?

— Oui, Monsieur. Le commandant a dit qu'il serait là dès votre arrivée. Nous avons pris des arrangements pour accélérer les formalités de douane. Vous devriez n'être retenu qu'une demi-heure au sol.

— Parfait ! J'aimerais vous témoigner ma reconnaissance en vous invitant à dîner. Mais malheureusement je dois me rendre directement à Québec. L'occasion se représentera lors d'un autre vol, j'espère.

Le visage de l'hôtesse s'éclaira d'un sourire.

— Vous m'avez presque invitée à dîner et j'ai presque accepté. Au revoir, Monsieur.

L'avion nolisé attendait sur la piste. De Luzt régla dans le temps de le dire les formalités de douane et d'immigration. Il n'avait rien à déclarer, il était un homme d'affaires français qui venait passer quelques jours, pour son plaisir, au carnaval de Québec. Vingt-sept minutes après avoir débarqué du Concorde, il se retrouva donc à nouveau dans les airs à bord d'un petit avion à réaction. Le vol jusqu'à Québec dura quarante-cinq minutes, au-dessus de ces arpents de neige que Voltaire avait dédaignés. Après l'atterrissage, de Luzt paya le pilote comptant et hâta le pas vers l'aérogare pour s'abriter du vent mordant qui soufflait sur la piste. À l'intérieur, vêtue d'un manteau et d'un chapeau de castor, l'attendait Monique Gravelle. « Belle comme toujours », pensa de Luzt en accourant vers elle. Ils s'embrassèrent, puis Monique l'écarta un peu pour le regarder bien en face.

— Après tout ce temps, tu m'as manqué, dit-elle. Comme c'est bon de te revoir, papa !

Le Premier ministre du Canada s'éveilla d'un sommeil léger et agité, croyant que c'était le matin. Il regarda l'heure sur son réveille-matin : 1 h 35 de la nuit. Il entrevit quelqu'un qui bougeait dans la chambre.

— Qui est là ?

— C'est moi, Martin, Monsieur. Je m'excuse de vous réveiller.

La figure grassouillette du majordome du Premier ministre apparut dans la pénombre.

— C'est l'ambassadeur des États-Unis, Monsieur, il veut vous voir en bas.

— Comment ? À cette heure-ci ?

— Il dit qu'il doit absolument vous parler. C'est urgent. Il m'a prié de vous réveiller, Monsieur.

Le Premier ministre sentit que l'heure était grave. Les ambassadeurs n'ont pas l'habitude d'aller réveiller les chefs de gouvernement la nuit. Il fallait que la situation fût vraiment critique.

— Très bien, Martin, dites-lui que j'arrive dans cinq minutes. Préparez du café, s'il vous plaît.

Le majordome se retira. Le Premier ministre alluma et passa une robe de chambre. Il était encore mal réveillé. Il alla dans son cabinet de toilette se jeter un peu d'eau froide sur la figure. Il se demandait quelle catastrophe avait poussé l'ambassadeur américain à le tirer du lit. Le Président avait été assassiné ? L'U.R.S.S. avait bombardé la Chine ? La reine avait été kidnappée ? La troisième guerre mondiale... ?

Ralston Bishop l'attendait au salon. Bien qu'il eût pris soin de se vêtir selon les règles de l'étiquette pour rencontrer le Premier ministre, le noeud de sa cravate un peu bâclé et une manchette non boutonnée témoignaient qu'il avait lui-même reçu une convocation tardive. Il se leva pour accueillir le Premier ministre.

— Monsieur le Premier ministre, je vous prie d'accepter mes excuses de vous avoir tiré du lit. L'affaire dont j'ai à vous entretenir ne pouvait attendre le matin.

— Si nous avions voulu travailler à des heures normales, Ralston, nous nous serions faits banquiers. Eh bien, de quoi s'agit-il ? Asseyez-vous, je vous prie.

— Je viens tout juste d'avoir un entretien de deux heures avec le Président et le secrétaire d'État. Ils m'ont enjoint de vous voir immédiatement et de vous faire part de l'urgence de la situation.

— Je n'aime pas les mystères à cette heure de la nuit, Ralston.

— Je n'ai pas besoin de vous dire, monsieur le Premier ministre, que le Président est profondément préoccupé par le cours des événements au Québec. Lui et le secrétaire d'État sont convaincus que Guy Lacroix va être élu chef du Parti Québécois la semaine prochaine.

— On n'a pas besoin d'une boule de cristal pour dire cela, dit le Premier ministre sur un ton un peu irrité.

— Ils pensent aussi que Lacroix proclamera l'indépendance aussitôt qu'il aura été assermenté comme Premier ministre.

Le Premier ministre se rappela soudain le rapport fait par Lafontaine. Celui-ci n'avait pas exprimé beaucoup de doute à ce sujet non plus. Il attendit que l'ambassadeur continue.

— En conséquence, le Président et le secrétaire d'État pensent que nous devrions mettre sur pied un plan d'urgence.

— Un plan d'urgence ? Qu'est-ce que vous voulez dire ?

L'ambassadeur sentit que l'homme au teint plombé qui était assis en face de lui commençait à se buter. Il essaya de mieux choisir ses mots tout en laissant passer le même sentiment d'urgence.

— Le Président et le secrétaire...

— Oui, oui. Je sais au nom de qui vous parlez. Dites « ils», ça simplifiera les choses.

— Comme vous voudrez, Monsieur. Et bien, ils sont sûrs que le gouvernement canadien ne saurait tolérer un régime illégal au Québec.

— Je pensais que nous avions déjà mis les cartes sur table à ce propos.

L'ambassadeur poursuivit, semblant ignorer la remarque du Premier ministre :

— Ils sont sûrs que le gouvernement canadien voudra prendre les mesures qui s'imposent pour rétablir le gouvernement constitutionnel, si besoin en est. Des mesures militaires, par exemple.

— Où voulez-vous donc en venir ?

Le Premier ministre sentait le sang lui monter à la tête.

— Le Président et le secrétaire d'État m'ont chargé de vous dire que les États-Unis sont prêts à seconder le Canada dans cette tâche. Nous sommes disposés à vous offrir tout l'appui voulu. Vous n'avez qu'à mentionner les ressources militaires qu'il vous faudrait.

— Avez-vous perdu la tête ? Je n'ai aucunement l'intention d'envoyer des troupes au Québec.

L'ambassadeur se sentit mal à l'aise. Vivant au Canada depuis de nombreuses années, il lui répugnait d'avoir à livrer un tel message.

— Monsieur le Premier ministre, j'ai prévenu le Président que vous répondriez à peu près comme vous l'avez fait. Il m'a répondu que cette offre ne constituait pas une simple requête.

— Et alors, que voulez-vous dire ?

— Je veux dire... je veux dire que le Président insiste pour que ce plan soit mis à exécution.

— Est-ce que je vous comprends bien, monsieur l'ambassadeur ? Il insiste, vous dites ? Mais pour qui se prend-il, bon Dieu ?

— Il se prend pour le Président des États-Unis, Monsieur. Il sait aussi que c'est lui qui distribue les cartes.

Le Premier ministre se leva, sentant la colère monter en lui. Au même moment, l'infortuné majordome se présenta avec du café dans un plateau.

— Hors d'ici ! lui cria le Premier ministre.

Il se retourna vers l'ambassadeur :

— Qu'est-ce que ça signifie « distribuer les cartes » ?

— Le Président m'a chargé de vous dire que si vous ne vouliez pas mettre à exécution le plan d'urgence qu'il propose, il sera dans l'obligation de reconsidérer les avantages traditionnels dont le Canada jouit comme partenaire commercial privilégié des États-Unis.

— C'est-à-dire ?

— Le Pacte de l'automobile, qui joue encore une fois à votre avantage. L'entrée sans contingentement de la plupart des marchandises canadiennes sur le marché américain. La libre affluence des capitaux américains au Canada. Des exemptions que nos lois réservent aux Canadiens pour les voyages, les congrès, les taxes. Et ce n'est qu'un début.

Le Premier ministre se rassit lourdement. Le sang qui s'était amassé sur le coup de la colère refluait maintenant librement comme si une artère avait été coupée. L'homme à la cravate bâclée le menaçait, au nom de son pays, de mettre en ruine l'économie canadienne s'il ne se pliait pas au diktat présidentiel. Toute restriction au commerce des États-Unis avec le Canada, qui s'élevait à presque 30 000 000 000 de dollars l'an, aurait des effets néfastes sur l'économie. Les mesures sévères envisagées par le Président pourraient entraîner la fermeture de la moitié du secteur manufacturier canadien en moins d'un an. Le contrôle des investissements pourrait avoir des effets aussi dévastateurs. Les secteurs privé et public dépendaient largement de Wall Street pour leur financement. Si cette source se tarissait, le gouvernement serait contraint de réduire de façon draconienne les dépenses publiques, ce que l'électorat du pays accepterait très mal. De telles perspectives horrifiaient le Premier ministre.

— Je ne peux y croire, Ralston.

— Voudriez-vous l'entendre de la bouche même du Président ?

— Non, je suis sûr que vous le citez très exactement. Mais je vous dirai que nous ne manquons pas de possibilités de représailles de notre côté. La fermeture de nos marchés aux marchandises américaines pourrait affecter sérieusement vos propres industries, notamment dans les États du nord. Et puis, il y a notre gaz naturel et notre pétrole.

— Nous nous sommes débrouillés très bien sans eux auparavant, et d'autre part nous avons souffert si longtemps des retards dans la construction des nouveaux pipe-lines que nous avons commencé à trouver des ressources pour y suppléer.

— Nous contrôlons la Voie maritime du Saint-Laurent, ne l'oubliez pas, renchérit le Premier ministre.

— Si Lacroix l'emporte, je pense que c'est lui qui aura ce contrôle, non ?

— Lacroix ne pourra jamais nous priver de nos droits.

— Mais nous avons signé un traité avec vous. Ce serait une très grave offense de votre part de le reconduire unilatéralement.

Les deux hommes se regardaient intensément comme des taureaux à la veille de foncer tête baissée. Ce fut l'ambassadeur qui se fit, le premier, conciliant.

— Cessons les hostilités, monsieur le Premier ministre. Le Président et le secrétaire d'État se sont penchés très sérieusement sur la situation. Ils m'ont chargé de vous dire que les États-Unis sont prêts à faire face aux conséquences d'un blocus économique du Canada. Et ce blocus, si vous n'acceptez pas la requête du Président, sera mis en vigueur immédiatement. Vous vous rendez bien compte que la simple mention d'un blocus entraînerait une ruée vers les banques et l'effondrement du marché.

Le Premier ministre était coincé. Il le savait fort bien. Ou il se conformait à la requête outrageante du Président et risquait une guerre civile, ou les Américains réduisaient à néant l'économie canadienne, une éventualité qui entraînerait elle-même la rupture de la Confédération. De quelque côté qu'il se tourne, l'effet pouvait être le même.

— Je dois consulter mon cabinet, dit-il d'une voix à peine audible.

— Le Président en est bien conscient, ajouta l'ambassadeur. Il m'a demandé de vérifier auprès de vous quelle sera votre recommandation.

Le Premier ministre se sentait comme un papillon anesthésié qu'on allait piquer au mur. Il enfouit sa figure dans ses mains. Qui donc avait dit déjà qu'être voisin des États-Unis était comme vivre à côté d'un éléphant ? Eh bien, l'éléphant venait de faire un pas en avant. Il regarda de nouveau Ralston Bishop :

— Vous pourrez dire au Président que je ferai comme il l'entend. Nous marcherons sur le Québec et nous demanderons l'aide des États-Unis. Que Dieu nous assiste !

Taylor Redfern était assis dans le salon-bar Jacques-Cartier du Château Frontenac, sirotant un scotch et méditant sa prochaine manoeuvre. La gaieté carnavalesque fusait autour de lui, mais il portait peu d'attention à ces femmes hilares et à leurs compagnons ivres. Le télex de Brian Windsor l'avait effrayé plus qu'il ne l'avait encore jamais été dans sa vie. La menace vague qu'il avait sentie suspendue sur lui au cours des derniers mois avait maintenant un nom : Antoine de Luzt. Il était sûr que de Luzt était responsable de l'assassinat du Premier ministre, et de celui de Touraine aussi.

Il jouait dans les ligues majeures maintenant, sans même connaître les règles, s'il y en avait. Antoine de Luzt était de toute évidence un agent international à la solde du gouvernement français, un homme brutal qui possédait une longue expérience des opérations secrètes menées à un niveau élevé. Redfern savait qu'il n'était pas de taille devant un tel adversaire : que faisait dans cette galère un journaliste d'un quotidien de Montréal à deux doigts de la faillite ? Et qu'importait un meurtre de plus pour un homme comme de Luzt ?

Un touriste éméché vint heurter sa table et renverser son verre. L'homme marmonna de vagues excuses et s'éloigna en titubant et heurtant d'autres tables sur son parcours hasardeux. Redfern dut éponger le liquide avec une mince serviette en papier. Il chercha des yeux une serveuse, mais en vain. Il haussa les épaules, jeta un billet sur la table et sortit. Le hall du grand hôtel victorien, qui était perché au-dessus de la Vieille Capitale comme une forteresse, était bondé. Il passa devant les boutiques brillamment éclairées, cherchant un peu de solitude. Il songea de nouveau à appeler la G.R.C. mais il écarta l'idée une fois de plus. Le tableau était presque complet. S'il pouvait retrouver Monique Gravelle, il mettrait le point final à son enquête. Se confier à la police tout de suite, ce serait perdre le crédit de tous ses efforts.

Il trouva enfin une petite salle déserte. À travers les hautes fenêtres, Redfern pouvait contempler, des hauteurs du cap Diamant, le fleuve couvert de glace. Il observa les traversiers qui se frayaient un chemin à travers les glaces entre Québec et Lévis, sur la rive opposée. Cette vue lui apporta un peu de calme. Quelques personnes se promenaient encore sur la terrasse Dufferin qui surplombait le Saint-Laurent. Mais le froid vif de février maintenait la plupart des gens à l'intérieur. L'épaisse glace flottait sur le fleuve entre des raies d'eau noire qui marquaient le passage des traversiers. Les lumières de Lévis qui scintillaient au loin avaient quelque chose de gai et d'accueillant. Redfern regarda vers l'île d'Orléans. La nouvelle lune s'était levée au-dessus de l'île, comme une boule de neige perdue dans le ciel.

Il songea à s'acheter une arme à feu dès le lendemain. Il avait transporté un couteau pour se protéger à un moment donné, mais il avait fini par trouver cela idiot et s'en était débarrassé. Avec un revolver, il se sentirait plus en sécurité, sauf qu'il n'avait jamais tiré un coup de feu de sa vie. Il pouvait très bien par inadvertance se tirer une balle dans le pied. De toute façon, il n'était pas facile de se procurer un revolver au Canada. Les nouvelles lois fédérales sur le contrôle des armes à feu étaient très sévères. Pour en acheter une, il fallait détenir un permis de la police. Inutile d'y penser.

Un groupe de fêtards bruyants envahirent soudain la salle en chantant *Alouette* à tue-tête. Redfern s'empressa de sortir de la salle. Il flâna dans l'hôtel jusqu'à ce qu'il trouve un petit bar tranquille. Il s'assura au préalable que les touristes n'y avaient pas mis le pied. Il n'y avait que quelques buveurs solitaires. Il commanda donc un double scotch et s'assit pour s'enivrer en paix.

Il était passé minuit lorsqu'il sortit du bar. Dans l'ascenseur, il eut un peu de difficulté à trouver le bouton de son étage. Un homme et une jeune fille entrèrent derrière lui. Le couple commença à s'embrasser et se caresser dès que les portes de l'ascenseur se furent refermées. Piteusement, Redfern leur demanda de presser le bouton du 9 pour lui. La fille éclata de rire et Redfern garda le nez à terre le reste du temps. L'ascenseur s'arrêta au neuvième et le journaliste sortit d'un pas vacillant. Il entendit le rire de la fille le poursuivre jusqu'à ce qu'il tourne le coin du corridor le conduisant à sa chambre.

Il ne réussit pas à trouver sa clé tout de suite. Il dut retourner ses poches deux fois. Il la trouva finalement dans son portemonnaie. Il eut un peu de mal à l'insérer dans la serrure. Il sentit un mouvement de houle dans la chambre en refermant la porte derrière lui, comme s'il était sur l'un de ces bateaux qui faisaient la navette sur le Saint-Laurent. Il gagna son lit, en traînant le pas. Ses yeux brûlaient. Il maudit ses verres de contact, mais il n'allait pas faire la même erreur qu'à Londres. Se redressant, il se dirigea vers la salle de bains. Il alluma, prit le flacon de gouttes et en dévissa le bouchon . Il ne pouvait s'empêcher d'osciller. En tâchant de se concentrer le plus possible, il retira le compte-goutte d'une main tremblante. Au moment même où il penchait la tête en arrière pour faire couler le liquide dans ses yeux, le flacon lui glissa des doigts et alla se briser sur le carrelage.

— Maudit tonnerre ! jura-t-il.

En regardant les éclats de verre au sol, il vit une petite fumée qui s'en dégageait. Il sentit en même temps une brûlure aiguë au dos de la main, là où le liquide s'était répandu. Il passa aussitôt sa main sous l'eau froide et la frotta vigoureusement. Dans un éclair au milieu de son ivresse, Taylor Redfern se rendit compte que quelqu'un avait voulu le rendre aveugle.

Chapitre 10

— Comment me trouves-tu ?

Antoine de Luzt se targuait comme un légionnaire devant le miroir, vêtu d'un costume de carnaval.

— Tu as l'air d'un homard portant un pagne, dit Monique en éclatant de rire.

Elle sauta du lit et ajusta la ceinture autour de sa taille.

— D'abord, la ceinture ne s'attache pas sur le côté mais par-devant. Les hommes n'ont aucun sens de l'habillement.

— Un peu de respect pour votre paternel, dit de Luzt avec une gravité moqueuse.

Il se regarda de nouveau dans la glace.

— Ah, j'avoue que c'est mieux.

— Mais bien sûr ! Maintenant voyons un peu de quoi tu as l'air avec le passe-montagne.

Elle sortit une sorte de cagoule en laine noire de la valise. De Luzt la passa sur sa tête grisonnante. Il se transforma du coup en une créature sinistre, menaçante. Seuls ses yeux et sa bouche étaient visibles dans ce masque noir.

— T'es sûre qu'on porte ça ici ? J'ai l'air d'un pirate de l'air, dit-il d'une voix assourdie.

— Non, c'est parfait. En particulier pour ce soir, ajouta Monique. On a annoncé à la radio de la neige et des températures très basses pour le défilé du carnaval. Tu devrais voir tout ce que les gens inventent pour se protéger du froid. Ne crains rien, tu seras accoutré comme tout le monde.

— Bien, dit de Luzt en se frappant la poitrine devant la glace. C'est un bon déguisement, ajouta-t-il en retirant le passe-montagne. Ainsi donc, notre petite surprise à ce monsieur Redfern n'a pas fonctionné ?

— Quand j'ai appelé à sa chambre ce matin, c'est lui qui a répondu. Il serait sûrement à l'hôpital ou en train de chercher un chien pour aveugle si la chose avait marché.

— Qu'est-ce qu'il a dit ?

— J'ai raccroché, naturellement, aussitôt que j'ai reconnu sa voix. De deux choses l'une. Ou il n'a pas encore utilisé ses gouttes, ou il a découvert l'acide à temps. Si c'est le cas, il devient redoutable.

— J'ai eu affaire à des adversaires plus redoutables que ce journaliste. Au fond, c'est un gentleman. Il n'a pas l'instinct d'un batailleur de ruelle.

De Luzt se mit à fouiller dans ses bagages et en retira un instrument qui ressemblait à une longue aiguille, sauf qu'il était en forme de biseau et à surface cannelée. Les tranchants étaient affilés comme des scalpels. Il y adapta un manche en bois qu'il fixa avec un anneau de métal. Fascinée, Monique le regarda déboucher sa canne de carnaval et y glisser la lame en biseau. Avec une légère pression, l'anneau de métal s'ajustait bien au bout de la canne. De Luzt prit soin de mouiller le manche avant de l'engainer pour faire gonfler le bois et assurer ainsi une meilleure adhérence dans la canne blanche. Puis il contempla avec fierté son oeuvre.

— Comment pourrait-on deviner, ma chère, ce que recèle cette canne blanche ? C'est l'arme par excellence du carnaval.

Taylor Redfern avait fermé les rideaux dans sa chambre, et la chaîne de sûreté était bien en place sur la porte. Assis en face d'un petit magnétophone, le journaliste parlait dans un microphone qu'il tenait dans sa main gauche, sa droite étant entourée d'un épais bandage. Comme il était arrivé au bout de la cassette, il déposa le microphone et, avec sa main valide, il la retourna et continua à dicter d'une voix dépourvue d'émotion.

Ses yeux cernés témoignaient de la nuit blanche qu'il avait passée. Il avait dû appeler le médecin de l'hôtel, un homme méfiant qui ne fut pas très content d'être dérangé à 1 heure du matin.

Ce médecin avait enduit sa main de baume, puis il l'avait enveloppée dans une gaze et un épais sparadrap. Il avait dit à Redfern qu'il faudrait réexaminer la chose dans quelques jours. Le journaliste avait cru devoir donner une explication et il avait bredouillé quelque chose au sujet d'une panne de voiture et de la batterie qui avait coulé malencontreusement sur sa main. Le docteur avait fait un vague signe de tête comme pour dire qu'il s'en foutait de toute façon. Il pouvait sentir en même temps que Redfern les vapeurs d'acide qui s'échappaient de dessous la porte du cabinet de toilette.

Une fois le docteur parti, Redfern était resté éveillé, les yeux fixés au plafond et songeant à la souffrance horrible qu'il aurait endurée si une de ces gouttes avait touché ses yeux. Il sursautait au moindre bruit dans le corridor, au glissement de l'ascenseur et aux détonations intermittentes du radiateur. À plusieurs reprises, il eut envie de jeter ses vêtements dans une valise et de fuir mais il se sentait vidé de toute énergie. La fatigue le clouait au lit. Sa main lui faisait mal sous le bandage trop serré. Mais il ne chercha pas à le desserrer, car la douleur le gardait éveillé et il avait maintenant trop peur de s'endormir. À un moment donné, il décrocha le combiné pour appeler Lois à Vancouver, mais il se ravisa craignant que sa voix ne le trahisse.

À l'aube, il s'était endormi un peu, rêvant à des visages monstrueux aux orbites vides qui le poursuivaient le long d'interminables corridors de glace. Il s'était réveillé tout tremblant et couvert de sueur. Peu après 8 heures, alors qu'il somnolait, la sonnerie du téléphone avait explosé à son oreille. Il s'était dressé sur son séant, terrorisé, et avait décroché. Comme personne ne répondait à l'autre bout, il avait, dans sa panique, brisé la butée du téléphone en raccrochant violemment.

Il avait eu tout à coup l'idée de mettre sur papier tout ce qu'il savait. Il s'était précipité sur sa machine à écrire. Tout devait être écrit en détail et bien spécifié au cas où il lui arriverait quelque chose. Il s'était mis à taper furieusement des deux mains, mais sa brûlure le faisait trop souffrir. Il avait essayé de n'utiliser que sa main gauche, mais ses doigts n'arrivaient plus à suivre sa pensée. Il avait repoussé la machine en criant de frustration. Il ne pouvait s'empêcher de claquer des dents même si la chambre était bien chauffée. Il avait alors mis son manteau pour dissimuler sa main bandée et avait pris l'ascenseur pour descendre dans le hall de l'hôtel. Là, dans une boutique où l'on vendait des appareils électroniques, il avait acheté un magnétophone et une demi-douzaine de cassettes avec sa carte de crédit. De retour dans sa chambre, il avait méthodiquement numéroté les cassettes et inscrit son nom et la date sur chacune. Il avait commencé par retracer le fil des événements qui l'avaient conduit à Québec, à partir du jour de l'assassinat du Premier ministre jusqu'à la nuit précédente où il avait failli se mettre des gouttes d'acide dans les yeux.

Il avait tout dit : ses soupçons, ses angoisses et même l'amour qu'il ressentait pour sa femme. En dernier lieu, il enregistra les télex reçus de Londres. Puis il termina par ces mots : « Ceci est le témoignage complet et authentique de Taylor Ellis Redfern, journaliste de Montréal. S'il m'arrive quoi que ce soit... » Il fit une pause pour réfléchir à ce qu'il dirait. Il perçut le ronronnement de la machine qui semblait attendre la suite. Mais il décida soudain d'arrêter là. Il fit faire quelque peu marche arrière à la bande. Il écouta le dernier passage, et, après les mots « journaliste de Montréal », effaça ce qui suivait. Il enleva alors cette dernière cassette et la rangea avec les autres. Toute l'histoire était là enregistrée sur ces fragiles petits rubans bruns. La vue de leur contenant de plastique au rectangle bien découpé lui procurait curieusement une sensation de paix.

Mais qu'allait-il faire maintenant de ces enregistrements ? Il ne pouvait les transporter sur lui. D'autre part, la bouteille d'acide lui avait prouvé combien sa chambre était peu sûre. Il pensa les envoyer au cabinet du Premier ministre à Ottawa. Mais ils risquaient de tomber dans les mains de quelque bureaucrate qui ne se donnerait même pas la peine de les écouter. Il se résolut enfin à prendre une grande enveloppe brune dans sa mallette et il écrivit péniblement dessus, avec sa main brûlée, le nom et l'adresse de Cameron Craig. Il glissa les cassettes dans l'enveloppe, les cacheta et les fourra dans la poche intérieure de son manteau. Il prit ensuite le téléphone pour appeler Air Canada. Il réserva sa place sur un vol qui quittait Québec à 2 heures, avec correspondance pour Vancouver. En ce qui concernait Taylor Redfern, cette affaire d'assassinat et de conspiration était close. Tout ce qu'il voulait maintenant, c'était sauver sa peau.

Le Bureau Ovale s'était transformé en véritable quartier général de l'État-major. Des cartes géographiques posées sur des chevalets formaient un demi-cercle autour du bureau présidentiel. Au milieu, une carte à grande échelle montrait l'est du Canada et des États-Unis. Plusieurs lieux étaient encerclés de jaune, de rouge ou de vert. À côté, des cartes plus petites montraient des zones stratégiques de façon détaillée, sur lesquelles des pions aimantés représentaient le déploiement des troupes et des chars.

Colin Dempster, le conseiller pour la Sécurité nationale, exposait les grandes lignes de l'opération Nighthawk au secrétaire d'État Lawrence Wilde, au secrétaire à la Défense Ronald Vaughan, au chef d'état-major des forces armées, le général Henny Wilson, et au Président lui-même.

— L'élément clé de l'opération, c'est la surprise. Un coup rapide et précis. Nous devons assurer notre mainmise sur toutes les installations militaires d'importance stratégique — celles qui sont marquées en rouge sur la carte — en moins de deux.

— Vous voulez dire en moins de quatre heures, intervint le Président.

— Oui, Monsieur. Les centres de communication et les emplacements paramilitaires, comme les postes de police sont marqués en vert. Ceux-là doivent être neutralisés en moins de six heures. Les principaux bureaux du gouvernement québécois — ils sont marqués ici en jaune — doivent être occupés en moins de deux heures.

— Il faut qu'il y ait le moins possible de sang répandu. Le peuple du Québec doit comprendre dès le début que toute résistance serait vaine. Toute l'opération doit apparaître comme une action pour rétablir le gouvernement constitutionnel de la province, et non comme une invasion.

— Et les organes d'information ? demanda Lawrence Wilde.

— J'y arrive justement. Les média nous seront très utiles à cet effet. Toutes les stations de radio et de télévision de la province devront suspendre temporairement leurs émissions. Le réseau de Radio-Canada, français et anglais, restera en ondes, mais toutes les émissions seront diffusées d'Ottawa. Les postes privés recevront des messages enregistrés pour informer leurs auditeurs et téléspectateurs de capter Radio-Canada pour une information urgente.

— Et que dira-t-on à Radio-Canada ?

— Le Premier ministre du Canada aura déjà enregistré un message pour conseiller au peuple québécois de rester calme. Il dira que les forces combinées du Canada et des États-Unis sont entrées au Québec pour y protéger la population et pour aider à rétablir le gouvernement légitime de la province. Et il soulignera que nous nous sommes joints aux troupes canadiennes sur sa demande. Ce message sera répété plusieurs fois. La télévision le fera passer avec une photo souriante du Premier ministre.

— Ce couillard ! interjeta le Président à voix basse.

— On procédera à l'arrestation préventive des principaux dirigeants du Parti Québécois et de possibles agitateurs, continua Dempster. On suspendra tous les journaux et on imposera un couvre-feu du coucher au lever du soleil. C'est le Premier ministre qui en informera lui-même la population dans son message. Il invoquera pour ce faire la Loi des mesures de guerre.

— Et les forces armées canadiennes ? Quel sera leur rôle ? demanda le général Wilson.

— Elles ont deux tâches : la première est d'aider nos troupes à circonscrire les bases militaires de la province. Les unités reconnues pour leur loyauté envers Ottawa, c'est-à-dire les anglophones, détermineront et isoleront celles qui paraissent douteuses de telle sorte que nos hommes pourront les circonscrire et les neutraliser. Le ministère de la Défense nationale, à Ottawa, prend déjà les mesures qui s'imposent pour qu'il y ait un noyau suffisant de soldats loyaux à l'intérieur de chacune des bases québécoises.

— Comment s'y prend-il ? demanda Wilde.

— Il transporte de petites unités francophones dans la province soi-disant pour y effectuer des exercices. D'autre part, la plus grande partie du 22e Régiment, qui est essentiellement francophone, aura été dépêchée à Ankara pour se rendre à des exercices de l'O.T.A.N. en Turquie.

— Et ses autres tâches ? s'enquit le Président avec ce qui semblait être son premier sourire de la semaine.

— Rester à l'avant-plan de l'occupation des installations civiles. La plupart de nos unités seront sous le commandement nominal d'un officier canadien. Je dis « nominal » parce que ces derniers seront, bien sûr, sous les ordres de leurs propres supérieurs. L'idée ici, c'est que les Québécois seront moins portés à résister s'ils voient à l'avant-scène les troupes canadiennes plutôt que les nôtres. Nous croyons que cela diminuera la possibilité d'une rébellion ouverte qui pourrait mener à la guerre civile.

— D'accord. Maintenant, sur le plan militaire, comment va-t-on procéder ? demanda le Président, que chaque détail de l'opération semblait réjouir un peu plus.

— Je pense que le général Wilson pourra mieux vous décrire la situation sur ce plan, Monsieur.

— Au cours des dernières semaines, nous avons transporté discrètement des troupes d'élites des Bérets Verts et des *Marines* à l'aéroport militaire de Plattsburgh, dans l'État de New York, puis à celui de Loring, dans le Maine. Plusieurs de ces hommes ont fait la guerre au Cambodge et au Viêt-nam. Ils ont été triés sur le volet. Nous avons aussi rassemblé, à ces deux endroits, plusieurs centaines d'hélicoptères de transport et quelques avions Hercule. Des troupes, en nombre suffisant, partiront en avion et en hélicoptère de chaque base au même moment. Elles arriveront dans les aéroports civils et militaires de Montréal dans un délai de quarante minutes et, à Québec, en soixante-dix minutes. Pendant ce temps, les unités canadiennes loyales auront circonscrit toutes les pistes d'aviation et les stations de radar pour assurer la sécurité de l'opération. Arrivées sur le terrain, les unités seront aussitôt dirigées vers leurs lieux d'opérations respectifs. Cette première phase terminée, la G.R.C. procédera aux arrestations évoquées plus tôt pour empêcher la subversion. Sincèrement, monsieur le Président, je crois que ce sera aussi simple qu'une chasse aux canards. L'opération commencera, si la température le permet, à minuit. Douze heures plus tard, à midi, nos forces devraient avoir la maîtrise parfaite de la situation. Nous attendons votre signal.

En signe de satisfaction, le Président frappa du plat de la main sur son bureau.

— Formidable, Messieurs. C'est ce qui s'appelle de la planification. Je suis convaincu que l'Opération Nighthawk réussira, à la fois militairement et politiquement. Je sais à quel point vous êtes impatient, Général, de passer de la théorie à la pratique, mais la situation reste encore aléatoire. Si Lacroix n'est pas élu ou s'il met son projet d'indépendance en veilleuse, nous suspendons toute l'opération. Surtout veillez bien à ce que rien ne bouge avant que j'en aie donné l'ordre exprès. C'est compris ?

— Oui, Monsieur.

— Quelque chose ne va pas, Larry ?

— Non, Monsieur. J'espère encore que nous ne serons pas obligés d'en arriver là.

— Nous n'avons pas le choix, Messieurs, il nous faut protéger nos intérêts. Je vous remercie tous. Oh ! Larry, pouvez-vous rester un peu ? Je voudrais revoir avec vous notre déclaration à l'O.N.U.

Les toits en pente raide des édifices du Parlement à Ottawa, dont le cuivre avait tourné au vert avec le temps, apportait la seule note de couleur à ces façades néo-gothiques avec ses tours grandioses et ses arches inutiles : un symbole de permanence dans un monde changeant, mais une permanence reposant sur un modèle victorien. John Penny, le ministre de l'Agriculture, regardait par la fenêtre du bureau du Premier ministre et songeait à quel point ces édifices détonnaient au XXe siècle. Il pouvait voir, au bout de l'allée centrale qui menait au Parlement, la flamme perpétuelle qui battait comme un drapeau sous le vent froid de février. Cette flamme, qu'on avait allumée en 1967 pour commémorer le centenaire de la Confédération, semblait parfois mourir sous un coup de vent, mais elle renaissait aussitôt, plus vive que jamais. « Comme elle paraît vulnérable cependant », pensa le ministre en se retournant pour affronter le Premier ministre une fois de plus.

L'homme derrière le bureau, son chef depuis cinq ans et son ami depuis toujours, avait pris un coup de vieux durant les derniers mois. Il avait l'air épuisé et malade. Penny s'en voulait de devoir le critiquer encore.

— Je suis désolé, mais je ne peux pas laisser passer cela. Pourquoi as-tu laissé les Américains s'imposer comme ils le font ? Tous ces principes pour lesquels tu t'es battu durant des années... pense à la flamme là-bas.

— Allons, John, dit le Premier ministre avec lassitude.

— Non, écoute. Cette flamme du centenaire, elle représente cent ans d'autodétermination dans notre histoire. Et regarde le vent qui essaie de la souffler, il n'y arrive pas. Mais les Américains, eux, vont y arriver, si tu les laisses nous monter sur le dos.

Le Premier ministre eut un soupir qui semblait à la fois exprimer sa fatigue et son dilemme politique. Il savait que cette affaire allait sonner le glas de sa carrière. Même de vieux amis et collègues comme John Penny se rangeaient contre lui. Quels que soient les résultats du congrès de Québec la semaine prochaine, il savait qu'il ne serait plus à la tête de son parti et du gouvernement dans trois mois. La politique a ses lois... mais il fallait encore se battre un peu. John Penny avait la force et le prestige de défier son autorité et de retourner le cabinet contre sa décision d'accepter l'intervention américaine. Cela ne pourrait avoir pour le Canada que des conséquences encore plus désastreuses.

— Assied-toi, John. C'est difficile de te parler quand tu marches de long en large.

Le ministre prit un siège près du bureau.

— Depuis des années, sinon depuis toujours, commença le Premier ministre lentement, je crois à l'indépendance de ce pays. Bien sûr, je sais les liens essentiels qui nous rattachent à l'économie américaine et la nécessité de marcher plus ou moins sur les brisées de la politique étrangère de Washington. C'est la politique, l'art du possible. Mais j'ai aussi entrevu que notre pays serait maître de sa destinée dans des secteurs plus essentiels. J'ai appuyé les initiatives en vue d'établir des liens diplomatiques avec la Chine et Cuba bien avant les Américains. J'ai applaudi aux mesures de contrôle des investissements américains chez nous. Tu te rappelleras sans doute que j'ai été l'un des plus ardents opposants à un programme nord-américain d'énergie. J'ai toujours pensé que nous devrions garder nos réserves pour nos besoins futurs, plutôt que de les vendre aux Américains. Et le temps m'a donné raison. J'ai aussi donné mon appui aux lois qui ont contraint le magazine *Time* à quitter le Canada, et qui ont permis aux magazines canadiens de prendre de l'expansion. Je pense que je pourrai dire, lorsque j'écrirai mes mémoires, que j'ai été une sorte de nationaliste économique, mais jamais d'une façon téméraire. Je suis un pragmatique. Et Dieu sait quels pas de géant nous avons accomplis durant ces années dans l'affirmation de notre personnalité nationale, sur le plan culturel et économique. J'ai pensé tisser avec ce fil ténu un drapeau qui couvrerait tout le reste. J'ai cru que nous devenions maîtres chez nous — quelle ironie, n'est-ce pas ? — C'est l'expression qu'on utilise au

Québec. Enfin, voilà ce que je pensais, que nous étions libres de régler nos affaires chez nous et à l'étranger sans ingérence.

Le Premier ministre s'arrêta, le temps de prendre une profonde respiration. John Penny attendit qu'il poursuive.

— Eh bien, je dois avouer que j'avais tort. Lamentablement tort. Je n'ai pas vu qu'aucun des terrains sur lesquels nous nous étions battus n'était, somme toute, essentiel à l'intérêt national des États-Unis. Il ne s'agissait que de secteurs où notre puissant voisin pouvait se permettre de payer tribut à l'indépendance du Canada, bien qu'à contrecoeur. J'ai bâti mon credo politique, et toute ma carrière en somme, sur des suppositions erronées, et je dois maintenant en payer le prix. Tu vois ce qui se passe. Les Américains se trouvent en face d'une situation au Canada qu'ils considèrent dangereuse pour leur propre sécurité. Alors que font-ils ? Ils rejettent impérieusement les décisions de notre gouvernement. Ils ne reculeront pas. Ils agiront comme ils en ont l'habitude au moment critique. Ils nous ont pris par la peau du cou et nous ont secoués comme des gamins. C'est bien dommage, John, mais c'est la réalité. Et si notre gouvernement résiste, le résultat sera encore pire pour le Canada.

— Mais pourquoi avoir accepté cela ? Tu n'étais pas obligé de devenir leur homme de main. Le pays ne te tiendrait pas rigueur de démissionner dans une telle situation, car tu le ferais pour un principe très noble.

— Celui qui me remplacerait aurait le même problème, John. Ma carrière est finie de toute façon. Si je démissionnais maintenant, je ne ferais simplement que ruiner aussi celle de mon successeur. Parce que, qui qu'il soit, il verra qu'il n'y a pas d'autres choix. Je ne veux pas jouer au martyr, mais je prends sur moi l'odieux de la situation plutôt que de le laisser à toi, à Avery Walton, ou à d'autres.

John Penny scruta les traits tirés du Premier ministre. En renonçant de la sorte au pouvoir, il semblait diminué physiquement ; mais Penny ressentait une immense tristesse pour cet homme qui se détruisait en croyant qu'il servait ainsi son pays.

— Très bien, dit-il en évitant le regard du Premier ministre, je t'appuierai.

Le vent poussait de gros nuages lourds de neige sur Québec. De la fenêtre de sa chambre au Château Frontenac, Taylor Redfern essayait de voir la rue en bas que de grandes rafales rendaient presque invisible. À 2 heures, alors qu'il allait quitter sa chambre pour l'aéroport, il reçut un appel d'Air Canada. L'aéroport de l'Ancienne-Lorette avait été fermé et aucun départ ni arrivée d'avions y étaient prévus avant le lendemain matin.

Les tourbillons de neige qui passaient en sifflant le long de la fenêtre augmentèrent sa panique. Un sentiment aigu de claustrophobie monta en lui en voyant qu'il était, en quelque sorte, emprisonné dans cette chambre au milieu d'une ville hostile. Il devait s'en sortir à tout prix. Il appela la gare d'autobus, mais tous les services y avaient aussi été suspendus : toutes les routes qui menaient en dehors de la ville étaient déjà impraticables. Le dernier train, qui était parti pour Montréal à midi, avait dû rebrousser chemin. Le journaliste était donc enfermé dans cette ville où sa vie était en danger.

Il sentit qu'il deviendrait fou s'il restait emmuré dans sa chambre d'hôtel jusqu'à la fin de la tempête. D'autre part, quitter ces lieux qui étaient quand même les plus sûrs qu'il connaissait, c'était peut-être se livrer à des forces plus furieuses que les éléments déchaînés dehors. Il n'y avait qu'une chose à faire, aller voir la police.

Il y avait un poste en bas de la côte près du Château Frontenac. Redfern avait peine à avancer sous la rafale cinglante qui lui coupait le souffle et amoncelait la neige en dunes dans les rues désertes. Au poste de police, le sergent qui était de service écouta son récit d'un air imperturbable, en jetant un regard de temps à autre à la main bandée du journaliste. Il se contenta d'écouter en suçant le bout de son stylo, sans prendre aucune note. Puis il fit venir un détective, qui interrogea le journaliste en long et en large sur l'affaire. Redfern répondit à ses questions avec quelque impatience, jusqu'à ce qu'il s'aperçoive que l'homme ne le prenait pas au sérieux. Il comprit tout à coup que depuis le temps qu'il le fouillait, ce complot était devenu une réalité pour lui ; mais pour les autres, cela devait apparaître comme les fantaisies d'un hurluberlu. Il se rappela tous ces fous et ces affamés de publicité qui s'étaient livrés à la police après l'assassinat du Président Kennedy.

— Écoutez, je ne suis pas un détraqué venu vous raconter des histoires. Je suis journaliste au *Montreal Chronicle*.

Il fouilla dans sa poche pour sortir sa carte de presse mais il ne la trouva pas. Il se souvint tout à coup qu'il l'avait laissée dans sa mallette à l'hôtel.

— Si vous voulez en avoir la preuve appelez mon rédacteur en chef, Cameron Craig. Vous pouvez l'appeler à frais virés.

— Bien sûr, dit le détective en griffonnant des figures géométriques sur son bloc-notes.

— Vous devez me croire. Ma vie est en danger. J'ai besoin de la protection de la police.

— Monsieur... ah ! oui, Redfern. Tous nos hommes seront occupés ce soir au défilé du carnaval. Tous les congés ont été annulés. Je ne pourrais même pas détacher un seul homme pour vous. Je vous conseille d'assurer vous-même votre protection, si vous pensez que quelqu'un vous poursuit.

— Ce n'est pas un vague quelqu'un, c'est un nommé Antoine de Luzt, un agent international.

— Oui, oui. Vous devriez profiter du carnaval pour oublier tout cela.

Redfern ne put s'empêcher de rire. Le détective le traitait comme un enfant dément.

— Le défilé n'aura sûrement pas lieu par un temps pareil.

— Tempête ou pas, le défilé a toujours lieu. Sinon, ce ne serait pas un véritable carnaval d'hiver. Amusez-vous, ce n'est pas le moment de se faire du souci.

Redfern revint à l'hôtel où il s'enferma à double tour. Il essaya d'appeler Charles Watson, le lieutenant de la G.R.C., mais il n'y eut pas de réponse. En désespoir de cause, il téléphona à Cameron Craig.

— Cam, ici Taylor. Avant tout, je...

— Taylor, si vous avez quitté Montréal, vous ne mettez plus les pieds dans ce journal ; il vaut donc mieux ne pas me dire où vous êtes.

— Cam, pour l'amour de Dieu, laissez-moi parler. Je ne peux vous dire ce qui se passe au téléphone. Je suis à Québec au Château Frontenac.

— Vous est-il arrivé quelque chose ?

L'humeur acariâtre de Craig avait tout à coup fait place à l'inquiétude.

— J'ai des ennuis, Cam. On a peut-être même déjà branché un micro sur mon téléphone, je ne sais plus. Je dois sortir de cette ville, mais tout est bloqué par la tempête.

— Ouais, j'ai entendu les nouvelles. Bon, maintenant, écoutez-moi bien, Taylor. Il y a quelqu'un qui s'appelle Armand Corriveau à Québec. C'est le rédacteur en chef de *La Voix du Québec*. Vous trouverez sûrement son numéro dans l'annuaire. Dites-lui que c'est moi qui vous ai dit de l'appeler. C'est un vieil ami. Demandez-lui de vous héberger jusqu'à ce que vous puissiez sortir de la ville. Dites-lui de me téléphoner s'il le faut. Pendant ce temps je verrai ce que je puis faire pour vous. Avec cette tempête, c'est assez difficile, mais je vais essayer. En tout cas, contactez Armand.

— Merci, Cam.

La neige avait diminué, même si les nuages du soir, d'un gris métallique, annonçaient encore d'autres intempéries. Redfern chercha dans l'annuaire le numéro d'Armand Corriveau. Sous ses fenêtres, il pouvait entendre des gens célébrer joyeusement le carnaval sur le trottoir. Il trouva enfin le numéro et composa. Corriveau lui dit d'arriver immédiatement. Il commanda un taxi et fit venir un chasseur pour prendre ses bagages, car sa main blessée l'empêchait de transporter quoi que ce soit. En attendant le chasseur, il regarda la foule joyeuse qui s'était assemblée en face de l'hôtel et qui riait et chantait en prélude au défilé qui allait bientôt commencer.

Ils étaient tous chaudement vêtus de parkas et de costumes de ski, et la plupart portaient des passe-montagnes. Les cannes du carnaval étaient bien en vue et on s'empressait déjà d'en boire le contenu. Quelques jeunes se colletaient dans les congères et les boules de neige volaient de part et d'autre. Tout le monde semblait s'amuser follement.

On frappa soudain à la porte. « Le chasseur », se dit Redfern. Il enleva la chaîne et déverrouilla pour ouvrir. À sa grande surprise, il se retrouva en face de Monique Gravelle emmitouflée dans une pelisse de fourrure, et d'un homme de taille élevée portant un parka rouge et un passe-montagne noir. Instinctivement, il recula d'un pas et referma violemment la porte. Mais l'inconnu fit pression dessus de tout son poids avant que Redfern ne puisse verrouiller ; il réussit à entrebaîller suffisamment pour se glisser dans la chambre, suivi de Monique. Celle-ci retira un petit pistolet de son sac, pendant que Redfern appuyé contre le mur reprenait son souffle.

— Monsieur Redfern, je pense. Permettez que je me présente : Antoine de Luzt. Je crois que vous avez déjà rencontré ma fille Monique. Je propose que nous nous asseyions pour parler un peu.

Chapitre 11

Antoine de Luzt retira son passe-montagne et fit signe à Redfern de s'asseoir avec une politesse sinistre. Le journaliste jetait des regards de bête traquée autour de la chambre dans l'espoir de trouver moyen de s'échapper. Il se mit à trembler alors que de Luzt plaçait deux fauteuils entre la porte et lui.

— Pour toi, ma chère, dit de Luzt à sa fille en tirant une chaise pour elle, avec un excès de courtoisie. En déboutonnant sa pelisse et en s'asseyant, Monique ne cessa de braquer son revolver argenté sur le journaliste.

— Vous avez suscité chez moi une vive curiosité, monsieur Redfern, dit de Luzt sur un ton affable, en s'asseyant à son tour près de sa fille.

Il retira la canne de carnaval qu'il avait passée dans son écharpe et la déposa sur le sol à côté de lui.

— C'est très rare, je dois vous le dire, qu'on me talonne de si près, moi, ou l'un de mes agents. Je me flatte de mener des opérations très discrètes. Je suis donc des plus intéressés à savoir de quelle façon vous avez procédé.

— Allez vous faire foutre ! lança Redfern avec mépris. C'est cette discrétion, sans doute, qui vous a inspiré de me brûler les yeux.

— Un simple avertissement.

— Quelle sorte de sadique êtes-vous donc ?

— Voyons, monsieur Redfern, ne nous énervons pas. C'est un compliment que je vous fais, à ma façon. (De Luzt sourit.) Votre obstination m'impressionne. Vous êtes un professionnel comme moi : j'aime cela.

— Dois-je vous remercier ? demanda Redfern qui essayait de dissimuler sa peur.

— J'aimerais savoir comment vous avez fait pour nous découvrir, reprit de Luzt qui revenait à la charge.

Il voulait connaître la faille de cette opération québécoise, afin de ne pas répéter les mêmes erreurs ailleurs.

Redfern regarda le père puis la fille avec un air de profonde méfiance.

— Bon, puisque c'est comme ça, faisons un marché, monsieur Redfern. Vous devez avoir encore des questions à l'esprit. Nous allons échanger nos informations. Donnant donnant.

— Et puis vous me tuerez, laissa tomber Redfern.

— Peut-être. D'autre part, ce ne sera peut-être pas nécessaire. Le travail est presque fini ici. Si vous nous apprenez des choses intéressantes, on pourra peut-être négocier ensuite.

De Luzt n'avait pas l'intention de laisser Redfern sortir vivant de la chambre, mais il avait besoin de savoir. Le journaliste, lui s'accrochait au mince espoir qui lui restait et cherchait à prolonger la conversation pour gagner du temps.

— Ça va, marché conclu, dit-il. Mais je pose les questions d'abord. Si je meurs, j'aurai au moins su tout ce que je voulais.

— Ah ! ces journalistes ! dit de Luzt à Monique.

Les deux échangèrent un sourire.

— Entendu, monsieur Redfern. Ouvrez l'interrogatoire. « Ça n'a guère d'importance, après tout, pensait de Luzt. C'est un homme mort, de toute façon. »

— Est-ce vous qui avez organisé l'assassinat du Premier ministre ?

— Oui, je dois en accepter le crédit. C'est moi qui ai conçu le plan et Monique qui l'a mis à exécution avec un art consommé.

— Comment avez-vous fait ? Avez-vous soudoyé Kevin Reilly ?

— Soudoyer ? Mais c'est trop grossier ; ce genre de personne ne marche pas avec de l'argent. Souvenez-vous que Reilly est issu de la fanatique Ulster. L'Irlandais est prêt à tout pour son idéal. C'est une race sublime. On n'achète pas des gens comme ça, on les manipule.

— Comment avez-vous réussi à le dénicher ?

Redfern en oubliait momentanément sa peur en interrogeant de Luzt. Son intérêt pour l'affaire reprenait.

— Vous êtes intelligent, monsieur Redfern, vous posez les bonnes questions.

— Pourquoi devrait-on lui raconter cela, papa ?

C'était la première intervention de Monique depuis le début.

— Monsieur Redfern a mérité le droit de savoir, ma chère. Nous avons cherché l'homme qu'il fallait pendant des mois. Il devait être influençable et du genre émotif. Vous savez ce que je veux dire : un homme de coeur plutôt que de tête. Pas intelligent plus qu'il ne faut, pour qu'il ne se rende pas compte de la manipulation. Un homme sensible à l'outrage moral, formé par les jésuites autant que possible. À un niveau plus pratique, il devait connaître les armes à feu et savoir y recourir d'instinct. Il va sans dire qu'il devait être aussi hétérosexuel, sinon les charmes de Monique auraient été vains.

Redfern jeta un regard à Monique : son visage était demeuré impassible. Il lui sembla particulièrement indécent qu'un père fasse allusion à la sexualité de sa fille en face d'un étranger.

— Ce devait être un célibataire, poursuivit de Luzt, sans rapports de parenté trop étroits. Vous voyez que les exigences étaient des plus précises. Nous avions le portrait-robot, si on peut dire, de l'homme que nous recherchions. Kevin Reilly incarnait parfaitement tout cela, mais il nous fallut du temps pour le trouver.

— Et puis alors ? Une fois que vous l'avez eu trouvé ?

— J'en fis mon affaire, dit Monique en ponctuant sa phrase avec son revolver. Mon père connaît à fond les techniques de manipulation psychologique. J'ai beaucoup appris de lui.

— Vous avez donc fanatisé Reilly ?

— En quelque sorte. Je devais d'abord l'attacher à moi par la gratitude. Ce fut chose facile, car il était assez malléable. Il manquait de confiance en lui, particulièrement avec les femmes. Je n'eus qu'à le laisser me faire l'amour une fois, et après j'étais sur un piédestal pour lui.

— Mais le sexe ne suffit pas à rendre homicide, intervint Redfern.

— Vous connaissez peu la vie, monsieur Redfern, dit de Luzt. La luxure peut être un mobile aussi fort que l'avarice. Pensez aux sept péchés capitaux.

247

— Une fois qu'il s'est attaché à moi, l'étape suivante fut de l'amener à dépendre de moi. J'ai commencé par des petites choses, comme choisir ses cravates et ses vêtements en général. Il en vint peu à peu à se fier à moi et il me fit prendre d'autres décisions pour lui.

— Elle a été une bonne élève, n'est-ce pas, monsieur Redfern ?

— Quand j'ai eu établi ce genre de dépendance — à tel point qu'il ne pouvait plus se lever le matin sans me demander ce qu'il ferait —, il ne s'agissait plus que de développer chez lui un sentiment de frustration.

— Autrement dit, monsieur Redfern, faire remonter la vieille âme irlandaise à la surface, ajouta de Luzt. La source de violence.

— Ce fut beaucoup moins facile, dit Monique. Kevin était très passif de nature. Il laissait les choses venir à lui. Il n'était pas un fonceur, et c'est ce que je devais faire de lui. Je devais en implanter le germe en lui tout en lui faisant croire qu'il l'avait toujours été. Je devais lui inculquer l'idée que les Anglais étaient au Québec les victimes d'une oppression injuste, et le pousser à faire quelque chose à ce sujet. Ce fut difficile, il y eut des moments où je crus ne jamais pouvoir y parvenir. Il parlait beaucoup, surtout quand il était ivre. Mais c'est tout ce qu'il faisait. C'était la même chose au lit d'ailleurs. Si son père veilleur de nuit n'avait pas été congédié parce qu'il ne parlait pas français, je doute que Kevin ait jamais levé le petit doigt contre quelqu'un. Je me suis donc concentrée sur cette histoire, j'ai tourné le fer dans la plaie jusqu'à ce qu'il soit prêt à tirer sur tout ce qui était canadien-français. Il restait alors à le diriger vers la bonne personne.

— On peut dire, en quelque sorte, que ma fille a tenu le fusil et que Reilly a appuyé sur la gâchette.

— Incroyable ! s'exclama Redfern qui pouvait difficilement en croire ses oreilles. Mais pourquoi tout ça ? Pourquoi se donner tant de peine pour tuer le Premier ministre du Québec ? Et puis, pourquoi ne pas avoir eu recours simplement à un tueur à gages ?

— Vous êtes vraiment très curieux.

— C'est vous qui avez dit que j'ai mérité de savoir.

— Pourquoi avoir tué le Premier ministre ?, de Luzt se posa la question sur un ton professoral comme s'il allait donner un cours sur l'assassinat politique. Seul le gouvernement français peut répondre vraiment à cette question. Mais je peux quand même vous donner ma version. Je n'ai pas besoin de vous dire que la France s'est intéressée dès le début à l'essor du mouvement d'indépendance au Québec, dans les années 60. Après la visite du général de Gaulle à Montréal en 1967, c'est même devenu la politique de l'Élysée d'encourager la province dans sa marche vers la souveraineté. La France était de plus en plus séduite par l'idée d'avoir une république soeur en Amérique du Nord. Elle y vit une façon d'étendre sa culture et son influence sur le continent. Mais dans les dernières années, Paris a senti une sorte de fléchissement dans la détermination québécoise. Le gouvernement provincial commençait à mettre de l'eau dans son vin. Notre ami, le regretté Premier ministre, s'orientait d'ailleurs vers une option canadienne, abandonnant la poursuite plus hardie de l'indépendance qui avait été jusque-là son cheval de bataille. Les dirigeants de la France ont dû sentir qu'on était en train de manquer le bateau. Il fallait faire quelque chose, un geste radical pour forcer le Québec à prendre le virage. C'est là que j'intervins, à la demande de certains membres du gouvernement. J'ai déjà rendu quelques petits services à la France. On a donc fait appel à moi. J'ai vu que le Premier ministre devait être remplacé par Guy Lacroix pour que le Québec puisse devenir indépendant. Mais comment écarter le Premier ministre ? C'était la question qui se posait. Politiquement, il était trop solidement en selle pour être supplanté. L'assassinat m'a paru le seul recours. Pour ce qui est de votre seconde question. Un tueur à gages n'aurait pas fait l'affaire. Le meurtre devait avoir une forte connotation politique pour donner force à la position de Lacroix. Les Canadiens anglais, pour écraser les aspirations légitimes du peuple québécois, ont tué son chef. Vous voyez le tableau ? Il fallait donc trouver l'assassin voulu pour rendre la chose crédible. Nous devions en outre nous assurer que l'assassin puisse être identifié immédiatement.

— Et c'est là que Touraine entre en jeu, n'est-ce pas ?
— Oui. La vue de 25 000 dollars a suffi à cet homme. Il n'avait jamais vu tant d'argent de sa vie. Il aurait tué sa propre mère. Je pense qu'il est allé déposer l'argent dans une banque américaine. Il sentait peut-être son magot plus en sécurité là.

— L'avez-vous éliminé aussi ?

— J'ai appris en Algérie, monsieur Redfern, que les hommes soudoyés sont les premiers à craquer. Il aurait pu parler pour incriminer ma fille. Particulièrement après que vous ayez eu publié vos articles. C'était très irréfléchi de votre part. C'est pourquoi on l'a déposé dans votre garage en guise d'avertissement. Il est dommage que vous n'ayez pas compris.

— Mais qui a tué Touraine ?

— Il y a beaucoup de fier-à-bras à Montréal. Vous en avez rencontré un dans une ruelle, je pense ? Un des amis peu recommandables de Monique.

— Un habitué de la Discocave ?

— Cette boîte sympathique appartient à une bande qui fait la loi dans l'Est de Montréal. Je leur envoie de petits cadeaux avec mes amitiés de temps à autre. La charité est toujours récompensée, n'est-ce pas, monsieur Redfern ?

— Et l'Intcon, que fait-elle dans le tableau ?

— L'Intcon ? Ce sont des hommes d'affaires qui pensent à leurs intérêts. Ils ont découvert d'importants gisements d'uranium au Québec et ils veulent mettre toutes les chances de leur côté pour en tirer profit.

— Ont-ils donc trempé dans l'assassinat ?

Redfern était encore convaincu de la complicité de l'Intcon malgré les démentis d'Holbrook Meadows.

— Non, dit de Luzt en riant. Mais je pense bien qu'ils en auraient été capables.

— Mais alors, d'où venait le viseur à infrarouge sur le fusil de Reilly ?

— Nous avons fourni à Reilly le meilleur équipement disponible. J'ai eu ce viseur par une de mes relations en Belgique. L'Intcon n'en a rien su, même s'il s'agissait d'un accessoire sévèrement contrôlé.

— Mais je ne comprends pas. L'Intcon a quand même joué un rôle dans l'affaire ?

— Bien sûr, elle a versé plus d'un million de dollars à Lacroix quand elle a vu l'importance de l'enjeu.

— Mais pourquoi l'Intcon était-elle si sûre de pouvoir s'entendre avec Lacroix pour l'exploitation de l'uranium ?

— Vous posez beaucoup de questions, monsieur Redfern.

— Oui, j'ai le temps.

De Luzt regarda sa montre. Monique devenait impatiente.

— Bon, mais pas trop longtemps. Le gouvernement français a eu des pourparlers secrets avec l'Intcon. Après le début de notre opération au Québec, le prototype français de surrégénérateur a failli exploser. On a dû fermer l'usine. Le gouvernement comptait beaucoup sur ce surrégénérateur, et sur deux autres qui allaient suivre, pour alimenter la chaîne de centrales nucléaires en construction dans le pays. Et aussi, bien sûr, pour renforcer l'arsenal militaire. Avec la fermeture de cette usine, la France se trouvait dans une situation désespérée. Elle avait besoin de ressources illimitées d'uranium enrichi dans un moment où l'on n'en trouvait pas sur le marché mondial. L'affaire québécoise prit donc une dimension tout à fait nouvelle. Il y avait dans la province la quantité d'uranium désirée dans des gisements appartenant à l'Intcon. En outre, les centrales hydro-électriques de la baie James étaient là pour fournir l'énergie nécessaire à l'enrichissement. La France pouvait donc combler ses besoins en assurant la victoire de Lacroix. Ma petite opération devenait soudain la grande priorité de mon pays.

— Monique a donc été chargée de saboter la campagne de Belmont, dit Redfern qui se tourna vers la jeune femme. Et vous avez jeté votre dévolu sur Raymond Mercier.

Monique haussa les épaules comme pour chasser une pensée désagréable.

— Belmont peut encore l'emporter, vous savez, dit Redfern.

— Je ne parierais pas sur lui, monsieur Redfern. Au moment où le congrès s'ouvrira, la nouvelle se sera répandue au Québec que Belmont est un prédateur qui a volé les fonds de sa campagne, falsifié les livres et déposé de gros montants dans une banque du Liechtenstein. Tout est déjà arrangé.

— Personne ne voudra croire cela, dit Redfern.

— Peu importe qu'on le croit ou non. La rumeur du scandale au congrès sera suffisante pour le couler. Maintenant, je pense que votre période de questions est écoulée.

— Un instant. Est-ce vous que j'ai vue dans la galerie de la presse lors des funérailles ? demanda Redfern à Monique.

— Oui. J'ai su que vous aviez parlé aux parents de Kevin et que vous aviez posé des questions à mon sujet. J'ai fait prendre votre photographie. C'est comme ça qu'on vous a reconnu à la Discocave. Le barman avait une photo de vous sous son comptoir.

— Ce que je ne comprends pas encore, c'est comment vous avez pu agir librement, vous introduire un peu partout ?

— J'ai vécu plusieurs années au Québec, dit Monique. J'ai été membre d'un groupe séparatiste à l'Université de Montréal avec plusieurs des gens qui font maintenant partie du gouvernement. J'avais donc déjà beaucoup d'amis quand je suis revenue ici pour le compte de mon père.

— Comment avez-vous pu obtenir une lettre de références de Belmont ?

— Il m'a enseigné à l'université. Et comme j'ai été une de ses plus brillantes élèves, il se souvenait très bien de moi.

— Monsieur Redfern, je pense que vous avez déjà trop abusé de notre patience, intervint de Luzt qui avait abandonné tout à coup son petit air ironique. C'est votre tour maintenant de parler. Je veux savoir comment vous avez découvert Monique, et qui d'autre, est au courant de ses agissements ?

— Et si je ne vous le disais pas ?

— Je pense que nous avons conclu un marché.

— C'est un marché forcé. Je veux avoir la garantie que j'aurai la vie sauve. Autrement, je ne dirai rien.

— Qui d'autre est au courant ?

Redfern put voir les pupilles de de Luzt se dilater sous l'effet de la colère.

— J'ai dit que je voulais...

Il reçut un coup violent sur la figure. Il sentit un goût de sang dans sa bouche. De Luzt était debout devant lui, la main levée. Monique souriait complaisamment.

— Je n'ai pas le temps de badiner, Redfern. Si vous ne voulez pas parler, je devrais recourir à certaines techniques qui se sont avérées très efficaces en Algérie.

Redfern, encore étourdi par le coup, tâta délicatement ses lèvres avec sa main valide.

— Que dites-vous ?

— Il a peut-être besoin d'un peu plus de persuasion, papa.

Redfern se raidit en voyant de Luzt lever la main, mais un frappement soudain à la porte vint arrêter le coup. Les trois personnes se figèrent. Puis Redfern cria :

— Entrez vite ! Prenez votre clef !

Monique glissa le revolver dans la poche de son manteau, alors qu'on introduisait la clef dans la serrure. Comme la porte s'ouvrait, Taylor Redfern bondit pour échapper à de Luzt et Monique. De toutes ses forces, il agrippa par les épaules le chasseur stupéfait et le jeta sur de Luzt qui se lançait à sa poursuite. Redfern courut dans le corridor jusqu'à l'escalier de secours dont il descendit les marches quatre par quatre. Ses pas précipités résonnaient dans la cage de béton. Mais était-ce bien l'écho de ses pas ou de ceux de de Luzt derrière lui ? Il ne s'arrêta pas avant d'avoir atteint le rez-de-chaussée, neuf étages plus bas. Il déboucha dans le hall du Château Frontenac, qui était rempli de « carnavaleux » venus se réchauffer.

Redfern se fraya un chemin dans la foule à grandes enjambées. En tournant la tête, il entrevit de Luzt qui sortait de l'escalier de secours, son passe-montagne noir sur la figure. Il chercha à sortir encore plus vite de cette foule qui semblait se faire plus dense à mesure qu'il avançait. Il avait mal partout, et les cassettes dans sa poche lui rentraient dans les côtes à chaque mouvement. À une extrémité du hall, près de la réception, Redfern aperçut un gardien de sécurité de l'hôtel, mais il pensa qu'il n'était probablement pas armé ; d'autre part, il était presque impossible de l'atteindre dans cette cohue. Il arriva enfin aux portes tournantes et s'y engouffra, pour déboucher dans la nuit glaciale.

Sans manteau, sans chapeau, sans gants, il tâcha de s'envelopper dans son veston pour se protéger de la morsure cruelle du vent. Il songea à ses cassettes dont il devait se défaire absolument. Il courut le long du trottoir glacé et passa sous une arche de pierre pour déboucher sur la Place d'Armes en face du Château Frontenac.

Le défilé du carnaval avait commencé. La foule se pressait sur six rangs de profondeur, jetant des oh ! et des ah ! au passage des chars allégoriques. Les duchesses du carnaval et des personnages de contes de fée envoyaient des baisers et des saluts charmants ou grotesques aux spectateurs. Une neige légère tombait sur le défilé. Des clowns et des animaux sautaient des chars, se mêlaient à la foule et entraînaient les gens dans des danses folles. La fête battait son plein sous les acclamations, et si les orchestres ne marchaient qu'au son du tambour, c'est que les cuivres par ce froid auraient collé aux lèvres des musiciens. Mais la foule n'en avait pas besoin pour rire et danser.

Redfern se tenait tremblant derrière la foule. Le vent le transperçait jusqu'à la moelle des os. Il chercha des yeux une issue. Mais toutes les rues autour étaient barrées et il n'y avait ni taxis ni voitures en vue. Le trottoir de chaque côté était rempli de monde : il ne pourrait jamais s'y frayer un chemin. Il se retourna et aperçut le parka rouge et le passe-montagne noir de de Luzt qui se dirigeait vers lui à travers la foule. Affolé, il fendit la presse en face de lui, jouant des coudes jusqu'à la barrière qu'il enjamba. Il essaya de se mêler au défilé, mais fut entraîné immédiatement par un lapin géant au sourire figé dans une danse folle qui le laissa étourdi. Ayant réussi à se dégager, il traversa la rue entre deux chars et les personnages espiègles de Walt Disney qui sautillaient autour de lui.

Alors qu'il reprenait son souffle parmi les spectateurs, le char principal du défilé, celui qui portait le Bonhomme Carnaval et la Reine, arriva à sa hauteur. Il se précipita pour s'accrocher au flanc du véhicule qui passait. Une rumeur s'éleva de la foule alors que deux préposés le décrochaient. Avant qu'ils puissent admonester le journaliste, celui-ci leur avait déjà échappé. Il avait entrevu de nouveau de Luzt et il chercha à se perdre dans la foule. Glissant et trébuchant, marchant à quatre pattes entre les jambes des spectateurs, il finit par aboutir à un petit parc au centre de la place.

Il n'y avait plus personne en face de lui. Il se retourna pour voir les têtes des spectateurs silhouettées dans le faux jour des projecteurs. De Luzt n'était nulle part en vue. Apercevant une boîte aux lettres en face de lui, Redfern sortit l'enveloppe contenant les cassettes de sa poche et, même si elle n'était pas affranchie, la jeta dans la boîte avec un soupir de soulagement.

Il s'assit sur un banc et essaya de réfléchir un peu. Il lui fallait trouver un policier. Il plissa les yeux dans l'obscurité et crut voir un agent patrouiller à pied pour contrôler la foule au bout du parc. Redfern courut au-devant de lui, enfonçant jusqu'aux genoux dans les congères, les pieds engourdis par le froid. Il allait enfin pouvoir trouver protection. De Luzt ne pourrait plus rien contre lui.

L'agent ne broncha pas quand Redfern, hors d'haleine et pouvant à peine parler, arriva à lui. L'homme était de toute apparence absorbé par le défilé.

— Monsieur l'Agent, implora Redfern en le tirant par le bras. Vous devez m'aider ; il y a un homme...

— Hé ! Qu'est-ce que tu veux ?

En voyant l'homme de près, Redfern vit que ses yeux étaient un peu dilatés et que ses mouvements étaient ceux d'un homme ivre.

— J'ai besoin d'aide, reprit Redfern en agrippant plus fortement le policier. Secourez-moi, je vous en prie !...

— Circulez, circulez..., fit le policier repoussant Redfern avec sa matraque.

— Aidez-moi, je vous en prie. C'est une question de vie ou de mort.

À l'autre bout du square, d'où il était venu, Redfern aperçut soudain de Luzt. Il agrippa la manche du policier.

— Il faut que vous m'aidiez !

Redfern se précipita sur la gaine qui pendait à la ceinture du policier. Avec ses doigts gelés, il essaya d'atteindre le revolver à l'intérieur. L'agent ivre se jeta en arrière en jurant et en donnant des coups de matraque à droite et à gauche. Il frappa Redfern dans le dos et celui-ci tomba sur le coup. Secoué, il vit tournoyer les lumières et des larmes de rage coulèrent sur ses joues. Il se remit sur pied et s'efforça de courir. De Luzt l'avait aperçu. Il courait vers lui à travers le parc.

Redfern se dirigea vers une ruelle adjacente, qui était bordée de chaque côté de sculptures de glace : éléphants, panthères, dragons, baleines, sphinx, chiens et ours polaires agrandis et peinturlurés, parfois aussi hauts que des maisons, semblaient se moquer de sa douleur et de son angoisse.

Il tourna un coin de rue et entra presque en collison avec l'express du carnaval, un train sur roues pour les gens trop paresseux ou trop ivres pour aller admirer les sculptures sur glace à pied. Plusieurs des passagers étaient emmitouflés dans des couvertures, et plusieurs tendirent leur canne au journaliste qui avait l'air d'un coureur de fond.

La rue s'ouvrit sur une large place. Au-dessus de lui, le journaliste vit des Bonhommes Carnaval tourner au vent. En face, apparurent les créneaux et les tours du Palais des Glaces, illuminé à sa base et en son centre par des projecteurs multicolores. Le drapeau du carnaval claquait sur chaque tour. Redfern se retourna. De Luzt arrivait à grandes enjambées dans la rue. Le journaliste gagna le palais en chancelant ; il ressentait des douleurs dans tout le corps et ses poumons étaient en feu sous l'effort de la course.

L'entrée du Palais des Glaces était bordée de sculptures majestueuses. Celles-ci formaient un passage qui menait au coeur du Palais. Redfern chercha instinctivement un refuge dans cette forteresse d'un jour.

À l'intérieur, il se retrouva dans un labyrinthe de blocs de glace scintillants comme le cristal. Il se rendit compte aussitôt qu'il s'était jeté dans un cul-de-sac. Il voulut revenir sur ses pas mais il était trop tard. De Luzt, masqué de noir, entrait déjà dans l'allée des sculptures ; dans quelques secondes, il l'aurait rejoint.

Redfern repartit à la course, s'enfonçant encore plus profondément entre ces murailles d'eau solidifiée. Il avait cru pouvoir trouver des gens dans ce dédale, mais tout était désert. Seuls les reflets multicolores allumés de-ci de-là par les projecteurs ponctuaient sa fuite. À travers les blocs translucides, il entrevit le parka rouge de de Luzt. Mais l'effet de réfraction empêchait de le localiser exactement. Prudemment, Redfern s'éloigna de l'image du Français, agrandie et décomposée en multiples facettes dans la glace. Mais au geste qu'il faisait en répondait un autre de son poursuivant, qui semblait attaché à lui comme une ombre maligne en rouge et noir. Redfern se rendit compte soudain, avec terreur, que s'il pouvait voir ainsi l'image de de Luzt dans la glace, celui-ci pouvait voir la sienne aussi.

Pris de panique, il tenta d'échapper à de Luzt en rebroussant chemin, dans l'espoir de trouver une issue à cette prison de glace. Il tourna brusquement à gauche, puis à droite... L'image de de Luzt rapetissa tout à coup.

Il longea un corridor, en ne perdant pas de vue les réfractions sur la glace. Tout à coup, il ne vit plus de Luzt. Le corridor finissait en fourche : il hésita un moment, et prit à gauche.

Il s'aperçut immédiatement de son erreur. Le passage donnait dans une pièce fermée comme au centre d'une pyramide. Les murs de glace s'élevaient à cinq mètres autour de lui, délimitant un carré de firmament obscur. À la base de ces murs, placés à un mètre d'intervalle, des projecteurs éclairaient vers le haut, baignant le coeur du Palais de lumières multicolores.

Il n'y avait qu'une façon de sortir, c'était de revenir sur ses pas. Mais comme il tournait les talons, il vit que la sortie était déjà bloquée par la figure masquée d'Antoine de Luzt. Les deux hommes se dévisagèrent un moment, sans bouger, comme s'ils étaient pétrifiés au milieu de ce monde de glace. En cet instant de silence, Redfern put entendre les tambours du défilé qui débouchait dans le square. De Luzt avança vers lui en tirant la canne passée dans son écharpe. Redfern voulut crier, mais aucun son ne sortit de sa bouche. Il chercha machinalement à s'agripper avec les ongles dans la glace derrière lui, en voyant de Luzt sortir une longue lame mince de sa canne. Redfern commença à se mouvoir latéralement, le dos appuyé à la muraille gelée.

— Je suis désolé, monsieur Redfern.

De Luzt s'avançait, pointant sa lame vers la poitrine du journaliste.

— Non, pitié ! implora Redfern d'une voix blanche.

Puis, ramassant tout ce qui lui restait d'énergie, il se jeta sur de Luzt, les mains tendues pour l'attraper à la gorge. De Luzt s'esquiva et Redfern, dans son élan, alla s'arrêter sur la muraille opposée. Il se retourna pour voir de Luzt arriver sur lui, la lame pointée vers ses yeux. Rassemblant ses forces, il se jeta de côté, en évitant de justesse un projecteur. « Ce pourrait être une arme », pensa-t-il en un éclair. Il mit un genou à terre et essaya désespérément d'arracher les fixations.

— C'est inutile, Redfern, vous ne m'échapperez pas.

Antoine de Luzt était derrière lui, pointant la lame presque dans son cou. Lançant un cri de désespoir, Redfern se retourna et bondit en avant, attrapant de Luzt par la taille. Celui-ci faillit perdre l'équilibre, mais il s'accrocha au journaliste et lui plongea sa lame profondément dans le dos. Redfern tomba à genoux, comme stupéfait. Il resta ainsi quelques secondes dans une attitude de prière, alors que son sang se répandait déjà sur la glace. Puis il tomba en avant avec un profond soupir.

De Luzt dégagea la lame et se pencha pour retourner Redfern. Il ne devait rien laisser au hasard : un second coup au coeur réduirait à jamais le journaliste au silence. Comme il levait la lame, un cri perçant venu du passage l'arrêta. Quatre adolescentes le regardaient, terrifiées. En peu de temps, leurs cris allaient attirer d'autres personnes. Jurant par tous les diables, de Luzt se releva et courut vers elles. Les filles s'égaillèrent en criant plus fort que jamais et en trébuchant les unes sur les autres. De Luzt s'empressa de leur fausser compagnie, quittant le Palais des Glaces en toute hâte pour aller se perdre dans la foule qui suivait le défilé à l'extérieur.

Au milieu des glaces, Taylor Redfern, gisant dans une mare de sang, gémissait faiblement.

Chapitre 12

Un campanile au loin sonnait la demi-heure. Jean-Claude Belmont l'avait entendu marquer ainsi le temps, toute la nuit. Il mit les jambes hors du lit et regarda sa montre : 6 h 30. Des teintes de rose commençaient à percer dans le gris métallique du ciel. Il perçut un mouvement de l'autre côté de la porte de sa chambre d'hôtel. Il vit un journal glisser doucement sous sa porte. Assis sur le bord de son lit, il le regarda un moment, un peu hébété, pas même capable de faire le moindre mouvement pour aller le cueillir.

Il aurait pu aujourd'hui atteindre au pinacle de sa carrière politique. Il aurait pu être élu Premier ministre du Québec au congrès du Parti Québécois. Mais il se retrouvait plutôt isolé, diffamé publiquement et menacé d'une poursuite judiciaire qui pourrait aboutir à son emprisonnement. Il n'arrivait pas encore tout à fait à comprendre ce qui s'était passé...

La veille, dans l'après-midi, la police avait fait irruption dans son quartier général de campagne, alors qu'il assistait, avec son équipe, à l'hommage que le congrès du parti adressait au défunt Premier ministre. Il y avait bien une réceptionniste et deux militants sur les lieux, mais aucun d'eux n'avait eu la présence d'esprit d'exiger des mandats de perquisition. Ils n'avaient pas non plus osé s'interposer quand les policiers avaient brisé les serrures des classeurs et emporté des dossiers et des livres comptables.

Quand Belmont eut vent de cette descente, il pensa immédiatement qu'il s'agissait d'une grossière tentative de Lacroix pour le discréditer à la veille du scrutin. Lacroix était bien capable d'utiliser ses accointances avec la Sûreté du Québec, à ses propres fins politiques. Belmont vit dans ce raid un signe d'insécurité du ministre des Affaires sociales, qui n'était pas encore assuré de l'élection. L'atmosphère du congrès donnait l'impression que la bataille serait chaude. L'organisation de Belmont avait bien travaillé dans les circonscriptions rurales : elle avait obtenu d'importants appuis dans les délégations du Lac Saint-Jean, des Cantons de l'Est, de la Mauricie et de l'Abitibi. S'il pouvait serrer de près Lacroix dans les grands centres urbains, notamment Montréal et Québec, il sentait qu'il avait une chance de gagner. Les sondages, qui avaient longtemps donné à Lacroix une avance confortable, commençaient à indiquer un glissement vers Belmont. Il traînait encore beaucoup de l'arrière, mais tout était possible au congrès.

C'est seulement après avoir reçu un appel d'un de ses amis journalistes à *Québec Matin* que Belmont se rendit compte de la gravité des accusations qui pesaient sur lui. On l'accusait d'avoir détourné les fonds de la campagne. Des comptables étaient déjà en train de vérifier ses livres, et la moindre irrégularité pourrait signifier son arrestation.

Il avait convoqué une conférence de presse sur-le-champ pour démentir toute l'affaire ; mais, devant les journalistes que cette nouvelle péripétie électorale réjouissait, Belmont s'était retrouvé coincé. Comme la police lui avait refusé, à lui ou à ses collaborateurs, l'accès aux dossiers saisis, il n'avait eu que ses protestations d'innocence à offrir. Aux nombreuses questions sur les fonds de la campagne, il n'avait pu que répondre qu'il avait confié l'administration financière à Raymond Mercier et, plus tard, à Monique Gravelle. Mercier avait démissionné après sa conduite ignominieuse, comme l'avait souligné un journaliste de la radio, et Monique Gravelle était disparue mystérieusement. Belmont avait dû admettre qu'il ne connaissait pas les allées et venues de Monique. Elle avait téléphoné la semaine précédente pour lui dire que sa mère était gravement malade et qu'elle devait aller à son chevet. Il y avait eu des sourires dans la salle quand Belmont avait ajouté : « Je comprends qu'il semble très louche que les deux personnes préposées aux livres comptables ne soient plus en place. Dieu me garde de vouloir porter le blâme sur ceux qui ne sont pas ici pour se défendre, mais je vous jure que je suis innocent des accusations portées contre moi. » Il savait après cela que la presse le clouerait au pilori.

Les nouvelles de dernière heure à la télévision avaient confirmé ses pires craintes. Il avait vu avec horreur le film de la descente policière dans ses locaux. De toute évidence, les média avaient été avertis à l'avance. Un porte-parole de la S.Q. avait déclaré qu'un examen préliminaire des registres montrait que les chiffres avaient été soigneusement falsifiés, pour camoufler le détournement d'une part importante des fonds de campagne. On avait même trouvé des reçus de dépôts d'une banque du Liechtenstein dans un classeur fermé à clef du bureau de Belmont. Le montant total équivalait à peu près aux falsifications dans les registres. On procéderait cependant à une vérification complète et à une enquête approfondie avant de porter des accusations criminelles. Le bulletin s'achevait sur des réactions de délégués au Congrès. Celles-ci allait de l'inquiétude au dégoût le plus profond.

Durant les heures suivantes, Belmont avait préparé fiévreusement avec ses adjoints une déclaration spéciale à l'intention des délégués au congrès. Il y dénonçait toute l'affaire comme un coup monté, conçu dans le camp de Lacroix pour le torpiller à la dernière minute. Belmont doutait que cela puisse influencer beaucoup les délégués, mais il n'y avait guère d'autre chose à faire. Il devait réagir d'une façon ou d'une autre.

Le journal attendait toujours sous la porte. Il se leva et traversa la chambre comme un condamné. Il se rappela ce que son professeur de droit lui avait déjà dit jadis : « On ne se souvient jamais du bien que vous avez fait mais de l'ampleur de votre chute ». Il ramassa le journal et le déplia. La manchette était encore pire que ce qu'il avait imaginé. Elle s'étendait en gros caractères sur huit colonnes : « *BELMONT ACCUSÉ DE FRAUDE* ».

Les rumeurs du congrès emplissaient le Colisée de Québec. Se déplaçant d'un groupe à l'autre pour échanger des poignées de main rituelles, les délégués dessinaient dans la salle un immense chassé-croisé qui donnait l'impression d'un bazar oriental. Les estrades, qui, quelques soirs auparavant, étaient remplies de spectateurs de hockey, étaient maintenant bondées de délégués qui agitaient des banderoles aux couleurs de leurs candidats. Les murs étaient tendus de fleurdelisés entourant les photos géantes du Premier ministre assassiné.

261

Dans une salle d'entraînement transformée à la hâte en bureau d'administration du congrès, Jean-Claude Belmont discutait avec Gilles Boucher, le président des assises.

— Que veux-tu que je fasse, Gilles, que je me mette à genoux, peut-être ?

— Jean-Claude, ce que tu me demandes est au-delà de mon pouvoir.

— Mais c'est essentiel, Gilles. Il faut que le vote soit retardé.

On commençait à scander de plus en plus fort le nom de Lacroix dans l'aréna.

— C'est impossible. Tu connais les règlements. Je ne dispose pas de ce pouvoir.

— Non, mais tu peux accepter une motion venant des délégués. Je pourrais demander par une motion qu'on diffère le vote jusqu'à ce que l'affaire du détournement de fonds soit clarifiée. Le congrès peut faire ce qu'il veut, il a toute autorité.

— Écoute, même si j'acceptais cette motion, elle serait rejetée. Écoute-les, là-bas. Ils veulent le vote, ils n'attendent que cela.

— Oui, mais donne-moi une chance. Une fois que tu auras accepté la motion, j'irai parler. J'expliquerai ce qui m'a amené à la proposer. Je leur ferai comprendre à quel point c'est injuste et dangereux de voter maintenant.

— Comme procédurier, en tout cas, tu n'as pas ton pareil, Jean-Claude.

— Eh bien, c'est oui ?

Boucher réfléchit un moment en jouant avec son marteau de président. C'est son impartialité qui lui avait valu de présider les assises. Membre sans relief du parti, il n'appartenait à aucun camp et était de ce fait acceptable aux deux. Ce qui lui manquait en intellect, il le compensait par sa loyauté au parti.

Un bruit de fanfare se fit tout à coup entendre. Boucher dut crier pour se faire comprendre.

— Cela te donnerait un avantage injuste. Tout discours que tu pourrais faire sur la motion attirerait sur toi plus d'attention que n'en a eue Guy Lacroix. Les candidats n'ont qu'une seule occasion de s'adresser aux congressistes. Tu as eu la tienne le soir de l'ouverture.

— Un avantage injuste !

Belmont avait perdu son ton d'avocat sans passion. La colère flambait, et il frappa du poing sur la table en face de lui.

— Comment peux-tu parler encore d'avantage injuste après ce que Lacroix m'a fait hier ?

— Mais, tu n'as aucune preuve que Guy soit impliqué là-dedans.

— Ne fais pas l'autruche, Gilles, ça crève les yeux ! Qui crois-tu a averti la presse d'avance ? Le petit chaperon rouge, peut-être ? Mais bien sûr qu'il est impliqué ! Tout ce que je demande, c'est de pouvoir restaurer un semblant de justice.

Boucher remua sur sa chaise, de plus en plus mal à l'aise.

— Eh bien, Gilles ? Arrête de jouer avec ce maudit marteau et réponds-moi. Les assises vont reprendre dans dix minutes.

Boucher jeta son marteau sur la table avec l'air d'un écolier réprimandé.

— Bon, ça va, Jean-Claude, déclara-t-il, fronçant les sourcils pour se donner une apparence de gravité. C'est contre mes principes, mais je vais le faire.

Belmont s'adossa avec un soupir. Il remercia Boucher d'un sourire un peu triste. Au moins, il aurait un peu plus de chance comme cela. Les clameurs de « La-croix, La-croix » s'étaient éteintes et il pouvait maintenant entendre son propre nom lancé en riposte au camp opposé.

— Merci, Gilles. Je ne l'oublierai pas.

La salle du congrès était en effervescence. Les groupes rivaux s'affrontaient de part et d'autre avec des cris et des slogans. Les pancartes rouge et blanc de Lacroix s'agitaient un peu partout, alors que les bleu et or de Belmont étaient beaucoup moins en évidence. Tout le clinquant publicitaire avait été rassemblé au Colisée pour ce combat de gladiateurs politiques : des filles vêtues aux couleurs des candidats distribuait des oeillets rouges pour Lacroix et des roses jaunes pour Belmont. Des macarons étaient aussi distribués à pleines poignées. On pouvait voir que ceux de Lacroix notamment étaient portés en bien plus grand nombre que ceux de Belmont, mais, selon les règles du congrès, les affiches des deux hommes étaient en nombre égal sur les murs.

Belmont, malgré son expérience des congrès politiques, sentit son pouls s'accélérer en entrant dans la salle. D'habitude, il pouvait sentir l'atmosphère et les tendances d'un congrès dès les premières minutes, mais aujourd'hui il avait perdu confiance en son propre jugement, et il cherchait désespérément des yeux quelque signe d'encouragement. Il trouva peu de motifs à se réjouir en voyant l'exubérance des partisans de Lacroix, qui criaient et chantaient à tue-tête. Ses propres partisans étaient plus calmes, plus discrets, moins visibles. En se dirigeant vers sa loge de candidat, à travers la foule, Jean-Claude Belmont eut l'étrange impression que son prestige politique avait fondu comme neige au soleil. Peu vinrent lui serrer la main et lui souhaiter bonne chance en passant, et plusieurs délégués ruraux feignirent de ne pas le voir en s'absorbant dans des conversations avec leurs collègues.

Son passage dans la salle ne souleva que des applaudissements isolés, et même la chanson-thème de sa campagne, dont la fanfare lançait les premières notes, ne réussissait pas à soulever ses partisans. Il marcha néanmoins fièrement à travers la salle, en souriant et en inclinant la tête de part et d'autre. Arrivé à sa loge, il embrassa sa femme, qui y était déjà. Les photographes essayaient de traquer son tourment derrière son apparente confiance. Deux reporters de la radio lui tendirent leur micro et lui demandèrent des prévisions pour le vote. Il répondit un peu mystérieusement :

— Je pourrais bien avoir quelque chose à déclarer un peu plus tard.

Soudain la fanfare annonça l'arrivée de Lacroix. La clameur s'amorça en sourdine, comme si un métro passait sous le plancher. Belmont put d'abord discerner des voix qui criaient le nom de Lacroix, mais le tout fut bientôt enveloppé dans un bruit d'applaudissements, de trépignements et d'acclamations enthousiastes. Puis apparurent deux rangs parallèles de filles en pantalon rouge, qui s'ouvrirent un chemin devant elles. La fanfare suivit, jouant de plus belle pour réchauffer encore la foule. Alors, accompagné de ses deux principaux adjoints, Lacroix fit son entrée, agitant les mains au-dessus de sa tête, saluant les délégués, la figure empourprée sous le coup de l'émotion. Dès qu'elle le vit, la foule commença à psalmodier : « La-croix, La-croix, La-croix. » Cette psalmodie atteignit un crescendo, puis elle fut suivit d'un martèlement de pieds général qui fit trembler les assises du bâtiment. Belmont, sachant que les appareils-photos et les caméras de télévision étaient braqués sur lui, inclina la tête vers sa femme et lui murmura quelque chose à l'oreille, feignant l'indifférence à la réception obtenue par son rival.

Lacroix atteignit enfin sa loge et y prit place. Sur l'estrade, Gilles Boucher laissa la manifestation continuer quelques minutes et puis frappa du marteau pour ramener les congressistes à l'ordre. Il ne fallut pas moins de dix minutes et plusieurs coups de marteau avant que tous les délégués se soient assis et aient fait silence.

Boucher sentit les projecteurs de télévision braqués sur lui. Il s'éclaircit la voix et commença :

— Mesdames et Messieurs, je vous souhaite la bienvenue...

Il commença par des remarques préliminaires sur les heures de départ des avions et des autobus nolisés, sur les voitures qui bloquaient le stationnement et sur le financement du parti. Belmont remuait nerveusement sur son siège. Il jeta un regard en direction de Lacroix, qui donnait une interview pour la télévision. Il reporta son attention sur la tribune.

— ... Et voilà pour ce qui est des remarques préliminaires, disait Boucher. Maintenant, Mesdames et Messieurs, je n'ai pas besoin de vous dire que le grand point à l'ordre du jour, c'est l'élection de notre nouveau chef.

Comme il n'y avait pas de réaction dans la salle, il continua.

— Cependant, avant de procéder à cette élection, il est de mon devoir de président de vous informer qu'en vertu des règles parlementaires une motion d'ajournement peut être déposée n'importe quand. Et je dois vous dire que j'ai reçu une telle motion, à l'effet que le congrès soit ajourné sine die.

Une rumeur de stupéfaction monta de l'assemblée. Belmont se tourna vers Lacroix. Le ministre des Affaires sociales s'était, de toute apparence, interrompu au milieu d'une phrase. Dun geste irrité, il congédia l'intervieweur de la télévision.

— La motion, poursuivit Boucher, a été proposée par l'un des candidats, monsieur Jean-Claude Belmont. Les règlements m'obligent à l'accepter et à la soumettre au vote de l'assemblée.

Les cris de « Manipulation ! » et de « Fraude ! » fusèrent dans la salle. Lacroix s'était levé et essayait de faire appel au règle-

265

ment. Belmont encourageait du regard Boucher à ne pas se laisser dévier de son intention initiale.

— Je demande maintenant à monsieur Belmont de venir vous présenter lui-même sa proposition d'ajournement.

Belmont se leva d'un bond et monta sur la tribune au milieu des huées et des sifflets. Il sentit son coeur battre violemment en empoignant le microphone face à deux mille délégués. L'hostilité montait en vagues de plus en plus fortes vers lui. Il jouait en ce moment toute sa carrière politique. Il regarda les visages tournés vers lui, et n'en reconnut aucun. Pourtant, tous ces militants, ces représentants de circonscriptions, ces conseillers ministériels — des hommes et des femmes qui avaient travaillé sous sa direction et qu'il avait en grande partie formés politiquement — étaient maintenant ses juges. La rumeur hargneuse s'éteignait peu à peu alors qu'il se préparait à parler. Comme des charognards politiques, les caméras de télévision convergeaient pour cerner ce sursaut du candidat déchu.

— Je vous remercie, monsieur le Président. Mes amis, je serai bref. Vous êtes tous au courant de ce qui s'est produit à mon quartier général de campagne hier. Vous savez aussi l'interprétation qu'on en a faite dans la presse. Vous avez entendu mes démentis, mais je tiens à les réitérer ici, devant vous, en mon âme et conscience. Vous, mes chers compagnons, vous qui avez marché avec moi tant d'années dans ce difficile chemin vers l'indépendance, vous savez au tréfonds de vous que je n'ai pu commettre un tel crime. Vous savez bien que je suis innocent des accusations portées contre moi...

Il sentit les larmes monter à ses yeux et sa voix s'altérer. Il prit une gorgée d'eau avant de poursuivre.

— Cependant, il est normal que les soupçons planent et que ces événements malheureux, et fort inopportuns, aient jeté une ombre sur mon passé politique et sur ma candidature à la direction du parti. On m'a conseillé de me retirer de la course, mais ce serait là admettre ma culpabilité. Je ne me plierai pas à ces manoeuvres odieuses. Je reste pour me battre jusqu'au bout, pour défendre mon honneur et celui du parti.

Il y eut des applaudissements, vite réprimés.

— Je viens donc vous demander que le scrutin de cet après-midi, qui pourrait être décisif dans l'histoire de notre peuple, soit différé jusqu'à ce qu'on ait fait la lumière sur les accusations portées contre moi. Nous avons attendu quatre cents ans pour assumer notre destin collectif. Ne pouvez-vous m'accorder quelques jours pour me disculper ?

— Le temps de truquer des photos ? lança quelqu'un dans la foule.

Des rires fusèrent. Lacroix mit la main devant sa figure pour parler à l'oreille d'un de ses adjoints. Belmont s'efforça de contenir sa voix :

— Je demande qu'on ajourne le vote jusqu'à ce que les membres du parti aient pu évaluer les mérites respectifs des candidats, en dehors de ce contexte d'intrigues et de suspicions.

— Non ! Non ! lancèrent des voix un peu partout dans la salle.

— Le vote ! Le vote !

Belmont ne pouvait rien discerner derrière les projecteurs. Les voix lui parvenaient de l'obscurité. Il s'agrippa au lutrin et dit, d'une voix implorante :

— J'ai voué ma loyauté et toutes mes énergies à ce parti, que j'ai contribué à fonder avec notre regretté chef. Je ne vous demande rien d'autre que de pouvoir être jugé sur mes services passés. Je fais appel à votre bon sens de la justice et de l'équité.

— Qui a essayé de salir Guy Lacroix ?

Le cri lui parvint des ténèbres comme une flèche venimeuse. L'assemblée commença à s'agiter.

— Le vote ! On demande le vote !

— Appel au règlement !

— Le vote tout de suite !

— Le vote ! Le vote ! Le vote ! commençait-on à scander de toutes parts.

Belmont leva les bras pour obtenir le silence, mais la foule ne l'écoutait plus. La clameur redoubla, accrue par le battement des mains en cadence. Belmont sentit une main sur son épaule.

— Allons, Jean-Claude — c'était Gilles Boucher — je dois reprendre le micro.

Belmont battit en retraite, la tête basse. Boucher frappa vigoureusement du marteau pour rappeler l'assemblée à l'ordre. Le tumulte ne cessa pas. Les caméras suivirent un moment Belmont qui descendait de la tribune, la mine défaite.

Guy Lacroix eut un léger sourire alors que son adversaire reprenait sa place. Belmont était déjà battu. Il venait d'être désavoué publiquement par les congressistes. L'image d'un homme abattu, au bord de la dépression, avait été diffusée dans tous les foyers du Québec. Le président n'avait pas encore réussi à faire taire les clameurs. Comme les projecteurs de télévision se braquaient sur Lacroix, celui-ci, en un geste familier, replaça la mèche de cheveux qui lui tombait sur les yeux et leva les bras en signe de victoire.

— Je soumets à l'assemblée la motion que ce congrès s'ajourne jusqu'à nouvel ordre, clama Gilles Boucher. Ceux qui sont pour la motion, levez la main... Ceux qui sont contre... La motion est rejetée !

L'explosion de joie qui s'ensuivit apparut comme le prélude du triomphe éclatant de Lacroix. Les yeux brillants, transfiguré par la conscience subite de la mission grandiose qui lui était dévolue, Lacroix, le prochain Premier ministre du Québec, reçut l'hommage enthousiaste de son parti.

Le Président des États-Unis, les yeux braqués sur le téléviseur, agitait les glaçons dans son verre de bourbon. Les tintements agaçaient Lawrence Wilde, qui essayait de se concentrer sur les résultats du vote de Québec, au fur et à mesure qu'ils apparaissaient sur le petit écran.

— S'il vous plaît, Monsieur.

— Qu'y a-t-il, Lawrence ? demanda le Président.

— Les glaçons dans votre verre. J'entends mal les résultats.

— Eh bien, vous n'avez qu'à monter le son, bon Dieu !

Les caméras montrèrent un Guy Lacroix jubilant, qui se dirigeait vers la tribune, agitant ses mains jointes au-dessus de sa tête comme un boxeur victorieux.

— Engeance de vipère ! pesta le Président.

Lawrence Wilde restait les yeux braqués sur l'image de Lacroix, que la victoire rendait extatique. Le nouveau Premier ministre du Québec fut tout à coup submergé par une foule de militants qui s'étaient précipités pour lui serrer la main, l'embrasser ou simplement le toucher comme s'il avait pris maintenant une dimension surhumaine, sacrée.

— C'est ça, écrasez-le pendant que vous y êtes. Ça nous facilitera les choses, dit Wilde avec hargne.

— Que dites-vous, Lawrence ?

— Rien. J'espérais seulement que le ciel lui tombe sur la tête.

— C'est nous qui allons le faire tomber, gronda le Président.

La victoire de Lacroix n'avait pas surpris le secrétaire d'État. Les rapports qu'il recevait depuis trois semaines en prédisaient l'inéluctabilité. La descente de police dans les bureaux de Belmont en avait scellé l'issue. Les résultats du scrutin — 1 547 voix pour Lacroix et 468 pour Belmont — dépassaient encore les pires pronostics. En regardant Lacroix émerger un peu ébouriffé de la cohue des militants enthousiastes, Wilde remarqua non sans ironie qu'il ressemblait au Président en un moment analogue. Une sorte d'arrogance transpirait du Premier ministre, comme s'il était déterminé à tirer vengeance de ses opposants maintenant qu'il avait plein pouvoir.

Lacroix monta sur la tribune sous les acclamations délirantes de la foule. Du plafond tomba une pluie de ballons blancs et rouges qu'on fit éclater aux quatre coins de la salle. Les gardiens de sécurité se déplaçaient nerveusement. Une jeune fille en pantalon rouge s'échappa du cordon et monta embrasser Lacroix sous un redoublement de clameurs.

— C'est un foutu bon à rien ! grogna le Président. Il ne tiendrait pas cinq minutes au Congrès.

Lacroix leva la main pour imposer silence à la foule. Les délégués se calmèrent progressivement et s'assirent pour entendre les premiers mots du nouvel élu. Un silence solennel se fit dans l'assemblée. Lacroix tourna lentement la tête pour balayer du regard toute la salle. Puis, élevant les bras et penchant la tête en arrière, il cria avec force :

— Vive le Québec libre !

Le déchaînement d'enthousiasme qui s'ensuivit fit trembler sur ses bases le Colisée de Québec.

Dans une pièce de la Maison Blanche, transformée pour la circonstance en quartier général de guerre, on mettait au point les

269

derniers détails de l'opération Nighthawk, l'occupation militaire du Québec. Un général de l'air faisait le point devant le Président et le Conseil national de sécurité, lorsqu'un secrétaire vint remettre une note à Lawrence Wilde. Après l'avoir parcourue rapidement des yeux, Wilde interrompit l'exposé en cours :

— Veuillez m'excuser, monsieur le Président. Je viens de recevoir, de notre consulat de Québec, une transcription de la déclaration faite par Lacroix devant l'Assemblée nationale. Il n'y a plus de doute maintenant.

— Lisez-nous cela, Larry.

— Eh bien... voici le passage important. Il a commencé par répéter ce qu'il avait dit au congrès la semaine dernière, au sujet d'une indépendance complète du Québec, puis il poursuit :

« *Vous savez que notre gouvernement a essayé de négocier de bonne foi avec les représentants du gouvernement canadien. Je dois à regret dire ici que ces négociations n'ont pas progressé comme nous l'aurions souhaité. J'avise donc tous les députés présents dans cette enceinte que le gouvernement du Québec a décidé de mettre un terme à ces vaines négociations avec le gouvernement du Canada. Le mécanisme de l'indépendance est désormais en marche. Notre plus grand espoir a toujours été que le Québec puisse mener à bonne fin sa longue marche vers la liberté dans un esprit de paix et de bonne entente. Nous nous sommes malheureusement heurtés à l'intransigeance d'Ottawa. Nous ne nous laisserons pas pour autant fléchir dans notre détermination historique. le temps des négociations est fini, celui de l'action a commencé.*

« *La motion que je dépose aujourd'hui devant l'Assemblée nationale se situe dans cette perspective. Comme nous devons agir rapidement pour notre sécurité collective, le gouvernement a décidé de limiter les débats à quarante-huit heures. Nous discutons le problème québécois depuis cent ans déjà. Nous avons entendu à satiété le pour et le contre. Quarante-huit heures seront suffisantes pour sceller ce débat centenaire.*

« *L'émergence de la République québécoise suscitera des oppositions dans le monde. On nous a déjà menacés d'interventions armées, mais le Québec a des alliés puissants. Je vous le dis aujourd'hui, quiconque, état, gouvernement ou coalition armée, essaie d'empêcher par la force la naissance de notre pays l'apprendra à ses dépens.* »

— Que veut-il dire exactement ? demanda le secrétaire à la Défense Ronald Vaughan.

— Nous ne savons pas vraiment, répondit Colin Dempster, le conseiller à la Sécurité nationale. Il est possible que Lacroix ait approché les Russes. Il est certain que la France agitera les drapeaux pour la forme. Mais notre évaluation reste la même. Nous ne croyons pas que la France ni l'U.R.S.S. n'interviennent. Beaucoup de bruit pour rien, en somme.

— En êtes-vous absolument sûr ? demanda le Président.

— Non, dit Dempster en se tournant vers le Président, nous ne le sommes pas. Mais le jeu en vaut la chandelle, d'après le Pentagone.

— Très bien, Colin. Autre chose, Larry ?

— Rien d'important, Monsieur. Seulement un peu de rhétorique. La motion elle-même se lit très simplement : « Il est résolu que l'Assemblée nationale appuie la décision du gouvernement de déclarer formellement l'indépendance du Québec, selon les termes de la charte des Nations Unies, et de veiller à obtenir immédiatement le siège qui lui revient dans cette Organisation. »

— Le vote est prévu pour quand ? s'enquit le Président.

— Demain soir, à 8 heures.

Le Président regarda autour de la table.

— Messieurs, dit-il, nous avons assez discuté la chose, nous savons tous ce qui est en jeu. Je pense qu'il est impérieux d'agir avant que le vote n'ait lieu à Québec, pour parer aux réactions éventuelles de la communauté internationale. Y a-t-il quelqu'un parmi vous qui s'y oppose ?

Personne ne répondit.

— Très bien. À minuit ce soir, opération Nighthawk.

Cameron Craig n'avait pas quitté son bureau depuis vingt-quatre heures. Les restes de repas pris à la hâte étaient visibles ici et là, au milieu de la paperasse. Il était à court de journalistes, les événements s'étant précipités depuis le scandale qui avait coulé Belmont et assuré l'élection de Lacroix. Et maintenant la déclaration unilatérale d'indépendance était venue s'ajouter à cela. Il avait même dû affecter Morgan au reportage courant, ce qui n'était pas peu dire, songea-t-il. Même lui, le rédacteur en chef du *Chronicle*, devait s'astreindre à corriger les textes et composer les titres.

— Ce sont les seules photos que vous avez de Lacroix ? lança-t-il à l'adresse du responsable des photographies. Elles datent de six mois.

— Je sais, Cam, mais vous n'avez qu'à me trouver un photographe à Québec. Si vous êtes prêt à débourser l'argent nécessaire, vous aurez les photos dans deux heures.

— Où est Henderson ? Il me faut une copie du discours du Premier ministre. Devrai-je donc tout faire moi-même dans cette foutue boîte ?

Une secrétaire entra avec un plateau contenant du café et des beignets.

— Où voulez-vous que je le mette ? demanda-t-elle.

— Où vous voulez ! s'écria Craig avec impatience. Est-ce que personne ne peut prendre de décision sans moi aujourd'hui ?

La secrétaire en se retirant faillit heurter un messager qui apportait le courrier.

— Monsieur ?

— Oui, qu'est-ce qu'il y a encore ?

— Il y a une enveloppe qui est arrivée non affranchie. Ça coûte $1.80.

— Non affranchie ? fit Craig avec une grimace de dérision. Je suis enfoncé jusqu'au cou dans la nouvelle du siècle, et voilà qu'on vient me déranger avec du courrier non affranchi !

— Mais qu'est-ce que je vais en faire ? Elle vous est adressée, mais il n'y a pas de timbre, comme vous voyez. Le bureau de poste a demandé...

Cameron Craig arracha l'enveloppe des mains du garçon et la lança à travers le bureau. Elle alla frapper contre un mur et retomba sur une pile de journaux.

— Et maintenant qu'on ne m'emmerde plus avec du courrier non affranchi. J'ai d'autres chats à fouetter.

Le messager sortit en haussant les épaules.

— Eh bien, où en étions-nous ? demanda Craig.

— Vous disiez que vous vouliez une photo récente de Lacroix.

— Ouais. Et pourquoi pas un dessin à la plume ?

À 9 heures ce soir-là, la température de Montréal avait baissé à 21 sous zéro. Le vent glacial venu du Saint-Laurent soufflait le long des boulevards. Cameron Craig s'arracha à l'ambiance chaude de l'auberge Saint-Michel, avec ses nappes à carreaux rouges et son feu de bois, pour revenir au journal. Dehors, il se raidit de tout son corps pour lutter contre le froid, souhaitant se voir à dix mille lieues de Montréal, du Québec et de toute cette sale histoire. Il se sentait déprimé à cause de Taylor Redfern, qui était dans le coma depuis plus d'une semaine déjà. Même la femme du reporter n'avait pas été autorisée à le voir dans la section des soins intensifs de l'Hôtel-Dieu de Québec. C'est là aussi qu'on avait amené le Premier ministre et Kevin Reilly, songea Craig. Il était déprimé aussi à cause de l'éditorial qu'il devait écrire pour le lendemain et qui portait sur la déclaration d'indépendance. Le nouveau gouvernement avait menacé d'imposer une censure à la presse, et Lacroix avait même fait savoir qu'il ne verserait pas un pleur si le *Chronicle* disparaissait. Avant d'aller manger, Craig avait reçu un appel de son directeur, qui lui avait laissé entendre qu'un éditorial favorable au nouveau régime ne ferait pas de tort « en cette période de difficultés financières ». Bien sûr, avait-il protesté, il ne voulait pas s'ingérer dans les affaires de la rédaction, mais la vie du journal était peut-être en jeu. Il fallait veiller à écrire au moins quelque chose de neutre...

Dans son bureau, Craig s'assit en face de la machine à écrire et engagea une feuille dans le chariot. Il fixa un moment la page blanche, incapable de rassembler ses idées. D'un geste rageur, il arracha la feuille et la jeta au panier. Il alluma une cigarette et alla regarder par la fenêtre le fleuve gelé. Il frotta ses yeux fatigués. Que disaient donc les autres éditorialistes anglophones ? Il pourrait peut-être trouver quelque idée là.

Il se dirigea vers les journaux empilés contre le mur. Sur le dessus de la pile, il reconnut l'enveloppe qu'il y avait lancée plus tôt dans la journée. Il la prit et la regarda. Il y vit les mots « *À percevoir — Postage due* », et reconnut l'écriture de Taylor Redfern. Avec une sorte de frénésie, il ouvrit l'enveloppe et trouva six cassettes. Il courut chercher son magnétophone et y plaça la première cassette. Il pressa le bouton de départ et mit le volume au maximum. Après quelques secondes, il entendit la voix angoissée de Redfern : « Il est maintenant 9 h 45, le matin du 15 février. Je dicte ceci dans la chambre 913 du Château Frontenac, à Québec. Je veux révéler tout ce que je sais du complot qui a mené à l'assassinat du Premier ministre du Québec... »

Deux heures plus tard, bouleversé, Craig se renfonça dans son fauteuil. Il prit dix minutes pour rassembler ses idées. Sa première impulsion fut d'appeler une dactylo, mais il décrocha plutôt pour demander la standardiste de nuit du *Chronicle*.

— Voulez-vous, s'il vous plaît, appeler le Premier ministre à Ottawa.

Il regarda sa montre : il était 23 h 48.

— Oui, je sais qu'il est presque minuit mais c'est une affaire extrêmement urgente. Il est probablement à sa résidence. Je veux, de toute façon, que vous le rejoigniez où qu'il soit.

En attendant l'appel, il calcula mentalement sur combien de colonnes s'étalerait le témoignage de Taylor Redfern dans le journal.

— En avant les gars, et que ça saute !

Le lieutenant Vin Michaels des Bérets Verts, la figure barbouillée de noir comme ses hommes, lançait des ordres alors que les troupes s'ébranlaient dans un bruit de moteur et de métal entrechoqué. Derrière lui, sur la piste de la base aérienne de Plattsburgh, les hommes montaient à bord de cinquante autres hélicoptères. Au bout de la piste, tout noirs sous les projecteurs, des tanks Sheridan M-551 entraient l'un après l'autre dans le ventre énorme des avions Hercule C-130. Ceux-ci devaient arriver à l'aéroport de Dorval, à l'ouest de Montréal, aussitôt que ses hommes en auraient pris le contrôle. Le lieutenant Michaels consulta sa montre. Il était 23 h 57.

— Tout le monde est à bord, Sergent ?

— Oui, mon lieutenant, nous sommes prêts.

Le sergent Nealms était debout dans la porte de l'hélicoptère de tête, un walkie-talkie à la main.

— Ça va.

Michaels monta dans le cockpit et boucla sa ceinture dans le siège à côté du pilote. La radio crépitait des instructions de vol. Essayant de couvrir le bruit des rotors, il cria au sergent Nealms :

— Fermez la porte, Sergent. Nous décollons dans moins de deux minutes.

— Oui, mon Lieutenant.

— Sommes-nous en retard sur l'horaire ? demanda-t-il au pilote ?

— Non, mon Lieutenant. Tout s'est fait dans le temps prévu. Nous serons les premiers arrivés. Nous devrions être à Dorval dans trente-cinq minutes. Un léger vent s'est levé. Nous décollons au signal.

Le lieutenant Michaels jeta un regard sur ses hommes, pressés sur des bancs de bois et attendant en silence le moment d'entrer en action. Il sentit monter en lui une sorte de fébrilité alors que l'hélicoptère vrombissait comme une bête puissante avant de s'arracher du sol. Il n'avait pas été au combat depuis le Viêt-nam.

Par le hublot, à l'extrémité de la piste, il vit s'élever une boule de feu qui ressemblait à une comète et qui resta momentanément suspendue à plusieurs centaines de pieds au-dessus de l'aéroport, avant d'éclater comme une étoile phosphorescente. En retombant au sol, elle illumina toute la piste d'un éclat métallique. L'hélicoptère frémit un peu plus fort et décolla. Ils étaient partis, ils allaient envahir le Québec.

Achevé d'imprimer sur les presses de
L'IMPRIMERIE ELECTRA*

*Division de l'A.D.P. Inc.

Imprimé au Canada/Printed in Canada